小
时光
-03-

致宋先生

稻草人 作品

图书在版编目（CIP）数据

致宋先生 / 稻草人著. —石家庄：花山文艺出版社，2017.11（2020.3重印）
ISBN 978-7-5511-1727-2

Ⅰ．①致… Ⅱ．①稻…Ⅲ．①长篇小说－中国－当代Ⅳ．①I247.5

中国版本图书馆CIP数据核字(2017)第257825号

书　　名：	致宋先生
著　　者：	稻草人
统筹策划：	张采鑫
责任编辑：	董　舸
特约编辑：	猫　冬　二　糖
美术编辑：	胡彤亮
责任校对：	齐　欣
封面设计：	刘　艳
内文设计：	cain酱
封面绘制：	鹿夕子
出版发行：	花山文艺出版社（邮政编码：050061）
	（河北省石家庄市友谊北大街330号）
销售热线：	0311-88643221/29/35/26
传　　真：	0311-88643225
印　　刷：	三河市华东印刷有限公司
经　　销：	新华书店
开　　本：	889×1194　1/32
印　　张：	8.5
字　　数：	216千字
版　　次：	2018年2月第1版
	2020年3月第2次印刷
书　　号：	ISBN 978-7-5511-1727-2
定　　价：	48.00元

（版权所有　翻印必究·印装有误　负责调换）

目录

ZHI
SONGXIANSHENG

-001-
楔子

-002-
Chapter one 那些年
好想再回到那些年的时光
回到教室座位前后
故意讨你温柔的骂

-096-
Chapter two 烟花易冷
雨纷纷，旧故里草木深
我听闻，你始终一个人

目录

ZHI SONGXIANSHENG

-209-
Chapter three 当你老了
当你老了，头发白了
睡意沉沉
当你老了，走不动了
炉火旁打盹儿，回忆青春

-263-
尾声

楔子

♥

2012 这一年,
日本上演钓鱼岛闹剧;
叙利亚持续内战,民不聊生;
F1 车王舒马赫宣布退役;
阿汤哥结束了第三段婚姻。
2012 这一年,
奥巴马连任美国总统;
伦敦奥运会顺利举行;
神舟九号载人飞船成功发射;
莫言为中国文坛捧回了第一座诺贝尔奖杯。

而我,在这一年的秋末冬初,认识了宋逸淼。

-Chapter one-

那些年

♥

好想再回到那些年的时光
回到教室座位前后
故意讨你温柔的骂
/ 胡夏 · 《那些年,我们一起追过的女孩》

1

今年的上海似乎要迎来一个暖冬,十一月初还如春暖花开一般。要不是人行道上堆叠的树叶黄灿灿的十分惹眼,头顶和煦的日光常常让人忘记已经步入了深秋。

下午的专业选修课《证券法》结束,简思思踏着落叶,提着笔记本电脑直接上了图书馆二楼。室友陆宜嘉和王曼已经在自习室占了位置,最右排靠窗,能晒得到太阳,她们总喜欢坐在那里。

简思思穿过一排排自习的同学,轻手轻脚地走到她们这一桌。直到她拉开座位坐下,旁边的王曼才注意到了她:"来啦。"

简思思轻轻应了一声,又瞄了王曼的电脑一眼,网游画面映入眼帘。难怪这么投入,想必激战正酣。这个王曼最近打《英雄联盟》已经到了废寝忘食的地步，简思思习以为常，自顾自地拿出电脑，按了开机键。

等待的当口，简思思注意到了身旁的陆宜嘉。对面王曼好歹还在桌上放了几本书做伪装，而她面前连纸笔都没有，趴在偌大的自习桌上，注意力全部都集中在那4.7寸的手机屏幕上，连旁边忽然多出来一个大活人都没有察觉。

简思思盯着她的后脑勺儿感觉有些奇怪，脚下忽然被人踢了几下。

她下意识地抬起头，对面的王曼对着她一顿挤眉弄眼，下巴对着陆宜嘉的方向抬了抬，然后露出了一个不怀好意的笑容。

简思思心领神会。

搞事情！

"陆宜嘉，你在看什么啊？"简思思故意突然把头凑近，在陆宜嘉耳边轻轻问了句。

果然，陆宜嘉吓得差点儿跳起来，还好声音不算太大："思思，你干吗啊？吓死我了！"

王曼默契地从对面劫走了陆宜嘉的手机，特意举到眼前，笑眯眯地说："好东西大家分享一下嘛！你都看了一个多小时了，里面是有黄金还是有钻石啊？"

陆宜嘉慌慌张张："手机还我！"

王曼坏笑，就是不理她，低头一副认真研究状。陆宜嘉急得站了起来，椅子在地板上划出刺耳的响声，顿时被行了注目礼。

陆宜嘉瞬间尴尬，脸热起来，却顾不上这些，她只想马上拿回自己的手机。她咬牙切齿，认真生气地发出气音吼叫："快别闹了，还我！"

王曼抬起头，表情变得高深莫测："陆宜嘉，你不老实。"

"……"陆宜嘉脸热得快晕过去了，跺着脚作势要把手机抢回来。王曼可不会让她得逞，手臂一伸，手机又被传递给了对面的简思思。

简思思还来不及看手机里面的内容，陆宜嘉已经决定撕破脸猛地扑过来。混乱中不知谁碰到了按键，简思思定睛看拿到眼前的手机时，屏幕已经暗了。

陆宜嘉暗暗松了口气，粉色的淡淡红晕却还挂在白嫩的脸颊上。

"喏，不闹了，还给你。"

简思思刚把手机递过去，陆宜嘉就一把抓过来，又气呼呼地瞪了两个人一眼。

王曼笑得欢快，一脸看穿一切的表情。陆宜嘉浑身不自在，嘟囔了句："你们不要总想搞大新闻。"

简思思好奇了起来，忍不住伸腿在桌子下面踢了王曼两下："到底是什么啊？"

王曼把目光从陆宜嘉那里收回来，笑眯眯地回答道："男人。"

下午的自习草草收场，图书馆这种安静的地方不适合聊八卦，只有寝室才能让女生彻底释放天性。

"来来来，坦白从宽，那个男生是谁？什么时候好上的？"难得王曼回到寝室第一件事不是开电脑打游戏，而是换好棉拖鞋，又问简思思要了三袋速溶咖啡，给她们一人泡了一杯。这架势就好像要开一个几小时的座谈会。

陆宜嘉背对着她们，把桌子上的东西整理了一遍，再次强调："哎呀，没有，你想太多了。"

简思思没有看到手机里的内容，看看王曼，又看看陆宜嘉，最后戳戳对面的王曼问道："到底什么男人？你认不认识？"

王曼还没来得及回答，陆宜嘉忽然转过来："就是个明星而已。"

王曼嘴里半口咖啡"噗"地喷了出来,做了个经典的华妃白眼表情:"是明星才有鬼。"说着又转到简思思这里,"脸很熟,就是想不起来是谁。"

简思思问:"长什么样啊?"

"唔……蛮斯文的。"王曼想了想,"《求婚大作战》看过吗?"

"没看过。"简思思独爱英美剧,从来不追日剧韩剧。不了解的人总觉得她装,其实她不过是想借此提高英文听力而养成的习惯。

"好吧,山下智久知道吗?就他那款的。"

"那很帅啊。"

"帅是很帅,可是我怎么就想不起来那是谁呢。"王曼抓抓头发,有点苦恼地摆出沉思表情,"是不是我最近打游戏太多,智商下降了……"

见没讨论出什么结果,陆宜嘉的口气轻松了一些,重复道:"都说了是明星。"

哪知简思思听了立马又问:"哦,哪个明星啊?叫什么名字?"

陆宜嘉:"……"

对面王曼送来一个"我说吧"的眼神,简思思回赠一个"有情况"的眼神。两人一唱一和正准备接着考问下去,这时候王曼的手机微信响了一声,她敲了一会儿屏幕后,便起身开始收拾东西。

简思思觉得奇怪:"今天才周四你就回家?"

王曼扬扬眉:"没,我男朋友来了。"

"啊,老王来啦?"简思思忍不住揶揄,"是不是来请我们吃晚饭的?都说了好几次了。"

王曼在衣柜里翻出来几件衣服,胡乱塞进包里:"今天要和他组队打游戏,下次吧,下次等于小菲回寝室,人齐了一起。"

话题一转移,刚刚一直不敢发声的陆宜嘉也来补枪了:"于小菲一个月都不回来住一次,老王到底有没有诚意啊?"她们寝室四个女生,两个本地的,两个外地的。于小菲家离学校很近,基本都回家住。王曼周末回家。剩下简思思和陆宜嘉两人相依为命。

王曼被说得有点儿不好意思,东西都没心思好好收了,大概拿了几样就匆匆走了。

简思思没那么八卦,王曼一走,刚刚的话题也就断了。她喝完最后一口咖啡,起身去卫生间洗杯子,顺手把室友的杯子也都洗了。

闹了一下午,什么正经事都没干。简思思回到书桌前按开了电脑,赶紧准备第二天知识产权课上要分析的案例。她学习的时候向来很投入,陆宜嘉看她盯着电脑屏幕一言不发,悬了一下午的心稍稍放下,又忍不住点开了手边的手机。

案例分析完成了一半,时间已经到了下午五点半。简思思今天有中午的课,午饭十一点就吃了,所以到了这个点肚子有点儿饿。

"陆宜嘉,晚上你想吃什么?"她问。

"啊?哦……"这回陆宜嘉倒是没看手机,鼠标点在微博页面上,过了几秒才反应过来,"随便啊,你想吃什么?"

天气虽然不算太冷,但是从寝室走到食堂也有段距离,简思思懒得挪:"那我们叫外卖吧。"

陆宜嘉"嗯"了一声表示同意。

简思思从抽屉里拿出一沓外卖单,开始挑选店家。这里附近的外卖选择不多,大多数都是私人小店,这个学期已经差不多吃全了。简思思有点儿纠结,也不知道选哪家好。不过她也不想让陆宜嘉来选,因为陆宜嘉的选择困难症比她更严重。

本着省钱的原则,简思思最终选了一家免费外送的店。她把菜单递到陆宜嘉跟前:"看看你要吃什么?"

按照陆宜嘉纠结的个性,不太可能在短时间内做出决定,所以简思思重新回到电脑前点开文档做作业。没想到刚刚敲了几行字,陆宜嘉就跑过来了,简思思正想表扬她今天的果断,没想到她一脸讨好地说:"思思啊,我们去'益新'吃吧!"

学校的食堂以益新、尔美、山明、水秀命名,十分清新文艺。不过简思思觉得每个食堂味道都差不多,就是价格比外面便宜不少。益新楼位于男生寝室区,她们平时并不常去。

虽然做了无用功,但简思思还是跟着陆宜嘉走出了寝室。一个人叫外卖有点儿寂寞,而且虽说寝室四个人的关系都不错,但是她和陆宜嘉还是要更亲近一些,毕竟她们俩单独相处的时间比较长。

正是晚饭时间,远远就飘来了饭菜香。简思思觉得肚子更饿了,见陆宜嘉不知什么时候已经走到了前头,她赶紧加快步子跟了上去。

十几个打饭窗口一字排开,架势十足。学生食堂现在都外包了,为了招揽生意,每个窗口旁边都挂着招牌菜单和图片。简思思一时有些难以抉择,准备先去拿餐盘,再慢慢考虑,没想到一向纠结的陆宜嘉今天却异常果断:"上楼拿吧,我想吃汤包。"

简思思跟着陆宜嘉上了二楼,人没楼下多,但也有六七成的上座率。

"我去拿盘子,你先排队。"

陆宜嘉眼睛不知道望向了哪里,有点心不在焉地"哦"了一声。

两个女生要了两笼汤包和两碗粉丝汤;热腾腾的汤包很快出炉,正好一人端汤包,一人端粉丝。陆宜嘉动作奇快,等简思思转过身来,发现她已经在一个四人的空位上站定了。简思思跟了上去,眼睛盯着盘子里的汤包,馋虫都被勾了出来。坐定迅速分好碗筷,她毫不犹豫地咬了一口。鲜美的汤汁随着豁开的小口流出,香气四溢,不一会儿她就干掉两个。

胃里的空白被填补上了,简思思的吃相也变得稍微文雅了一点儿,这时候才有多余的注意力分给对面的室友。

陆宜嘉坐得端端正正,手里捏着一副筷子,眼神定定地落在食堂某处,看呆了的样子。简思思顺着她的目光侧了侧脑袋,眼神正好与某人撞上——充满朝气的眸子,眉眼之间尽是这个年纪男生特有的干净清爽。两眼没有任何修饰,却又青春自然得让人移不开眼光。不过好看是好看,就是让人感觉有点儿不可一世。

陆宜嘉吓得筷子都脱手了,急忙低下头警告:"别看那里!"

简思思福至心灵,回过头问:"《求婚大作战》?"

陆宜嘉的脸瞬间爆红。

2

简思思随口调侃了这么一句,看陆宜嘉尴尬成这样,也就专心致志地吃饭,没再回头打量"山下智久",更何况没完成的案例分析还在等她。

吃了晚饭,洗完澡,回到寝室已经七点多了,简思思在电脑前又敲了一会儿案例分析。上海的天气向来潮湿,到了晚上体感更觉阴冷,她坐久了手脚冰凉,起来搓了搓手,想倒点儿热水喝,却发现热水瓶已经空了。

提上空瓶,简思思问斜角的陆宜嘉:"我去接热水,要不要一起去?"

陆宜嘉从食堂回来就一直发呆,经简思思提醒才发现自己也没热水了,赶紧拎着热水瓶跟了上去。走到门口又发现不对,脚上还套着棉拖鞋呢,只好再折回来换鞋。

女生寝室原本每一幢楼都有一个接热水的房间,偏巧她们这一幢的锅炉上周坏了,最近都要去隔壁楼里接热水。

走到室外,瑟瑟凉意袭来。这天气早晚温差很大,简思思出来的时候特意套了件大衣。而陆宜嘉什么外衣都没穿,里面一件白色的粗棒绒线衫不怎么保暖,冷空气轻而易举就钻进去了。

"你冷吗?要不要上去拿件衣服?"

陆宜嘉摇头,她们寝室在五楼,她也懒得再爬上爬下:"没事,没几步路。"

提着空瓶子,两个女孩儿轻盈地跑了起来。到了室内一下就暖和了,热水间也没什么人;她们一人找了一个龙头刷卡放水。

平时寝室里话最多的就是陆宜嘉,今天却像个闷罐子,抱着手机和电脑不放。

还在想"山下智久"吧,简思思猜。然而她不是王曼,抓着点儿蛛丝马迹就爱打破砂锅问到底。

"思思啊……"

热水龙头边冒出阵阵水汽,悠悠弥漫了整个房间,彼此在对方眼中都有些影影绰绰。

"嗯?"简思思关了龙头,塞好瓶盖,又换了另一个热水瓶上去,"怎么了?"

"今天在食堂里那个……"

简思思转过头来,笑容在热气中绽开:"你终于打算说了?"

陆宜嘉的头往下低了低:"刚刚……你看到他了吧。"

"谁?"简思思故意逗她,问完又拖长了音调"哦"了一声,"山下智久啊?就是今天你手机里那个吧?"

陆宜嘉关了热水龙头,过来捶了她一下:"别明知故问好不好!"说完又像想起来什么似的,表情严肃地说,"对了,你可千万别告诉王曼啊!"

"放心吧,等她打完游戏回来,早就忘了这事了。"简思思说着,盖好热水瓶盖子,一手提一个往外走。

两个人一前一后地走到楼道里面,藏在心里的小秘密被揭开,陆宜嘉像找到了同盟者,她眼里含着笑,忍不住凑上去问:"思思,你觉得他怎么样啊?"

怎么样?简思思认真想了想,凭良心说,一眼扫过去感觉挺帅的。

"还不错啊。什么学院的?"

陆宜嘉好像得到了老师表扬的小朋友,被这句"不错"说得心神荡漾,防备全无:"商学院的,学工商管理。"

"工商管理,中外合作那个?"

"嗯。"

这几年上海的留学市场热度不减,国内大学也纷纷向外国学校伸出橄榄枝,合作办学。通常学生在国内修完相应课程之后,再去外国的学校读一到两年,就能获得国内外两校授予的双文凭,所以这种专业的学费也要比普通专业贵两三倍。

"那他家里应该挺有钱啊。"不少商学院学生在报考之初就是冲着出国去的,家里的经济条件普遍不错。简思思就曾亲眼看见他们在校外聚会时的阔绰,她们这等穷苦法律生根本无可比拟。

"可能吧。"

"合作办学其实也挺好。"简思思感慨,"出去镀个金,回来工作也好找了,再不济英语总算是提高了,不像我们啊……"

陆宜嘉点头同意:"我们也就是表面风光。"事实上最后能当律师、做法官的人少之又少。大学毕业也仅仅意味着职业生涯刚刚开始,不论是司法考试,还是公务员考试,都是千军万马挤独木桥。"

前途未卜,充满未知的变数。简思思不想让气氛变得太沉重,有意转换了一下话题:"对了,他们工商管理和国外哪个大学合作啊?"

"貌似是澳洲,具体哪个我也不记得了。"

"澳洲好啊,天气好,人又少。"

"是啊,我也觉得!"

说到有关宋逸淼的事情,陆宜嘉的话匣子一下又打开了,心里像亮起了一盏灯,夜风吹着都不觉得冷了。

第二天,王曼没回来,于小菲这个稀客倒是回了寝室。下午有课,三个人吃完饭一起去上课,只是直到上课铃响了都没见王曼的身影。

于小菲看着旁边的空位,忍不住咕哝了一句:"又翘课,这个学期都翘了多少课了?"

陆宜嘉纠正她:"你应该问这学期她来上了几堂课。"

一堂课时间过得不快不慢。下课铃打响,老师关掉 PPT,吩咐简思思这个班长收作业。简思思翻出自己的作业跑到前排,挨个儿收齐。末排有几个男生还在临阵磨枪,和她扯皮了半天。

简思思禁不住他们一阵软磨硬泡,最终答应宽限到今天傍晚。教师班车五点半回市区,她无论如何要在这之前把作业交上去。

完成了这讨债一样的任务,简思思才回到自己的座位上收拾东西。

教室里人都走得七七八八了,就剩她们寝室三个女生还有一个同班的男生陆康时。于小菲坐在前面等她们,陆康时走了过去。简思思也没在意,拿好了东西还顺道整理了一下手里一沓 A4 纸,陆宜嘉和她有说有笑地朝教室前面走,直到挨近了于小菲才发现,于小菲和陆康时之间的气氛有点儿不同寻常。

"你看……我票子都买好了。"陆康时说。

于小菲坐着一动不动:"元旦我要出去旅游。"

"是31号晚上的,不影响你第二天旅游。"陆康时显得有点儿局促紧张,"位置挺好的,在内场。"

简思思和陆宜嘉不知道究竟发生了什么,不敢靠近,也不敢出声,像两根木桩似的站着。

于小菲扭头看见了她们,露出求助的眼神。这时候陆康时也注意到了忽然多出来的"木桩",脸色又黯了几分,下意识地把手背到了后面。

陆宜嘉问于小菲:"能走了吗?"

于小菲点点头,立刻站了起来。

"哎!"陆康时叫了一声,看了看旁边的简思思和陆宜嘉,声音又一下子低了,"你再考虑考虑吧。"

于小菲没再看他,经过他眼前时说:"我真的对王杰不'感冒'。"

刚刚那个情况,明眼人都看得出来发生了什么。

出了教学楼,陆宜嘉就逼于小菲招供。

于小菲十分委屈:"我也不知道发生了什么,突然就说要请我看演唱会。一个学期都没说过几句话。"

其实,简思思和陆宜嘉也不觉得奇怪,毕竟于小菲人美腿长,在班里也称得上是班花,从进校开始算起,对她献殷勤的男生都快组成排了。

"唉……虽然大叔不是我的'菜',但毕竟是免费的,怎么就没有人请我看啊?"陆宜嘉边走边感叹。眼看王曼和于小菲都有了对象和追求者,她心里有点儿羡慕。

"又不是什么好事。"于小菲苦恼地说。

陆宜嘉好像没听到似的，有点儿夸张地撩了撩披肩的长发，继续感叹："怎么说我也是貌美如花的女子啊！"

简思思没忍住"扑哧"一声，不出意外地被陆宜嘉捶了一通。

回到寝室，于小菲在书架上抽了几本辅导书就回家了。大二开学后她总共就回来睡了没几天，不过大家都理解，毕竟寝室再舒服也比不上家里。这下寝室里又只剩简思思和陆宜嘉两个人了。

"思思啊，你说王曼今天还回不回来啊？"

"不了吧，都周末了。"

陆宜嘉"哦"了两声，没再接话，可简思思却觉得她好像看起来挺高兴的，不像是随便问问。

傍晚的时候简思思又出了趟寝室，把作业收齐了，顺利交到了老师手里。完成了这最后一项任务，她的心也跟着一起放了下来，总算可以好好过个周末了。

星期五不学习已经成了惯例，隔壁寝室嘻嘻哈哈的，声音隔着墙壁都传到了简思思这里。不过她倒是不觉得烦，反而有点儿享受，一边吃薯片，一边戴着耳机看美剧，这样的气氛轻松又惬意。

反常的是陆宜嘉，平常没事就爱参加社团活动往外跑的人，今天居然窝在床上当宅女。不过自从那个"山下智久"出现，陆宜嘉的表现就一直有点儿奇怪。

补完第二季最后两集《权力的游戏》，简思思准备洗漱睡觉。电脑刚刚合上，陆宜嘉却从上铺噌噌爬了下来。

"思思啊，你忙完啦？"

这个讨好的笑容……简思思："无事献殷勤，非奸即盗。"

"嘿嘿嘿，是想请你帮个忙。"

简思思不意外:"什么忙啊?"

陆宜嘉把手机递到她眼前:"帮忙投个票呗。"

陆宜嘉在文艺方面很活跃,大大小小的社团参加了不少,比赛评选之类的事情常有。这么小的事情,简思思觉得都称不上帮忙,她立刻想到了所谓"投票"的确切含义:"这次又差第一名几票啊?"

"不多了,一百多票。"陆宜嘉满脸堆笑,喜气得就像过年挂历上的娃娃。

简思思一听,一百多票倒确实是不多。上一次陆宜嘉参加汉服展示比赛,整个寝室群策群力,搞到了一个刷票软件,硬是把她从倒数第二名刷到了正数第四。要不是陆宜嘉自己觉得受之有愧,最后没继续刷下去,挤进前三那是稳稳当当的。

"链接发我。"简思思说。

陆宜嘉得令,欢欢喜喜地点开微信,把投票链接发到了简思思手机上。

简思思点开——"商学院第十七届学生会竞选"的字样跃入眼帘。

陆宜嘉和学生会竞选八竿子打不到一起,何况还是商学院的。简思思立即意识到陆宜嘉不是在为她自己拉票。

简思思的嘴角忍不住往上扬了扬,问:"哪个呀?"

陆宜嘉知道她已经看出了自己的小心思,害羞得不敢抬头,顿了顿才小声回答:"第三个,宋逸淼。"

手机页面下拉,候选人宋逸淼的名字出现在屏幕上面,下面一行小字介绍:2011级工商管理专业本科,现任商学院学生会活动部部长,第一学期综合评级 B。

随之,一张候选人证件照映入眼帘。宋逸淼穿着一件白色衬衫,领子折得笔挺。照片里,他留着利落的短发,露出半个额头。大概因为五官的线条比较柔和，皮肤又白皙，让他看起来比一般的男生都要精致一些。他嘴角微微噙笑，好像正与看照片的人默默对视。

3

周日的上海迎来了一次降温，突如其来的寒意终于让人觉得和这个季节画上了等号。傍晚，家住本地的学生都陆续回到了学校，寝室楼再次被密集的灯光点亮。

不到九点简思思就被冻得受不了了，保存好了文档，关掉电脑。回头一看，陆宜嘉不知道什么时候已经钻被窝里去了。

简思思迅速收拾好了第二天要用的东西，又跑去卫生间冲了个热水袋，这才换了衣服爬到了上铺。

在被窝里刷了一会儿微博，没什么重大新闻，简思思关了APP正准备在手机上背会儿单词，这时候寝室的大门被人推开了。

地上的塑料门吸早就坏了，房门一下撞到水泥墙面上，发出巨大的声音。紧接着又是一阵关门声、塑料袋窸窸窣窣的响声和东西被扔到书桌上发出的碰撞声。亏得寝室里两个女生都还没睡，要是刚刚睡着就来这么一出，谁都说不好王曼会被怎样修理一顿。

"这么早就睡觉啦？"王曼的声音从下面传上来。

简思思披着被子，头从床沿的铁栏杆探了出来："没睡呢，钻被子里暖和。"

王曼站在下面指着桌子上一袋水果，仰着头说："这是老王买来孝敬你们的。"说着就打开了塑料袋，把里面的橙子分了四份，一人一份给她们放在书桌上，"赶紧吃啊，放不了太久的。"

简思思趴在床上说了声谢谢，忍不住问她："星期五你去哪儿了？专业课都不来上。"

王曼"呵呵"笑了一声："陈连国没说什么吧？"

"这次是没说什么，要是连续三次翘课，就不知道他会怎么样了。"简思思认真地说，"上周的作业你做了吗？我和陈连国说你生病了，这周会补好。"

王曼连连点头："谢谢班长大人。作业我这周肯定交！"

简思思听了她太多次信誓旦旦的保证，已经不愿再轻易相信这些话，只好有点无奈地提醒了一句："你抓紧吧。"

王曼自己倒是一点儿也不担心的样子，和简思思说完，一脚又踩上了陆宜嘉的椅子，对着她的后脑勺儿说道："哎，睡着啦？"

陆宜嘉塞着耳塞在听动感101的电台节目，察觉到背后有动静，一转过来竟然看到了王曼的大脸，吓得她立刻坐了起来："搞什么啊？扮鬼啊？"

王曼诡计得逞，"咯咯咯"笑得开心。

陆宜嘉白她一眼："你再求我帮你签到试试！"说着她又准备躺下，被王曼叫住了："等等啊，我有好事和你说。"

陆宜嘉不吃她这套，还是自顾自地躺了下来："你能有什么好事啊？"

王曼笑笑，从椅子上跳下来，顺了陆宜嘉的拖鞋套在脚上，转过来对着简思思说道："那个'山下智久'，我知道是谁了。"

"……"

王曼也没打算卖关子，没等她们回应就自己说出了答案："商学院的宋逸淼。"

Bingo，答案正确。这下陆宜嘉有点儿慌了，不是说打完游戏回来都忘了吗，怎么还打听到是谁了呢？

见没人搭腔，王曼又问了："你们怎么不问我是怎么知道的呢？"

简思思配合她："你是怎么知道的？"

"认出来的！"

陆宜嘉总算忍不住了，从床上坐起来："哪里……在哪里认出来的？"

王曼没接话，直接把陆宜嘉挂在椅背上面的外套丢给了她："快点儿起来，我们去北门吃烧烤！"

学校的北门外边，到了晚上就是小吃一条街。虽然是不正规的无证摊点，但是便宜又好吃，学生都戏称是黑暗料理。

寝室楼晚上十点锁门，简思思本来不想出来的，实在是被拖着没办法。王曼不知道她已经见过宋逸森真人，一个劲儿在旁边吹风，她也只好笑着配合。

陆宜嘉表面羞羞答答，身体却很诚实，月黑风高的晚上，脚步迈得比谁都大。不过等她们三个真的到了那里，她又露怯了，推着简思思和王曼先上去。

烧烤摊前已经围了不少学生，简思思和王曼也加入了队伍当中，烧烤的香味弥漫在四周的空气里，让人胃口大开。

简思思正考虑着买点儿什么，胳臂忽然被王曼顶了顶，简思思顺着她的眼光看去，不远处的路灯下面站着两个男生，个子一高一矮。矮个儿的穿着一件黑色的拉链衫，下面的牛仔裤松松垮垮；高个儿的穿着一件深蓝色的卫衣，下面是白色的运动裤。

他们站得有些远，眼前又因为烧烤而烟雾缭绕，挡去了一半的视线。简思思禁不住多看了几眼。

"白裤子的，宋逸森。"王曼在后面提醒。

简思思"嗯"了一声，目光还没来得及收回，就与对方撞到了一起。

他的眼睛半眯着，没有之前的证件照看起来那么精神。好像睡到一半刚被人拖起来似的，眼神涣散游离，不知道聚焦在哪里。

简思思赶紧转回目光，对王曼说："陆宜嘉呢？让她赶紧来啊。"

王曼把不远处的陆宜嘉招了过来。她全程低着头，不敢朝宋逸淼的方向看。轮到她们点单了，等简思思和王曼点好，陆宜嘉心思完全不在这里，胡乱指了几个。正掏着钱呢，忽然，陆宜嘉压低声音，紧张而短促地说："来了来了来了！"

简思思刚把一张五十块递给老板，听见她的话有点儿疑惑地转了过来："什么来了啊？"谁知话刚出口，就看见宋逸淼已经距离她不到一米了。

深色的卫衣与身后的夜色融为一体，下面白色的运动裤却尤为显眼，也越发突出了他身体的比例。当宋逸淼两条长腿明晃晃地跨到眼前时，居然让人有种脖子以下全是腿的错觉。

三个女生集体噤声。

宋逸淼走到她们跟前停下，隔着三人对老板说："麻烦给张纸巾。"清亮的声音，带着点儿慵懒的痞气。

老板正忙着找钱，老板娘从旁边递了一大包纸巾过来："自己拿。"

宋逸淼隔着人墙伸了一下手，没够到。

"麻烦帮忙传下。"他说。

简思思排在最前头，离老板娘最近，伸手把纸巾拿了过来。宋逸淼也没接，就着她的手抽了两张。简思思的手停在半空，等了一会儿见他没动静了，才抬眼问了句："够了吗？"

宋逸淼的目光落下来，对她笑了笑，大大咧咧地说："谢谢啊。"他好似没刚才那么困顿了，褐色的眼珠清澈透亮，闪着微光。才说完，又背对着人群冲她快速眨了眨右眼。

极细微的面部表情,只有简思思看到了。有点儿嚣张,还有点儿轻佻。不过不论宋逸淼想传递什么样的信息,对象弄错了,再高的手段,到了简思思这里也只剩了大写的"尴尬"二字。

简思思纠结不已,迟疑了一下才答道:"不客气。"

周围凝结的空气直到宋逸淼离开才渐渐散开。

陆宜嘉简直连呼吸都停止了,好半天才缓过气来。

回寝室的路上,王曼啃着手里的鸡心串,还在回味刚刚的画面:"你眼光可以啊。我说他脸怎么这么熟呢,去年有个女生在大草坪摆蜡烛表白,最后还上了微博的那件事情还记得吧?"

这事当时动静很大,简思思有点儿印象的是:"被拒过了的那个?"

王曼点点头:"嗯,那女生就是对他表白的。"

简思思记得这件事情当事人双方都是匿名的,没想到王曼居然还是打听了出来,服了:"你连这都打听清楚了啊?"

"好奇呀,后来去问了下,才知道是这个宋逸淼。"王曼笑嘻嘻的。

陆宜嘉听到这里总算"活过来"了,在一旁插话:"他在学院里是挺受欢迎的。"

王曼扭头看了她一眼,拍了拍她的肩膀:"这下你的竞争对手可就多了。"

陆宜嘉被拍得缩了缩脖子,又问:"刚刚……他有没有看我啊?"

"不知道啊,问思思吧,还和他说话了呢。"

两个人的眼神同时落到简思思身上。简思思认真回想了一下,应该没有吧,可又不敢把实话就这么说出来:"时间那么短,我也没注意。"

陆宜嘉的失望写在了脸上。

王曼又问:"他认识你吗?"

"见是见过,就是不知道他还记不记得。"陆宜嘉回。

那就是不认识了。

王曼作为过来人提点她:"先制造见面的机会,等和他混熟了就好下手了。"

陆宜嘉点点头,觉得有道理:"你当初就是这么追到你男朋友的?"

"喊!"王曼举起空竹签,豪气地挥了挥,"是他死皮赖脸追求我的好吗?"

王曼夸张的语气赶走了刚才的那点儿阴郁,三个人都笑了起来。

第二天一早简思思出门的时候,两个室友都还没起床。第一节专业选修课八点开始,她七点半就在路上了。路过尔美食堂,她买了饭团和豆奶,一路拎到了教室。

早上第一节课常常是起床困难户的命门,八点铃响的时候,整个教室才稀稀拉拉坐了一半人。老师点完了名,还有不少学生陆陆续续地从后门钻进来。

这节课是"公司法",每次一讲到法理和条款,就让人无聊得想睡觉。简思思喜欢自己研究理论,书本的总结言简意赅,再听老师分析案例,就事半功倍了。所以一旦老师讲起理论知识,她的注意力就会自动移到书本上。翻了几页书,手机屏幕忽然亮了,提示收到一条微信。她指尖动了动,是陆宜嘉发来的,内容是一张截屏图片。

简思思点开,发现是那天商学院学生会竞选的页面。而根据票数来看,宋逸淼已经跌到了三名开外。

陆宜嘉的文字消息跟着过来了:"帮帮忙呗,又落到后面了。"后面跟着一个亲吻的表情。

简思思没马上回复,点开图片又看了一眼,发现不太对劲。

她回复消息过去:"上周刷完是一千九百多票,现在不到一千八百票了,有问题。"

陆宜嘉:"怎么会这样?"

简思思:"票可能被删了。"

简思思正想上百度查查投票软件被查出的可能性,这时候老师忽然发声了:"上课不要玩手机。"

虽然不知道老师是不是在说自己,简思思还是做贼心虚地停住了手上的动作,默默把手机塞到了书下。

下了课简思思直奔寝室,陆宜嘉问她到底怎么回事,她也答不上来:"我也就弄过一次,都是跟着网上帖子学的,你真当我学计算机的啊?"

陆宜嘉皱起眉头:"今天晚上就截止了,那他要输了啊……"

王曼一起床又开始玩游戏了,断断续续听了她们的对话,大概也猜出个一二:"输了就输了呗,反正他也不知道是你帮他的。还是做些他能知道的事情比较实际。"

她的话虽然不是完全没道理,但陆宜嘉还是不甘心,求着简思思道:"再帮忙刷一次吧,思思,最后一次。"

陆宜嘉伸着一根指头信誓旦旦,简思思却完全是好奇心作祟——这种刷票软件是不是真的能被检测到作弊?

4

几百票用软件刷刷也不过是几分钟的事情。到了晚上,距离投票截止时间还剩十分钟，陆宜嘉看着上升的票数心里十分满意，一口一个"谢谢班长"，一口一个"天使思思"，叫得简思思身上的鸡皮疙瘩都起来了。

"陆大小姐，我的任务完成了，现在能去自习了吗？"

陆宜嘉拉住她："还不行，帮了我这么大一个忙，我还要请你吃饭呢！"

王曼像座雕像一样坐在电脑前一下午没动过，听到请客吃饭这事却立刻来了兴致："蹭吃蹭喝算我一个！"

简思思看她这样子简直恨铁不成钢，一个抱枕飞过去，正好砸在她头上："吃吃吃，案例分析做完了吗？"

王曼："……"

"你要是这星期再不交作业，我这个班长也要跟着倒霉了。"

王曼和站在旁边看戏的陆宜嘉对视一眼，吐吐舌头："知道了。"转而又立刻换上了轻松的表情，"我们去哪里吃啊？"

这么没心没肺，简思思算是服了，翻着白眼走了出去。

周二又是满满当当的一天课。学校实行学分制度，什么时候修完什么时候毕业。简思思一直计划着大四出去找个事务所实习，而且学习上也还算有精力，所以大一大二修了很多课，比室友们多出了好几门。

一天下来脑袋有点儿沉，但第二天的专业英语课正好轮到她做 PPT 演讲。简思思吃了晚饭没回寝室，就近找了个自习教室坐了下来。演讲的文稿已经大致写好了，只需要配合 PPT 练习润色一下。这季节自习教室里人不多，简思思坐在角落里，无声地演练。

第五遍的时候，手机突然响起来了。刚刚来的时候忘记调振动模式，即便是《三寸天堂》这么温柔古典的曲调在这安静的教室里也显得十分刺耳。几个前排的学生忍不住转身，责备地看了她一眼。

简思思迅速出手按掉了声音，嘴里默默说着抱歉。

铃音被按掉了，但是电话没挂。简思思看是个本地的座机号码，从后门溜出去接了起来。

"喂。"

"你好，你是简思思同学吗？"

"是的。你是？"

"哦，我是学校信息部的。麻烦你来趟D座601。"

"现在？"

"对的，现在。你在上课吗？"

"没有。"

"好的，等你过来。"

简思思刚想问有什么事，对方已经挂断了电话。

PPT都准备得差不多了，简思思一边整理东西一边琢磨这信息部是什么部门。不过对方既然能说得上她的名字，那应该不是骗人的，何况办公室就在校内。

自习教室离D座很近，走过去用不了五分钟。简思思步伐矫健地上了六楼，顺利地找到了601。办公室门虚掩着，有灯光从门缝漏出来，证明还有人在办公。门口的铭牌上几个大字：信息化工作办公室。

简思思确定自己没有走错，敲了敲门。

"请进。"

简思思推门而入，左手边有四张办公桌，其中一张后面坐着一个戴眼镜的男老师，看起来年纪不大，也就二十多岁的样子。

"你好老师，我是简思思。"简思思毕恭毕敬道。

男老师好像已经在等她，招呼她进去："来啦？进来吧。"

他的表情算得上友好，简思思内心的警惕放松了一点儿，脚步往前挪的同时，她的目光也落到了办公室的其他地方——右手边两个单人沙发，有个男生占了一个，身体前倾坐在那里。不知是沙发的尺寸有点儿小，还是男生的个子高，他的手脚往沙发上边一搁，上下都露出来好大一截儿，尤其那腿，长得让人嫉妒得想拿把菜刀给剁了。

男生抬头看她，眼睛里全是笑意，嘴角却只微微扬了扬。简思思立刻认出了他，宋逸淼。

戴眼镜的男老师起身给自己倒了杯水，手一伸，示意简思思坐下。

"这同学你认识吗？"这话是问宋逸淼的。

宋逸淼回："不认识。"

男老师转过来又问简思思："他呢，你认识他吗？"

简思思摇头。

男老师显然不太相信，露出一个"骗谁呢"的笑容："既然不认识，干吗给他刷票呢？"

这下她知道是怎么回事了。

"刷票？刷什么票？"简思思装傻。

"商学院，学生会选举。"男老师把话挑明了，"现在投票可都是实名注册的。"

经他提醒，简思思想起来，投票的时候确实填写了手机号，收到过验证码。

男老师继续提醒她："你们留的手机号码，和学校系统里面的一对比就能查到是谁。"

啊，原来如此！

"老师，我的手机前几天丢了。"简思思说道。

"丢了？"

"嗯，这号码还是刚刚找回来的。"

"哪个小偷会偷个手机去刷票？"

"这我就不知道了。"简思思无奈地摊手，"再说我是法学院的，人家商学院的投票和我又没什么关系。"

老师的手指在桌子上有节奏地敲了几下："同学啊，刷票这种事情可大可小，你……"

"老师说我刷票，有什么证据吗？"

"这个电话号码不是你的吗？"

"我说了，我的手机丢了，号码刚刚找回。"

男老师被她说得愣了愣，好像也找不出更确实的证据，只好望向另一个沙发上的宋逸淼："你看，现在这怎么处理？"

"哪些票有问题，删了呗。"宋逸淼提议。

"有问题的几百票，必须删了。"老师严肃起来。

"好啊。"宋逸淼似乎没把这当回事，神情泰然地问，"票不是我自己刷的。严老师，那我现在能走了吗？"

严老师一愣，转过身来，好像也想不出什么继续留他的理由，左手无奈地在空中甩了两下。

简思思坐着没动，宋逸淼已经走到了她跟前，默默停下，背对着老师拿膝盖顶了她两下，眼神朝门外示意。

简思思心领神会，立刻站了起来："老师，那……那我也先走了。老师再见！"说完，不待严老师再发声，一溜烟儿跑到了门外。

这时候她听到了宋逸淼的声音："严老师，那前面两个的票也要查一下吧，不能光查我的吧。"

简思思对投票结果已经完全没兴趣了，没等宋逸淼走出来就一口气从六楼跑了下来。走到教学楼外，她想想还有点儿后怕，又拎着手提电脑一鼓作气跑回了寝室。

陆宜嘉和王曼在寝室嗑瓜子聊天，突然之间门被人踢开了，两个人都吓了一跳。

"怎么了？被人追杀啊？"王曼问。

简思思气喘吁吁地进了门，放下电脑，连书包都没来得及放，就在饮水机上接了一杯凉白开一口气喝了下去。睁眼说瞎话这种事情她并不是常常干的，心虚脚软是难免的。

陆宜嘉看她反常的举动觉得很不对劲："思思，是不是出什么事了？"

简思思两杯水灌下，才觉得没那么心慌气短口干舌燥了。她看了陆宜嘉一眼，眼神说不出的复杂："是出事了。"

"……"

"给宋逸淼刷票的事情，被查出来了，刚刚我被叫去信息部问话了。"

"啊？"谁都没想到出的是这事，陆宜嘉和王曼都围了过来，"问什么话？你招了没？"

"招什么招，无凭无据，就凭我一个电话号码？"简思思大概说了下刚刚发生的事。

事情都因自己而起，陆宜嘉听完，五官都快皱到一起了："怎么办怎么办？会不会被记过通报啊？"

王曼骂了她一句没出息："就算记也是记思思的过啊，你想着怎么给她做牛做马吧！"

陆宜嘉急得团团转，开玩笑的心思都没了："思思啊，这可怎么办啊，不会真记过吧？"

简思思握着手里的塑料水杯敲了敲她的脑袋:"现在看来暂时安全。不过,你记住,要有人问起来,就说我的手机前几天丢了,这号是刚刚找回来的!"

接下来的几天平安度过,那天之后简思思没再接到信息部的电话,她和陆宜嘉的心也渐渐放了下来。

又过了一个周末,商学院学生会选举结果出炉,宋逸淼当选为学院的学生会主席。

陆宜嘉看到结果后喜出望外,第一时间通知了简思思。

"没想到票被删了还得第一,看来根本用不着刷票嘛。"

简思思回想起来那天宋逸淼说的"前面两个的票也要查一下",看来刷票的人还不止一个了:"唉,管他呢,反正得第一了。"

陆宜嘉笑得比自己中五百万还开心:"思思啊,这次我一定要请你吃饭了。"

"行啊。"经过了这么一茬儿,简思思也不和她客气了,"吃什么啊?北门烧烤?"

陆宜嘉想到上一次和宋逸淼在烧烤摊的相遇,脸一红,嗔怪地回了一句:"讨厌……"

5

陆宜嘉盼星星盼月亮,没盼着宋逸淼,简思思倒是又和他遇上了。

那天晚上,于小菲打电话来说她的专业课笔记落在了寝室,让简思思帮忙送到地铁站,这样她不用出站就能拿到,节省了一趟车费。说好了见面时间，简思思提前到地铁站等。坐地铁比较容易掌握时间，约莫到了八点四十，地铁广播传出清脆的声响，紧接着便是女声标准的普通话报站。

不一会儿到站的乘客就从自动扶梯上冒出了头，于小菲很快出现，拿了笔记本还和简思思闲聊了几句。

"行了，你先回去吧，一会儿对面的车就该到了。"时间不早了，简思思催她早点儿回家。

于小菲又谢了谢她，把笔记本塞进了背包，挥挥手下楼了。简思思目送她站上了自动扶梯，这才转身朝站外走。

进入了十二月，天也开始变冷。学校地处郊区，周边高楼大厦少，也没个遮挡，晚上风很大。简思思出门的时候围了条毛线围巾，刚刚地铁里有空调她顺手把围巾摘了下来，现在踏着台阶往出口方向走，风像洪水一样往脖子里灌，她又赶紧把围巾围上。

"哎，是你啊！"

简思思正一级级上着台阶，听到声音，下意识地扭头往边上看了一眼，跟着手里的动作就停住了。

宋逸淼和她踏在同一级台阶上，双手插在裤兜里："简思思？"

前一波乘客已经散了，后一波乘客还没到，宽阔的出站阶梯上就他们两个人，谁也不能忽视谁。

"你好。"简思思也不知能说点儿什么，打完招呼低头拢好围巾，继续朝上走。

宋逸淼人高腿长，立刻就赶了上来："真巧啊，刚回来？"

简思思随口"嗯"了一声，脚步加快，好不容易走到了出口，宋逸淼忽然冲到了她身前，又一百八十度转了个身，和她面对面站定。

简思思的去路被挡住了，不得不抬起头，疑惑地看着他。

"我叫宋逸淼。"宋逸淼说着又笑了笑,"你应该知道了啊。"

简思思觉得有点儿尴尬,半张脸埋在围巾里。

"对了。"宋逸淼忽然想起来什么,"上次,谢谢你啊。"

"谢我?"

宋逸淼隔空做了个在手机上打字的动作:"投票。"

"那个啊……"这下简思思终于明白自己为什么被堵了。她想告诉他那是陆宜嘉帮他,但不知道陆宜嘉那边到底是怎么打算的,话到了嘴边又咽了下去,"不是我。"

宋逸淼以为她还在怕信息部找麻烦不想承认,立刻配合她的演出:"咳,你看我怎么忘了呢!对,不是你。"

简思思对他笑笑,后退一步要走,哪知又被他封住了路:"哎,要不要吃烧烤?一起啊。"

"谢谢,不了,我不爱吃烧烤。"

"怎么这么慢啊,等你半天了!"

简思思的后半句话被淹没在另外一个男生的声音里,眼神不由自主地跟着宋逸淼的视线落到了来人的身上。那男生穿着一身宽大的衣服感觉很"街头",裤子系得很低,让人很想往上提一把。她认出来,上次吃烧烤的时候,他也在。

趁着宋逸淼和那人打招呼的当口,简思思说了声再见。宋逸淼还没回过神来,她已经跑开了好远。

"谁啊?"侯子江问。

"一女的呗。"

"我瞎啊?男女我看不出来?"

"不是我们学院的。"

侯子江眼睛亮了亮:"哟,可以啊,魔爪都伸到外面去啦!"

宋逸淼走过去拿肩膀顶了他一下,径直朝烧烤摊走去,嘴里咕哝了一句:"就你话多。"

回到寝室,陆宜嘉还没睡,正抱着电脑重温韩剧《屋塔房王世子》,而王曼则破天荒地在做作业。

简思思不由得感叹:"今天太阳是从西边出来了吗?"

"思思,你回来啦,怎么去了这么久?"陆宜嘉摘了耳机,跑来表示关心。

简思思想到刚刚宋逸淼的邀约,感觉说出来吧有点儿尴尬,不说吧会不会又显得自己心虚?纠结得耳根都发热了:"地铁里等了一会儿,可能我路上走得慢了。"

陆宜嘉不疑有他,自顾自地说:"于小菲干吗啊,都不敢回寝室啦?"

王曼呵呵笑了一声:"你没看见陆康时上课堵下课截,那副猴急的样子吗?于小菲都快给他吓跑了。"

陆康时最近对于小菲的追求攻势确实十分猛烈,连她们几个室友都快受不了了。

简思思总结:"你喜欢的人追求你吧那就是幸福,不喜欢的人追求你吧就变成了烦恼。这就叫,同人不同命。"

王曼送上一个暧昧的眼神:"思思啊,感触怎么这么深啊?好久没和我们谈心了,是不是有什么新情况?"

简思思没想到这么个众所周知的理论也会引火上身,无奈道:"我能有什么情况?有你这个包打听在这里,我的情况大概还要你来通知我。"

王曼把这话当作褒奖,决定先放过简思思,转而把矛头指向了最近情况颇多的陆宜嘉:"陆宜嘉,那你呢?宋逸淼当了学生会主席之后,就没下文了？"

"能有什么下文啊？"陆宜嘉绞着手指，"连见都见不到。"

王曼哀叹一声："都说了，要先制造见面的机会嘛！"

"怎么制造……又不是一个学院的，怎么样都显得刻意。"

这种事情当事人不努力，别人也只能是干着急。王曼听了这话又是一阵长吁短叹，怒其不争，然后才又悻悻地重新投入到了学习当中。

过了几天，王曼回家了。晚自习结束，简思思觉得有点儿累，回到寝室想早点儿休息，却被陆宜嘉强行拖了起来。

"哎呀，我很累，说了不去了。"

"好班长，好思思，天使思思，陪我吧。"陆宜嘉跪在简思思床边一个劲求她，不知今天哪儿来的勇气，她硬是要去北门黑暗料理街找宋逸淼。

"你要看他自己去不就行了，我能帮你什么啊？"

"你能做我坚强的后盾啊！我一个人不敢嘛……"

简思思把头埋在被子里，说话声音低了八度不止："我说你这样还不如直接告诉他你喜欢他，看看他什么反应。不行就算了，行了就在一起，简单直白，不是很好？"

陆宜嘉维持原来的姿势看着她——准确地说，是看着简思思的被子，没说话。

简思思在被子里等了半响，外面一点儿动静都没有，最后还是没忍住把头伸了出来："怎么了？"

"没怎么，就是觉得……"陆宜嘉脸上没什么表情，也不像是生气了，好像在思考什么问题，"思思，你没喜欢过男生对吧？"

"……"简思思被她问住了，"什么意思啊，看不起人是吧？没吃过猪肉，还没见过猪跑吗？"

"不一样。"陆宜嘉笑起来,"如果你喜欢过男生,你就不会觉得这是一件简单直白的事情了。看不到他的时候会想他,看到了他又不敢靠近,这种矛盾的心情我也是现在才体会到的。"

简思思眨了眨眼睛,确定眼前这个人是她认识的陆宜嘉没错。可是她口中的这种矛盾感觉,确实让她感到陌生。

也许自己不该逼她去寻找一个答案,也许喜欢一个人,也是享受喜欢他的整个过程。

"你的消息……可靠吗?"简思思妥协了。

"啊?"

"他……宋逸淼今天会去吃烧烤?我可不想白跑一趟。"

陆宜嘉听懂了她的话,嘴角一弯:"可靠,我关注了他的微博,今晚他会去的。"

北风那个吹,简思思心里的雪花跟着那个飘。出了寝室楼大门她就开始后悔,谁要去吃那要命的烧烤啊,她只想回被窝睡觉啊!而陆宜嘉心里热乎着,身上自然不会觉得冷,有宋逸淼出没的地方,大概刀山火海她都不会眨一下眼睛地跳。

黑暗料理一条街依旧那么热闹,穿行在摊贩的吆喝声之中,看着同学们不畏严寒、只为饕餮一顿的毅力,简思思心里只剩下"佩服"二字。

陆宜嘉的情报很准确,才走到烧烤摊附近,她俩就看到了宋逸淼。这次他不是和那"街头"男生一起来的,而是男男女女有五六个人围坐在一起,其中居然还有同班的陆康时,还好他们聊得热火朝天,谁都没有注意周围的情况。

这个烧烤摊在这条街上生意算不错,摊位也比较大,前头空地上摆了三张桌子,夏天时有不少男生会带着啤酒来撸串。大概因为天气冷了,此刻已经没空桌了。

"你过去等着吧,我来排队。"

陆宜嘉一到,眼睛就像黏在宋逸淼身上一样。简思思索性把她推过去,自己站在队伍里排队。陆宜嘉挪呀挪,终于挨着宋逸淼站定了。这里有几个学生也站着等烧烤,她混在里面也不会显得很奇怪。

宋逸淼一行人好像刚刚开完什么会,一起出来聚餐的。陆宜嘉看其他几个人有点儿脸熟,好像当初都是学生会竞选的候选人,猜测他们是刚刚成立了班子。

不一会儿宋逸淼就站了起来,嘴里说了句什么,朝烧烤摊走了过去。周围很吵,陆宜嘉虽然离得近,也没听见他究竟说了什么,又不敢贸然跟上去,只好选择原地等待。

宋逸淼刚走到老板旁边,就看到了正在点单的简思思。

"老板,鸡翅、鸡心、烤馒头,各来两串。"

"好嘞——"

简思思摸了摸口袋正要付钱,忽然,旁边一道男声响起:"不喜欢吃烧烤?"

钱掉在了地上。

简思思赶紧弯腰捡起来。

宋逸淼指着一盘生鸡肉招呼老板:"再加两份盐酥鸡,谢谢。"说完又望向简思思,"这里盐酥鸡不错,要不要来点儿?"

简思思结巴了一下:"我吃……吃不下了。"

宋逸淼看她东张西望的,说话都不专注,蹙眉问:"你在找谁啊?"

"我室友。"

宋逸淼人高视野好,望了一圈就看到不远处有个女孩子朝这里走了过来。摊位前人挤人的，宋逸淼和简思思挨得很近，他用手肘戳了她后背一下，嘴里说："来了。"

简思思没思想准备，被他一戳居然重心不稳，朝前面踉跄了一步。

说话就好好说，戳什么人啊？

然而，她再抬头的时候，宋逸淼已经不见了，只有耳边留下了他短促的笑声。

"思思，刚刚宋逸淼是不是在这里啊？"

"是啊。"简思思已经调整好了自己的步子，"我还找你呢，你去哪儿了？"

"后面。"陆宜嘉有点儿遗憾地往夜色里的某处指了指。

"以后还是你负责排队吧。"

陆宜嘉遗憾地点点头，背过身小声咕哝了一句："怎么每次都错过……"

伤脑筋的还有简思思。

明明要见宋逸淼的人是陆宜嘉，结果自己却成了与他几次"正面交锋"的人。这样的巧合实在有点儿尴尬，如今她只能祈祷宋逸淼不要脑洞大开，想得太多吧。

6

宋逸淼的专业成绩只是中等偏上的水平，不过参加学院活动一直比较积极活跃，再加上他在身高长相上的优势，很容易让人记得住，学生会众人都笑称他现在是商学院的"门面担当"。

聚会结束回到寝室已经九点五十，离门禁还有十分钟，宋逸淼慢悠悠地推开了寝室门。房间里只有侯子江一个人戴着耳机在打"魔兽"。

"哟，你舍得回来啦？"看见有人进来，侯子江侧头招呼了一句。

他们寝室常年三缺一，除了宋逸淼和这绰号叫猴子的侯子江，还有一个余亮，因为整天和女朋友黏在一起，人送外号连体婴。自从宋逸淼当选了学生会主席，侯子江就常常落单。好在男生之间的友情不需要通过天天待在一起来证明，有时候茶余饭后互黑互损一番倒也越发"情比金坚"。

"就你一个人啊？"宋逸淼放下东西。

"一群废物！"侯子江忽然对着电脑怒吼一句，摘了耳机，"哐当"一声丢在桌子上，嘴里又骂骂咧咧了几句，才转身看向宋逸淼，"连体婴一定又找他女朋友去了，我以为你今天也不回来了。"

宋逸淼对他的暴怒习以为常："我不回来能上哪儿？"

"谁知道啊。"侯子江伸了个懒腰，"你外面人这么多。"

宋逸淼没搭理他，准备换衣服上床睡觉。衣服换到一半他忽然想起来什么："对了，我今天又遇到她了。"

"谁啊？"

"那个帮我刷票的。"

"啊，那个法学院的？"

"对。"

侯子江觉得有趣，转过身来看着宋逸淼的背影："那女生是不是对你有意思？"

宋逸淼的表情有几分得意："可能吧。"

"那她今天是专门去堵你的？"

"不知道，在烧烤摊碰到的，也没来和我搭话。"

"又是烧烤摊？"侯子江想了想，"上次怎么说来着？不爱吃烧烤？"

宋逸淼脸上莫名挂上了笑："刷票那事也不承认。"

"哟，还挺矜持。"

宋逸森没再多做评价，把台灯拧开，从桌子上一摞书里找到了第二天要用的《战略管理》，又从抽屉里拿了两支笔一起塞进了背包。

关了灯，他又想起来侯子江社团的事："对了，你那街舞社弄得怎么样了？"

"烦。"提到这事，侯子江好像很头疼，"各种报告，审批。"

"都弄完了？"

"我哪搞得来这些？叫小朋友写去了。"侯子江口中的小朋友指的是大一新生。今年开学后，大学建立了一个社团联合会，方便统一管理和监督。以前各家自立门户的社团现在都要进行注册审批。

宋逸森点点头，表示知道："今天聚餐认识了一个社团联合会的干事，你要是搞不定，我找他帮你问问。"

"行。那明天晚上来新人，你还过不过来？"

宋逸森有点儿诧异："这学期都快结束了还有新人进来？"

"社员介绍的，都是妹子，我没理由拒绝啊。"最近鸟叔的《江南Style》在微博上突然大火，MV里面的舞步节奏感十足又简单易学，在年轻人中间十分流行，现在连带着他们街舞社也跟着受欢迎了起来。

宋逸森心中了然，一口答应："去啊，有妹子干吗不去。"

第二天吃了晚饭，宋逸森和侯子江一起骑车去体育馆。街舞社的大本营就在这里，侯子江是社长。

侯子江从初中时期开始迷恋街舞，起先在家跟着网络视频学，后来越跳越好，就出去找了个专门的老师。进了大学之后，他参加过市里大大小小多个比赛，成绩不错，现在已经是半专业了。而宋逸森则是受他的影响，进了大学才开始接触街舞的。

社团每周三晚上六点半开始活动，今天有几个新人报到，侯子江和宋逸淼提早了一点儿过来，没想到新人来得更早。

"这次质量都不错啊。"宋逸淼进门时和侯子江耳语了一句，后者笑眯眯地表示赞同。

"大家好啊，都很准时。"

侯子江一进门就像模像样地做起了自我介绍，那脸认真的样子与他一身松垮的街头形象不太相称。新人清一色都是白白净净的妹子，侯子江这人平时心理素质还行，这会儿倒是有点儿紧张，啰唆了半天都没说到点子上。宋逸淼站他对面，忍不住指了指腕表提醒他时间。

侯子江赶紧收了话头，把宋逸淼叫了上来。

副社长往几个女生面前一站，画风突然从街头变成了雅痞。

"谢谢大家对我们街舞社的支持，有没有人以前学过跳舞的？"

两个女生摇头，只有最右边的一个女生点头了。宋逸淼望了过去，觉得她有几分眼熟，却一时间想不起来在哪见过。

"做下自我介绍？你学过什么舞？"

"大家好，我是法学院的陆宜嘉，今年大二。"

又是法学院……宋逸淼好像想起来她是谁了。

陆宜嘉看着对面的宋逸淼，思绪有些游离，跟他面对面站这么近还是第一次："我小时候学过民族舞，但是街舞没跳过。"

宋逸淼刚想说话，这时候训练室的门被人推开，简思思手里捏着两瓶饮料从外面走进来。宋逸淼眼睛眯了眯，确认是她没错。他问："这位同学，你也是来参加街舞社的？"

简思思是陪陆宜嘉来的。这个没出息的，想见宋逸淼又不敢表现得太明显，好不容易打听到他经常参加街舞社的活动，又要拖上自己壮胆。

"哦,不,我不是的……"突然成了全场的焦点,简思思不太适应,在大家的注视下连说话都没那么利索了。

"她是我朋友,来给我打气的!"陆宜嘉见状立刻补充道。

女生的世界男人不懂。边上有人笑了。

简思思在笑声中加快脚步,找到了一个角落位置坐好。宋逸淼的目光跟随到那里,每次都挺口是心非的啊,想着也笑了起来。

隔了一会儿,他才把注意力重新移到眼前:"另外两个同学,你们也介绍一下自己吧。"

陆宜嘉顺利加入了街舞社。其实入社根本没难度,主要看社长的心情。如果是美女,那就更不成问题了。简思思没陪到最后,中途就回了寝室。等陆宜嘉回来,她已经做完了一套四级模拟题。

对着宋逸淼一晚上,陆宜嘉简直如沐春风。

"女人,注意一下形象,你的嘴巴都合不上了。"王曼切了两颗橙子分给大家吃,走到陆宜嘉边上忍不住调侃她。

"什么嘛,只准你整天秀恩爱,就不准我谈恋爱啦?"陆宜嘉的抱怨中明显带着骗人的甜蜜。

"这么说,你已经把人拿下了?"

"没……不过这是成功的第一步!"

陆宜嘉难得在王曼面前这么大方承认自己对宋逸淼的爱慕,听得王曼都忍不住起了鸡皮疙瘩:"我看你已经甜够了,这橙子我和思思分了吧。"王曼作势要把几片橙子拿回来,谁知道陆宜嘉拼命夺回了橙子,转身便走到了简思思那里。

"思思啊,这次可真要谢谢你了。"陆宜嘉双手托住,殷勤地献上橙子,搞得像献贡品似的。不过要不是简思思帮她打听到宋逸淼常出没于街舞社的消息，她哪能和他有如此近距离的接触。

"好说好说。你托我的事我给你办到了，以后就靠你自己了！"简思思语重心长，说着又沉沉拍了拍陆宜嘉的肩。

陆宜嘉握紧拳头，摆出一副全力以赴的架势："一定努力。"

王曼咬着橙子发出很不雅的声音，得空回了句："我们等着吃糖哦。"

第二天下午没课，简思思和几个班委去辅导员办公室开会。她这个班长当得挺轻松的，班上的同学都比较自觉，偶尔搞些活动也都很配合。辅导员沈毅也是这所大学毕业的，当年研究生毕业后去云南支教了一年半，回来就留校了。

例行公务汇报完毕，沈毅给他们布置了一个任务。一年一度的寝室卫生大检查要开始了，这次为了保证公平公正，学校决定实行交叉互检，也就是说他们法学院的学生要去检查其他学院学生的寝室卫生情况。

几个女生一脸苦相。

沈毅看出了她们的表情变化，慈眉善目地问："怎么了？不想去检查其他学院的寝室？"

"……不是不想检查其他学院，是不想去男生寝室啊老师。"

大家哄笑。

去年大检查时的情景还历历在目，有几个男生寝室不仅脏乱差，还"七里香"——味儿大得直接能把人熏晕，简直不像人住的地方，以至于几个女生到现在还心有余悸。

沈毅哈哈大笑，自己也是过来人，完全理解她们的心情："这次是抽签决定检查对象，我争取不给大家抽到体育学院吧！"

沈毅最后抽到了商学院，简思思也是当天拿到了评分表才知道的。

男生寝室区，24号楼。简思思对那片不熟，只是听班上几个男生谈论过。

　　一幢寝室楼由四个人负责,大家商量了一下,很快划分好了检查范围。检查时正是下午一点多,大部分学生都去上课了。几个人在一楼向宿管阿姨出示了"卫生检查"的工作牌,一一做了登记,才拿到了绑在木牌上的一大串钥匙。

　　"检查完了把钥匙还回来,表格填好,每个项目都要打分,不要空着。"宿管阿姨最后又提醒了一遍。

　　大家分头行动,显得熟门熟路。因为也不是第一次检查寝室卫生了,没了窥探他人寝室的欲望,新鲜劲头过了,只想快点儿完成任务。

　　简思思分到了三层全部和二层一半的寝室,于是她直接上了三楼,由上往下。

　　寝室卫生是年终考评的一个参考指标,和奖学金挂钩。年度抽查更是重中之重,不少男生一年只做一次大扫除,就是为了这次检查。当然破罐子破摔的也不是没有,简思思打心眼儿里佩服他们的生存能力和忍受力,然后在评分表上默默打下零分。

　　一连查了几间都没人,到了311寝室,简思思照例敲了敲门,没等一会儿,门从里面被拉开了。

　　四目相对。

　　门里面的侯子江忽然暴吼一声,接着"砰"的一声关上了门。

　　房门扇出一股气流,刚从被窝里爬下来开门的侯子江只穿了条内裤,深刻体会到了什么是风吹裤裆蛋蛋凉。

　　大白天真是见鬼了,怎么会有女生站在寝室门口的?!

7

简思思淡定地在门外站了一分钟。这情况去年她也遇见过,不知情的男生光着膀子来开门,结果被吓到的不是她,而是他们自己。

"咚咚咚——"

"卫生检查,请开下门。"

"等……等等……"侯子江简直抓狂,三两下爬上了床铺,抓了外套就往身上套。开门的时候一身衣服穿得歪七扭八,还好没有穿反,全然没有了平时那副潮男的样子。

反而是简思思比较镇定,进门亮了亮胸前的工作牌:"你好,检查寝室卫生。"

走道里比较暗,进了寝室再看看,侯子江觉得她似乎有些眼熟。

寝室就这么大点儿地方,一眼就看到头了。这间寝室没乱到夸张,但是也不算干净,地上到处油腻腻的不知道是不是打翻了什么东西;桌子底下插着烧水的电热棒,大学明令禁止;再就是床铺了,有人在睡觉,肯定整齐不了。

"同学,你是不是……法学院的?"侯子江没忍住。

简思思看了他一眼:"你怎么知道?"

"就说眼熟……"他小声嘀咕了一句。

"啊,你是街舞社社长吧?"简思思也认出了他,几面之缘,印象不深。再说他现在邋遢的形象、鸡窝般的头发,实在和之前见面的样子相去甚远。

"是我啊,还真巧。"

简思思点点头,本来也不熟,在这样的场合见面聊天感觉有点儿奇怪。她索性把注意力集中到评分表上,卫生间那一栏还空着。

进去之前她问了句:"看一下,方便吧?"

侯子江双手做了个请的姿势,谄媚地说:"方便方便。"

等人走进卫生间里,侯子江立刻敏捷地跳上了宋逸淼的椅子,隔着被子敲他:"起来啊!追到寝室来啦!"

宋逸淼被他拍得骨头都要松了,露出一个脑袋:"干什么?谋杀啊!"

侯子江还来不及说第二句话,简思思就从卫生间出来了,他立刻从椅子上跳了下来。

"你们寝室三个人住?"

"对。"

简思思低头记了几笔,又抬头:"谢谢配合。"

刚要走,侯子江忽然挡在了眼前:"哎哎哎,结果怎么样?透露下呗。"

简思思看了看评分表,如实相告:"物品摆放比较乱,床铺整洁度不够,扣两分;卫生间太脏了,扣五分;违规使用电热棒,这项也扣五分。"

"扣这么多?这加起来超过十分了。"

大学寝室实行红黄牌制度,和足球比赛一样,累积两张黄牌警告会得到一张红牌。一学期之内只要获得一张红牌,奖学金就没了;而一次性扣十分,直接就会被出示红牌警告。

"抱歉,如果没有用电热棒就不会扣这么多。"简思思虽然嘴里说着抱歉,心里却完全没有这么想。毕竟公事公办,她没觉得自己有什么错。

侯子江自己是指望不上奖学金,但宋逸淼去年还是得到了。

听到这个结果,宋逸淼总算舍得从床上爬起来了。

"物品摆放有什么问题?"

简思思没料到房间里还有第三个人,他开口说话的时候她吓得肩膀禁不住抖了抖。侯子江知道宋逸淼故意吓她,在旁边偷笑了起来。

宋逸淼敏捷地从上铺爬了下来,他上身穿了件长袖T恤,下面套了条灰色的运动裤。除了头发有些乱以外,看起来倒不像是刚刚从被窝里爬出来的。

简思思很快恢复镇定,指了指和宋逸淼床位并排的那张桌子:"这张桌子上都是杂物。"

"这个床位空着,没人住。"

"没人住也不能乱堆杂物。"

"那你扣'他'的分。"

明明就没人,扣鬼的啊?

"我们都是整体评分的,不分哪个床位。"

宋逸淼不出声了,双手插进裤子口袋,忽然朝简思思走了两步。

距离太近,简思思不得不退后,宋逸淼又往前移了两步。他人长得高,往面前一站,越发让这屋子显得狭小局促。地方太小,简思思不够让的,再退一步,"哐"一声后背就贴到了衣橱上。

这时候宋逸淼适时低下了头,寝室里没拉窗帘,外头的阳光洒在他头顶上,好像镶了一圈金色的绒边。他扯起一边嘴角,笑容有些慵懒,目光却意外的真诚:"简同学,帮个忙吧,少扣几分。红牌直接判死刑了,不太好吧。"

侯子江在旁边看得目瞪口呆。这撩妹技能他下辈子不知道能不能学会。

简思思咽了咽口水,感觉背上有点儿发热,可是她脑子还算清醒,看准了机会一下从旁边的空当溜了出去。

宋逸淼直起腰,笑眯眯地望向她:"要不,晚上一起吃饭?"

简思思飞快地把评分表折起来塞进了口袋,转身朝门外走:"不了,我晚上还有课。"

房门带上。

人一走，侯子江就凑了上来："哎，你说她不会真给我们扣光吧？"

宋逸淼转身回来坐到椅子上，闲闲地看了眼手机，自言自语似的说："厉害啊，连我住哪儿都查到了。"

虽然声音很小，但侯子江还是听到了，一副看热闹不嫌事大的表情："可不是。这个比去年那个还厉害呢。"

"去年哪个？"

"大草坪表白的那个啊！你别告诉我忘了，人家可都被记过了。"

隔了会儿，宋逸淼轻轻"嗯"了一声，似乎才想起来了。

简思思快速检查完了剩下的所有男生寝室，交了评分表，心里憋着口气走出了 24 号楼。本来想直接回寝室的，却不知道怎么走到了图书馆。

说起来也真是倒霉透顶，碰谁不好偏偏碰到他！

红牌直接判死刑了不太好？光天化日之下耍流氓才不好吧！

简思思想着就有点儿生气，翻了翻书包看东西都带着，想着来就来了吧，在外面去去晦气也好。

从口袋里拿出学生证，简思思正要刷卡进图书馆，这时候看见陆康时从里面走了出来。

"简思思。"

"下午没课啊？"

"没啊。"

简思思心情不佳，没工夫和他东拉西扯的，冲他挤了个笑容正要往里走，却又听见他在边上说："今天卫生检查，遇到宋逸淼没？"

哪壶不开提哪壶，简思思停住了。

"你怎么知道今天卫生检查？"

"刘晨不是和你们一起嘛，听他说的。"刘晨是班委之一，也是陆康时的室友。陆康时见她露出疑惑的表情，马上又补充了一句，"那天你不是打听他来着嘛。"

"那个啊……"简思思明白了。陆康时是社团联合会的干事，之前她为了帮陆宜嘉，确实和他打听过消息，"那个是帮别人问的。"

"咳，我还以为你对他……呵呵！"得知是自己误会了，陆康时不好意思地笑了笑，显得比平时更憨厚了。

"别提他了。"后面有学生要进图书馆，简思思索性收了学生卡走到边上，"不过上次是要谢谢你，我请你喝奶茶吧。"

陆康时愣了愣，没跟上去，挠挠头小声说："小事情。奶茶就不用了，班长你帮我在于小菲面前美言几句吧。"

别的事情都好说，就这事还真难为简思思了。

"走吧。"简思思走过去拉了他的书包一把，"还是请你喝奶茶吧，那事别人可帮不上忙的。"

下午自习完，简思思去澡堂洗了个澡。回到寝室，头发还没吹干，又接到了辅导员沈毅的电话。寝室卫生抽查结果汇总到了他手里，大部分学生打分都比较松，唯独24号楼的分数不太好看，有五张黄牌，还有一张红牌。简思思一个人就贡献了一红一黄。

"思思，你这个结果是最终结果吗？"

简思思不太确定沈毅的意思，试探着问："沈老师，你的意思是……要打高一点儿吗？"

"也不是一定要打高。如果确实很差，那就如实打分。如果是可高可低的话，还是客气一点儿。毕竟这个是学院互评的分数，我们给别人打分的同时，也接受其他学院的检查。这个是相互的嘛。"

电话这头，简思思没答话，站在书桌前考虑着该如何应对。

"这样吧,你再回忆一下当时检查的情况,一会儿来我办公室一趟。"沈毅算是给出了一个折中的办法,"如果确实没问题,就过来签个字,确认一下。"

简思思手指在凸起的墙面上抠了几下,答道:"好的,我知道了。"

北风吹落了枝头最后几片残叶,宣告了冬季的正式来临。学生们纷纷套上了厚厚的羽绒服,暂时藏起了自己的棱角。常年20℃的图书馆整天人满为患,成了校园里的最佳避寒胜地。

不过也不是所有人都爱泡图书馆。这天余亮回寝室,宋逸森和侯子江就裹得像两个粽子一样在打游戏。

"你俩真抗冻啊,这么冷的天也不去图书馆?"

侯子江睨他一眼,先是露出夸张的表情:"稀客你好。"扭头又道,"寝室里想坐就坐,想躺就躺,还能随时点外卖,简直满足所有需求。"

余亮脱了外套,往椅背上一扔,又说道:"我才几天没回来,咱寝室怎么就吃红牌啦?"

"什么?!"侯子江扔了键盘转过来,一副不可置信的表情,"我们寝室真吃红牌啦?"

他这话是冲着背后的宋逸森问的,但余亮还是接着回答了:"这能有假?刚刚我在楼下看见了。"说着眼光又在寝室里转了圈,评价道,"我看着还行啊,不至于红牌警告吧。"

侯子江长臂一伸,推了对面的宋逸森一把:"喂,有什么感想?"

宋逸森合了电脑,两手交叉放到脑后,好整以暇地问:"感想?"顿了顿又道,"以后你的加热棒藏好点儿。"

侯子江踢了他椅子一下:"去你的,问你正经话。"

余亮不知道整个故事,自顾自说道:"这么一来三水哥的奖学金泡汤了吧。你们这样不好啊,总拖人后腿,本来这学期我也想好好努力,争取一下奖学金的。"

侯子江呸了一声:"你给我好好说话,你要争取奖学金?母猪都能上树了。你要好好学习,你那连体婴同意吗?车夫伙夫都没了,她不踹了你另觅新欢?"

余亮和他对戗了几句,最后两个人的目光都落到宋逸森这里。

"怎么说?"

"会会她呗。"宋逸森语气淡淡地说。

余亮完全状况外:"会谁啊?"

侯子江推开他,杵到宋逸森跟前:"看样子是狠角色,寝室都敢找来,还有什么干不出来的?"

宋逸森点头:"既然冲我来的,就看看她到底想干什么。"

侯子江很好奇,凑上去问:"哎,见了她,你怎么说?"

宋逸森想了想,脸上忽然露出一抹神秘的笑:"还没想过。见到了就知道了。"

8

晚上学生会有活动。宋逸森和室友吃完饭,到活动室的时候,有几个人已经来了,正在讨论学校春节晚会的事情。今年节目除了以学院班级为单位选送推荐以外,社团也会上几个。之前侯子江已经答应了上台,加上各个学院出的节目,一份完整的节目表已经初步拟定。

宋逸森很快加入了他们的讨论:"今年我们学院选上了几个节目?"

"街舞和独唱,就两个。"

街舞算是由社团联合会报送的，等于由学院推荐的才上了一个。宋逸淼看着节目单皱了皱眉头："我们报的节目也太单调了，不是唱歌就是唱歌，又不是去参加《中国好声音》。"

　　陆康时在旁边点头，他代表社团联合会来开会，最近常往商学院这边跑："我也是这么觉得，物以稀为贵。像这次我们街舞社被选上就是因为节目独一无二，大学好几十个社团呢，只上了两个节目。"

　　"另外一个什么节目？"宋逸淼认真听完他讲话，接着提问。

　　"汉服展示。"

　　宋逸淼觉得这个答案并不出人意料："汉服既特别，又弘扬中国文化。学校一定很喜欢。"

　　底下几个干事纷纷点头。

　　"节目单应该还没有最终定下来，你们再问问哪个班有特别点儿的节目，到时候一起报给我，我去问问能不能作为备选。"

　　"好。"

　　一晚上的会开下来，副主席的会议纪要本子上划满了重点。吃喝玩乐过后，学生会到底也是得干实事的。各自领了任务，宋逸淼宣布散会。

　　为了晚会节目，有几个干事没走，围在一起继续头脑风暴。陆康时这个外援看看也没自己什么事情了，收拾好东西准备回寝室，出门的时候被宋逸淼叫住了。

　　"我们街舞社报批的事情还要麻烦你上上心。"

　　被商学院的学生会主席亲自招呼，陆康时觉得挺荣幸的："放心吧，这次你们的节目上了，学校看过满意后，注册就更没问题了。"

　　"我是不担心猴子的实力，就怕那些报告被他搞砸了。"

　　陆康时哈哈笑起来："没事，那些都是例行程序，不是写专业报告。"

听他这么说，宋逸淼稍微放心了点："好，总之，谢谢了。"

两个人又客气了几句。公事谈完，宋逸淼才有闲心想想别的："我还一直都不知道，你是哪个学院的？"

陆康时老老实实地答："我法学院的。"

"呵，又是法学院？"最近和法学院杠上了。

"怎么了，你认识法学院的人？"

宋逸淼和陆康时边聊边朝外面走，他单肩背着书包，说得很随意："算认识吧。"

"谁啊？说不定我认识呢。"

"简思思，认不认识？"

宋逸淼也就随口一说，陆康时一听这名字却差点儿蹦了起来："咳，我们班长嘛，我怎么会不认识。"

"班长？"宋逸淼的眼睛又眯了起来，夜色中不知道看向了哪里。

"对啊，熟得很。"

"她这人怎么样？"

"她这人……"陆康时一时也想不到什么形容词，"成绩很好，也挺大方的。"

"怎么个大方法？"

"就是……不藏私嘛，问她题，她把知道的都告诉你。对了，昨天她还请我喝……"说到这里，陆康时很明显地迟疑了一下。

这两个人互相打探着对方的情况，究竟出于什么原因？

宋逸淼递来一个疑惑的眼神。

"哦，就是请我喝饮料来着。总之，挺好相处的。"

宋逸淼若有所思地点了点头。

"你和她,没什么吧?"陆康时有点儿好奇。

"没,就随便问问。"

陆康时看他也不想多说的样子,"哦"了一声,也没再继续发问。

简思思在C座门口见到宋逸淼的时候,刚刚上完计算机公共课。陆宜嘉前一天发烧请了病假,王曼照例玩游戏翘课一节,还美其名曰留在寝室里照顾病号。只有于小菲和她上完了两节课,不过下课后她又立刻坐地铁回家了。

简思思有些庆幸。

"中午还有课吗?"

宋逸淼今天穿了一件军绿色的羽绒服,拉链敞开露出里面一件白色的套头衫,下身套了条牛仔裤,松松垮垮。他站的位置极好,要想走出C座这是必经之路。简思思经过他身边的时候,心里还抱着一丝侥幸,然而他的声音很快就把那个可能性碾碎了。

简思思脚步没停,只匆匆瞥了他一眼,说了声"你好"又继续往外面走。

宋逸淼轻而易举地追上了她:"哎,别急着走啊?"

简思思停下来:"有事吗?"

"这句话应该我问你吧。"宋逸淼双手依旧插在裤兜里,显得很镇定。

简思思眉头皱了皱:"什么意思?"

宋逸淼还是刚刚的表情,语气淡淡道:"票也刷了,寝室也逛了,红牌也给了。好吧,你说说,你到底想怎么样?"

简思思身体一僵,底气有点儿不足:"寝室那次是意外。还有,我没想怎么样。"

宋逸淼轻笑出声:"别装了。我承认,你已经成功引起了我的注意。

虽然方式有点儿极端，但是我很好奇。"

　　简思思惊呆了，只感觉有点儿晕，还摇了摇头试图证明自己的听力没出问题。

　　一脸"What？你在说什么"地抬头，就对上宋逸淼满脸笃定的表情，简思思再次觉得这个世界玄幻了。

　　深呼吸一次，简思思好不容易定了定神，冷静理智地放慢了语速试图表达得清楚一些："可能之前有些事情让你产生了误会……但是，不好意思，不过事情确实不是你想的那样。"

　　"哦？我想的哪样？"

　　"我并没有想要引起你的注意。"

　　"所以刷票只是刷着玩玩？"

　　"那个……我只是帮忙操作而已，想要给你刷票的另有其人。"

　　"另有其人？那个人是谁？"

　　"……"名字到了嘴边，但直说陆宜嘉喜欢你岂不是很没礼貌又对不起室友？陆宜嘉应该很快就会跟他告白了吧？到时候一切都会真相大白——想到这儿，简思思又改变了主意，"你早晚会知道的。"

　　宋逸淼好像早知道她会这么说，冷笑了一声："你这样的话，那我只能去信息部举报了。"

　　"何必这样？"听到"举报"两个字，简思思的脸都黑了，"再说你有什么证据？"

　　"有谁会故意抹黑自己？你猜猜看到时候严老师会相信谁？"

　　他说话的样子不像是骗人。

　　简思思急了，声音拔高："为什么非要搞得两败俱伤、鱼死网破？你要只是好奇谁给你刷的票，我说了，你很快就会知道她是谁的。再说，你要是足够细心的话,应该早就发现了。"

宋逸淼抿着嘴唇,好像在思考这话的可信度。

"那我现在可以走了吗?"宋逸淼挡住了简思思大半去路,她只能等着他自己让开。

"不。"

"为什么?"

"我肚子饿了。"

简思思隔空一指:"食堂在你右手边。"

"一起。"这不是个疑问句。说着宋逸淼就真的朝简思思手指的方向走了过去。

"我不饿。"

宋逸淼回过头来看她:"做了那么多事情,不就想制造和我单独见面的机会?不吃饭,那你还想干什么?"

简思思一肚子火气对着空气翻了个白眼,觉得她刚刚说的话全喂了狗。自恋也该有个限度!

"我真的不饿,你慢慢吃吧!"简思思说着直接朝食堂反方向走去,没走出几步又转过身来补充,"以后就当不认识吧,应该也没什么机会再见了。"

简思思憋着一股怨气在学校里绕了个大圈子才回到寝室。门一推开,王曼和陆宜嘉正在欢欢喜喜地分泡面吃。方便面的香气在空气中四散弥漫,轻而易举地钻入了简思思的鼻子。

肚子好饿啊。

"病好了还不去上课?"

陆宜嘉听了简思思这话适时地咳嗽起来,桌子上堆满了她用过的纸巾,好像是她病还没好的证明:"咳咳咳,思思,你离我远一点儿,传染给你就不好了。"

简思思看了她一眼,又看了一眼泡面:"你们合吃一碗泡面才比较容易传染吧。"

王曼嘿嘿笑着骂陆宜嘉傻,陆宜嘉作势要打她,两个人又闹了起来。

简思思心里窝着火,又不知道该不该和陆宜嘉说。

犹豫了半天,简思思决定还是旁敲侧击一下:"陆宜嘉,你和那个宋……那个商学院的现在什么情况啊?"

陆宜嘉愣了愣,咬着塑料叉子低头道:"还不就那样吗……"

身边的王曼推了她一下:"哪样啊?最近接触不是挺多的吗,他有没有什么表示啊?"

陆宜嘉的脸有点儿红了:"他能有什么表示啊?"

简思思见她这副磨磨蹭蹭的样子像被人轻轻挠了痒痒,浑身不痛快:"他没表示,你也不表示啊?那就准备这么算了?"

"哪能啊?"王曼满脸堆笑,"她偷偷摸摸不知道准备了什么好东西要送他呢。"

陆宜嘉泡面也不吃了,露出一副不好意思又充满期待的表情:"你们说,我要不要圣诞节和他表白?"

"好呀!"王曼起哄,"择日不如撞日,早点说明白早点安心。"

陆宜嘉咬着嘴唇"嗯"了一声,转身又问简思思:"思思啊,你觉得呢?"

当然是越快越好!但简思思怎么能这么说,只好克制道:"嗯,说清楚也好。"

9

平安夜这天不是周末,学校里却依稀飘散着过节的气氛。因为不是中国的传统节日,学校照例不组织活动,然而学生私下怎么过节,大学就不做干涉了。

机电学院每年平安夜都会组织一场规模颇大的联谊活动,去年法学院没参加。今年那边很早就发出了邀请,学院学生会的人找到了各班的班长,希望他们能配合支持一下。

机电学院就是一个和尚庙,男女生比例严重失衡,女生屈指可数。简思思当然知道所谓的支持,其实就是动员班里的女生去参加联谊。

消息放出去几天也没几个人响应。到了活动当天,报名的人依旧寥寥无几。简思思作为班长,为了表达对活动的支持,只好拖着室友亲自上阵。王曼和陆宜嘉都算是有"家室"的人,不方便再参加这样的联谊活动,只有于小菲跟着简思思去了机电学院。

和尚庙果然不是吹的,一个大教室,四十几个男生坐得满满当当,一个个如饥似渴地盯着门口进来的女生。这副饿狼扑食的样子一不小心就吓跑了几个已经到了门外的小学妹。

简思思和于小菲来得不早不晚,刚刚坐定,就有男生上去表演节目了。面前的桌子上摆满了零食、水果和饮料,两个人纯粹是来捧场的,没什么其他心思,吃吃喝喝倒也觉得自在。

游戏环节于小菲被抽了上去,和机电的男生组队挤气球。简思思在下面认真观察了一会儿,最后发现于小菲的搭档比于小菲还要不好意思,也就放心随他们去了。

正吃着喝着,她的手机屏幕亮了亮。是陆康时发来的微信。

"于小菲是不是去参加联谊了？"

简思思回了一个"是"。

陆康时发过来一个哭晕在厕所的表情："不要啊！"

简思思隔着手机都能感受到他的焦虑："放心，我帮你看着。"

"我不放心啊！"

"那你想怎样？"

"带她出来吧。拜托！"

"然后？"

"然后我们也该讨论一下《劳动法》那几个案例了。"

之前在《劳动法》的课上，简思思、于小菲还有陆康时被老师分到了一组做案例报告，但于小菲常常不在校内，三个人到现在还没一起碰过头。

这回连老天爷都帮陆康时，简思思没理由拒绝了："可以啊，一会儿我问问于小菲。"

"真的啊？"

"等消息。"简思思按了发送键，将手机倒扣在桌子上，左手抓了一大把瓜子，继续嗑了起来。

和陆康时约了八点在图书馆一楼碰面。简思思和于小菲从机电学院走过来才花了十分钟，到的时候也就七点四十五，陆康时已经背着双肩包在外面等了。

室外温度很低，风刮在脸上生疼。

简思思说："你怎么站这儿啊？不冷啊？"

陆康时傻傻地笑："来了啊？"眼光全落在简思思边上的人身上。

简思思知道自己多余了，笑着摇了摇头："先进去再说吧。"

"你们先进去，我去买喝的，你们要喝什么？"陆康时殷勤地问道。

刚刚在联谊会上都塞饱了，现在简思思的胃里一点儿空余的地方都没了。不过她知道人家这话重点问的是于小菲，于是识相地等着室友表态。

"不用了，不想喝，赶紧讨论完赶紧回去，冷死了。"于小菲抱着胳膊只想往里面冲。

陆康时一连说了几个好字，侧身将她俩让了进去。

位子之前就托人占着了，陆康时将简思思和于小菲带到的时候，几个人还坐着。

"来了来了，谢谢各位啊。"

几个人看陆康时到了，纷纷起身挪位置。其中第一个站起来的人，一转身看到简思思便愣了愣，胳膊肘捅了捅旁边的人："哎，看看谁来了。"

宋逸淼收了笔记本向身后看——简思思穿了一件白色大衣，围着米黄色的羊绒围巾，背着个书包，脸蛋被冻得红彤彤的站在那里。

"是你啊。"

简思思十分尴尬，只小声应了句："你好。"

宋逸淼也没多说什么，眼光很快移开，从她身边绕了过去。侯子江在后面赶紧跟上："这女的，不会又是来堵你的吧？"

宋逸淼没答话。正巧前面有桌人收拾东西走了，他跟侯子江往那边示意了一下，拉开椅子坐了下来。

"怎么？不走啊？"侯子江问。

"外面太冷。"

侯子江"喊"了一声："冷你个头！都冷了一个月了，怎么不见你天天来图书馆啊？"他身子前倾趴在桌子上面，小心翼翼地又回头瞄了简思思那桌一眼，"我说你不是为了她吧？"

宋逸淼在桌子下给了他一脚。

侯子江龇牙咧嘴地看他:"有病啊!"
"你才有病。"
"你是不是犯相思了?"
宋逸淼又给了他一脚。
"别动手动脚的行吗,鞋很贵的,限量版!"侯子江低头拍了拍鞋面的灰,又抬起头来问,"那你说,社团的事情都搞定了,我们还待着干吗?书都没带一本,坐这儿发呆啊?"
宋逸淼一下子被问住了,正好这时候他大腿裤兜里忽然一阵泛麻——来电话了。
宋逸淼掏出手机,一串本市的陌生号码。他一手拎起书包甩到背后,一手按下了通话键。侯子江在对面看着他,一时还没反应过来,直到宋逸淼走出自习室才起身追了出去。
"等等我啊!走也不打个招呼啊。"
简思思那边还算进行得顺利。一讨论起案例来,陆康时就比刚才进门时规矩了很多。三个人效率颇高,很快就做好了分工。每人一个案例解析,完成后统一发送给简思思整理合并,最后再由陆康时负责打印。
"今天平安夜,你们有什么活动?"关电脑的时候,陆康时状似不经意地问了一句。
"没安排,我回寝室自习。你呢,小菲,今天回寝室吗?"简思思说。
于小菲抬手看了看手表,纠结了一会儿,说道:"还是算了,寝室太冷了,我回家。"
简思思点点头:"那你抓紧点儿,都九点多了,晚上路上不安全。"
一旁的陆康时赶紧附和:"是啊,是啊,女孩子走夜路不安全,我送你吧。"

于小菲想也没想:"不要。"

陆康时有点儿尴尬,看了一眼简思思。

简思思决定好人做到底:"我们一起送你去地铁站吧,人多点儿热闹。"

于小菲也看了简思思一眼,知道简思思是什么意思。不过话说到这份儿上,她也不好太不给人面子,妥协似的答应道:"行吧。"

一行三人出了图书馆,大概是因为平安夜的关系,这个点学校主干道上来来往往的人还不少。地铁站在北门,从图书馆走过去有点儿距离,三个人抄了小道。

一路上三个人有一搭没一搭地聊着,这时简思思的手机响了,步子慢下来落到了后面,她接通了电话:"喂?"

电话里面没有说话的声音,只传来抽抽搭搭的哭泣声。

"陆宜嘉?喂?怎么了?"

简思思问了好几遍,电话里才断断续续传来了陆宜嘉的声音:"思思……思思……你能不能来陪陪我?"

"好啊!你在哪里?"简思思紧张的声音传到前面,于小菲和陆康时也停下了脚步。

"出什么事了吗?"于小菲问。

简思思还在努力辨别陆宜嘉口齿不清报出来的地址,一手对他俩做了个嘘的动作。

简思思对着手机说:"你待在那里别动,我马上过去找你。"

陆宜嘉抽抽搭搭:"思思,就你一个人过来,呜呜……别让王曼她们知道。"

"放心,我明白。"

挂了电话,于小菲立刻走过来:"看你紧张的,到底什么事啊?"

"学院里的事情，有点儿棘手，我得马上过去处理一下。"

陆康时问："有什么要帮忙的吗？"

"不用了，能搞定。"简思思笑了笑，想让他们安心一点儿，完了又转过去嘱咐陆康时，"你帮我把于小菲送到地铁站，没问题吧？"

于小菲催她："行了，你别管我了，赶紧去吧。"

"嗯，到家了发个信息给我。"

黑漆漆的教学楼里温度没比室外高出多少。这季节没人会在没有空调的教学楼里晚自习，唯一亮着灯的一间显得格外寂寞冷清。

简思思很快就找到了陆宜嘉。平时叫陆宜嘉上一趟图书馆都得三请五请，她到这里来显然不是自习的。

推开门，偌大的教室就开了最前面的一排日光灯。陆宜嘉一个人坐在第一排，低头趴在桌子上，肩膀还一抽一抽的。听到门口有动静，陆宜嘉抬起头来。眼睛很红，脸颊上两行风干的泪痕，都是她伤了心的证明。

简思思走过去，一句话也没说，像个大姐姐一样，轻轻拍了拍她的脑袋。

陆宜嘉伸手抱住她的腰，刚刚收起的眼泪又重新爆发出来："我……我跟他……表白了。"

简思思不用问，眼前的一切已经清楚告知了表白的结果。

"算了，咱们再找个更好的，气死他！"

"没人了，没人了，他就是最好的，呜呜呜……"

"……"

"真的太绝了，给我留点儿希望也好啊，为什么说得这么绝呢？我真的这么让人讨厌吗？"

简思思说："别说这种话，你的价值不是由他来决定的。"

"之前在社团里还聊得好好的，怎么现在……现在……"

陆宜嘉根本听不进简思思的劝，又自顾自说了好多话。都是没头没尾的叙述，简思思也只听了个大概。

"这里太冷了，我们回去说吧。行吗？"简思思把自己的围巾给陆宜嘉围上。陆宜嘉明显是精心打扮过了，掐腰的毛线裙子，显瘦打底袜，脚上蹬了双短靴，露出形状姣好的小腿。

陆宜嘉哭累了，终于停了下来，然而眼光又定定地看向教室里的某处。

简思思给她收拾好东西，正要拉她起来，她忽然自己站起来朝讲台边上走了过去。简思思看着她在教室的垃圾桶前停下，又弯下腰从里面把什么东西捡了起来。

简思思跟了上去："这是什么……圣诞贺卡。人家都不要，留着干吗？"

接着，她不作声了，目光静静地落到陆宜嘉手里那张已经撕成了四片的卡片上。然后眼光下移，垃圾桶里露出来一个黑色的长方形盒子。

陆宜嘉大概注意到了她的视线，抹了一把发红的眼睛，自嘲地笑了笑："我撕的。"她用脚尖戳了戳眼前的塑料垃圾桶，"礼物，省了一个多月的饭钱，凑起来给他买了这个，好歹也看一眼吧。"

简思思借着头顶的灯光看到了盒子外包装上的LOGO，牌子货，不便宜的。

"他看都没看，直接扔了。"

简思思听了心中一凛。

这个宋逸淼，够狠的。

10

回到寝室区，已将近十点钟。大概是因为节日的关系，楼底下成双成对的情侣比平时更多了几分难舍难分。简思思和陆宜嘉回来的时候，尽职尽责的宿管阿姨正扯着嗓子喊女生们赶紧上楼。陆宜嘉一路上情绪十分低落，现在看到这你侬我侬的场景，心里更加不是滋味，撒开腿就跑了进去。

简思思一晚上说了不少开导的话，然而感情这种事情岂是旁人劝几句就能放下的？时间才是治愈的良药，如今她也只好祈祷陆宜嘉能早日走出阴霾。

回到寝室，陆宜嘉换下衣服、卸了妆，直接往床上钻，一副颓唐的模样让简思思这个局外人看了都于心不忍。虽说感情不能勉强，但是面对这样一个楚楚可人的女孩子，即便做不了恋人，交个朋友也未尝不可，何必用那么极端的态度去践踏别人的真心呢？

简思思实在不能理解宋逸淼为什么如此铁石心肠，就好像她不能理解陆宜嘉为什么对他那么情有独钟一样。思来想去，她觉得唯一的可能性就是——陆宜嘉年少无知，一时被猪油蒙了眼睛。而宋逸淼这个人，正如她之前所想——实在是差劲到了极点！

大概因为前一天晚上太折腾，第二天简思思一觉睡到了十点多，幸好一早没课。起来的时候陆宜嘉已经在吃早饭，见她从上铺往下爬，便指了指书桌："给你带了个蛋饼，不加葱不加辣。赶紧吃，还热的。"

简思思说了声谢谢，目光不由自主地投向室友。一夜下来，陆宜嘉看起来已经平静了不少，只是那双哭得又红又肿的眼睛还是留下了她心碎的证据。

下午的课是《法律基础》，虽然是专业课，但是这个任课老师从不点名，所以翘课的人特别多。简思思原以为陆宜嘉遇到这档子事，早已没心思上课了，没想到她今天却尤为配合，简思思一叫，她就马上跟着出门了。

任课老师照旧没有点名，一堂课下来无惊无险。然而，就在下课铃打响之际,辅导员沈毅却忽然从教室前门走了进来。在座学生纷纷窃喜——辅导员查出勤率这种事情概率本就不高,而自己恰好出勤了,简直就是撞大运!

只是辅导员的话很快让大家的欣喜落了空。沈毅问:"最近几天谁见过王曼?"

底下的学生交头接耳、窃窃私语起来。

"这几天谁见过她的?举个手?"

下面窸窸窣窣讨论着,却始终不见一人站起来回答。

"都没见过?"

沈毅等了半天还是没得到答案,年轻的脸上眉头紧蹙,目光在教室里快速巡视一圈,最后停在前排的三个女生身上:"你们三个留一下,其他人先走吧。"

被点名的三个女生是谁,不用猜也知道。作为王曼的室友,简思思从刚刚辅导员叫出王曼的名字起就心里打鼓,算起来她最后一次见到王曼,应该是四五天之前的事了。王曼打游戏翘课早已是家常便饭,再加上因为陆宜嘉的事情分了心,自己竟没有意识到她已经好几天没来上课了。

三个女生正愁怎么帮室友开脱,不料沈毅接下来说的话却让人大为吃惊:"王曼两天没回家了,家长已经报警。你们要是知道她在哪里,最好快点儿告诉我。"

原本以为只是追究王曼逃课的行为,谁料沈毅居然说出这样的话,三个女生一下子愣住了。两天没有回家意味着很多种可能性,谁都不敢妄下判断。

教室里的人都散得差不多了,几个人围到了讲台前,还是向来沉着的简思思最先恢复了理智:"我也几天没和她联系了,是不是和家里人闹矛盾了？"

陆宜嘉和于小菲前一秒还六神无主，这一刻听到简思思的推断立刻点头附和道："王曼脾气本来就急，是不是闹脾气了？"

沈毅叹了口气，摇摇头："家长反映她一切如常，走前没发生矛盾，没有任何预兆。"

这下三人傻眼了。

沈毅看她们满脸的焦虑，确实不像知情不报的样子，一时也没有新的线索，只好嘱咐道："你们回去看看她的东西都在不在，还有她平时和什么人联系比较多，都仔细想一想。"

意识到事情的严重性，简思思提供了一条重要线索："她男朋友呢？男朋友那里有没有问过？"

"她有男朋友？"沈毅露出疑惑的神情，"早上她妈妈来学校的时候我还特意问了，她妈妈说没有。"不过转念又考虑到不少学生谈恋爱都是瞒着家长的，沈毅又不觉得奇怪了，"她男朋友的联系方式你们有吗？"

这一问还真把三个女生问住了。虽然王曼经常在寝室里提起男友，可是室友们并没有真正见过他。别说电话号码了，除了"老王"这个称谓，简思思只知道他是个年轻白领，和王曼最初是在游戏中结识的，其他一无所知。

沈毅一听游戏两个字，无奈地摇头，这年头网络世界的感情有多少是靠得住的？随即吩咐三个女生立刻回寝室找"老王"的联系方式。

简思思和于小菲、陆宜嘉一刻不敢怠慢，赶紧回了寝室，大家心里着急，一路上都在拨王曼的手机。可是电话明明通了，就是没人接听。

"曼曼不会真出什么事吧？上个星期在寝室里，有没有什么不对劲？"于小菲一边打电话一边询问两个室友。

然而任凭简思思和陆宜嘉想破了脑袋，也没想出什么疑点。
……

辅导员沈毅很快接到电话，电话那头简思思的语气听起来十分急迫："沈老师，她男朋友的联系方式没找到，但是我们在她的记事本里找到了游戏账号和登录密码，你看是不是能从这里下手？"

这一天是2012年的圣诞节，简思思至今记忆犹新。前一晚陆宜嘉刚刚经历了告白失败的打击，紧接着便又接到了王曼失联的消息。躲过了传说中的2012世界末日，却没能躲过这一波未平一波又起。疲惫、担心、不安，一整晚都笼罩在整个寝室的上方，丝毫没有让人感受到节日的喜悦。

一晚上的提心吊胆过后，又过了整整一天。

傍晚最后一节课结束，王曼失联的事情仍没有任何新进展。三个女生实在忍不住了，下了课直接冲到了辅导员办公室。还没进门就听到里面有说话的声音，简思思走在最前面，礼貌性地敲了敲门。谈话声中断，接着沈毅的声音传来："进来。"

简思思推门而入，后面跟着两位室友。办公室的日光灯功率很大，特别亮，把每个人都照得清清楚楚。

还没等简思思开口，有人便先认出了她。

"哎，是你啊？"侯子江眉毛一挑，显得有几分意外。他就站在沈毅的办公桌边，一只手搭在桌子之间的隔断上，半身倾斜，站姿有点儿吊儿郎当。说罢，他下意识地把身体转向了身边的同伴，右臂轻轻一顶，脸上露出了一个高深莫测的笑容，"真巧！"

旁边的宋逸淼穿了一件白色的羽绒背心，在暗色调的办公室里显得有点儿扎眼。他抱胸站在那里，和平常一样漫不经心。侯子江突如其来的动作让他突然失去了重心，脚下稍有趔趄，不过很快又恢复镇定。他仿佛对侯子江的幼稚举动十分鄙视，还用很嫌弃的眼神看了侯子江一眼。

"你们认识？"沈毅将几个人的小动作统统收入眼底，有些疑惑地问。

"认识啊。"

"不认识。"

侯子江和简思思给出了两个截然不同的回答。

沈毅蹙眉道："到底认不认识？"

简思思正觉得尴尬，一抬头又发现宋逸淼正直愣愣地看着自己。他的眼神里流露出一种说不清道不明的复杂情绪，让她心里更加打鼓。然而，简思思还没想好应对的策略，这时候身旁的陆宜嘉却忽然转身向门外跑了出去。

"宜嘉！"于小菲叫了一声，没把人叫住。

简思思正要追出去，旁边的于小菲拉住了她："我去看看她，这里交给你。"

简思思点头，心里明白眼下王曼的事情更加重要，目送于小菲出门，回过头又对上了愈加疑惑的沈毅。

沈毅问："你们寝室什么情况？陆宜嘉又怎么了？"

宋逸淼在这里，陆宜嘉逃走的原因显而易见，但她不能说，只好随便找了个理由搪塞："她昨天吃坏了肚子，大概又要去上厕所了……"

沈毅听了没接话，她又马上扯开话题道："对了，沈老师，王曼有消息了吗？她的游戏账号应该有点儿线索的，她平常……"

"喏，这不线索已经找来了嘛。"简思思的话说到一半就被沈毅打断了，他左手顺势一挥，似乎是在指旁边的两个男生。

简思思扭头看了侯子江和宋逸淼一眼，有点儿疑惑。

侯子江见她不明白，开口道："那个'漫漫曼曼'就是你室友吧？"

漫漫曼曼？"你是说……你们是和王曼一起打游戏的人？"简思思的脑子转了好几个弯才把这两件事情串联起来，"你……就是她男朋友？！"简思思也不知道这个"你"该指谁，总之这两个人站在这里，一定和这件事有关联。

侯子江刚刚还一副懒洋洋的模样，被这顶"男朋友"的帽子一扣，赶紧站直了撇清关系："哎哎哎，我可不是什么男朋友啊，就一起打游戏而已。我也是刚刚才知道她是我们学校的。"

简思思将信将疑，看两个人的眼神不算友好。

见她这样，坐在办公桌前的沈毅总算开口了："思思啊，确实不是他。通过游戏里面的聊天记录，那个男朋友的账号已经查到了，现在正在和游戏公司核实身份。实名认证过，应该很快就有消息。"

"是吗？！找到老王了？"听到事情有了进展，简思思的声音不由自主地高了几度。

"找到了，我今天找侯同学过来，只是了解一下情况。"

侯子江一听老师都帮他正名了，越发有恃无恐起来："听到了吧，我是来帮忙的，别敌友不分。还有，和你室友组队的是我，别扯我朋友身上。火气这么大，容易伤身体。"

简思思刚刚心底还闪过一丝歉意，见侯子江一副玩世不恭的样子又立刻把歉意收了回去，语气有些强硬地问："你们和老王认识？"

站在后面的宋逸淼一直没说话，可简思思的怒气显然不是针对侯子江一个人。他是陪猴子来的，本来和这件事无关。膝盖中箭，让此刻的宋逸淼心里十分不爽。

11

"不认识。玩个网络游戏而已,要知道真实身份干吗?"侯子江说着又露出他标志性的笑容,嘴角轻轻向上牵起,露出一丝痞气,"你室友真是个另类。"

"另类"这个形容绝对不能算是恭维。王曼已经失踪三天,简思思早已急得像热锅上的蚂蚁,如今面对侯子江这样的嘲讽——至少在她看起来是嘲讽,简直气不打一处来。她不知道沈毅找侯子江过来,能帮得上什么忙,再加上对宋逸淼积聚已久的怨气,新仇加旧恨,如今她面对两人的态度怎么也好不起来。

"我室友什么样子不需要你来评论,我现在只想知道你刚刚说的帮忙是指什么?"简思思努力克制着自己,然而话一出口,给人的感觉还是一副气呼呼的样子。

办公室内的气氛忽然变得有一丝古怪的紧张。不明所以的沈毅以为简思思是过于担心室友,忍不住出来打圆场:"思思你先不要急,刚刚我也和侯同学聊过了,看看能不能从其他队友身上找找线索。现在急也是没用的,大家都很担心王曼。我看你还是先回去吧,具体怎么操作我和侯同学再商量一下。"

辅导员都发话了,她再坚持下去只会让人感觉无理取闹。简思思觉得侯子江在这件事情上占了上风,自己没理由再待下去,和沈毅打了个招呼,她没再看其他人一眼,转身便走出了办公室。

虽然人还没找到,但是这一趟也算没白来,至少事情有进展了。而且简思思心里还有种预感:王曼的"失踪"与那个神秘的老王肯定有千丝万缕的联系。只要找到老王,那找到王曼的希望就大了。

简思思一副心事重重的样子走出了学院大楼,不料她前脚刚走,后脚就有人跟了上来。已经到了傍晚的饭点，路上没什么人，整个校园在夕阳下显得格外静谧，连一丝风吹草动的声音都变得十分明显。

说是她警惕性高也好，好奇心作祟也罢，总之，简思思忍不住顺着来人的方向，扭头看了一眼。谁知道不看还好，一看脚下又是一个趔趄，差点儿就崴脚摔了一大跤。

糗爆了。

"看到我不用这么激动吧。"宋逸淼动作奇快，瞬间出手扶住简思思的双臂，稳稳把她托住。他一边轻松地开着玩笑，一边一双清澈透亮的眼睛已经牢牢锁在了她脸上。

怎么又是他？！——这是简思思的第一反应。而她的第二反应就是迅速从宋逸淼手中挣脱开来，一瘸一拐地退开一米远。

"谢谢。"简思思道了谢，除此以外，她不知道还能说什么。她和这个宋逸淼从一开始就不该认识，从头到尾都是错误。

见对方也没有再开口的意思，她决定无视宋逸淼的存在，绕开他继续走自己的路。然而她一动，对方又跟了上来。

"走这么快，还有课啊？"

简思思刚想点头，想想已经到了饭点，又改口道："没课，有约。"

宋逸淼不知道什么时候已经超过了她，索性转过身来面对她倒着走起来："什么约啊？"

简思思觉得这个问题简直可笑，她停下脚步，抬起头，露出难以置信的表情："我有什么约用不着和你汇报吧？"

她的语气十分不友好，看着他的眼神更可以算是——嫌弃。纵使宋逸淼脸皮再厚也不禁愣了愣，有些没底气地说道："我就是……关心一下朋友……"

"不算朋友吧。"宋逸淼说到一半就被简思思打断了,她果断又确定地说,"只是互相知道名字而已,这样还不算是朋友。"

幸好没有第三人在场,否则被别人听到,宋逸淼简直面子里子都没了!作为堂堂校草极帅哥,他长这么大还从来没有在女生这儿领受过这样的待遇。不算朋友?她难道不知道想和他做朋友的女生可以从这里排队到外滩吗?宋逸淼原本意气风发的帅气脸孔,因为简思思这句话,一下子变得有些暗沉。

简思思说完又打算走,宋逸淼一时有点儿下不来台,黑着脸说:"你这人还真是有点儿反复无常。"

简思思头也没抬,只是苦笑着摇了摇头,看来陆宜嘉的告白还是没有消除他对自己的误解。不过没关系了,反正连陆宜嘉这个最后的交集也断了,以后再也不会有牵扯,说不说清楚已经无所谓了。再说,这人自恋的程度已经到了无药可救的地步,即便她再解释什么,他也不一定听得进去。

"肚子饿了。"想明白了也就这么回事儿,心里却舒畅了不少。简思思不再纠结,背对着宋逸淼挥了挥手,潇洒地说了一句,"先走一步。"

看着简思思昂首阔步地离开,宋逸淼却一个人在原地发呆,一直等到简思思走出了视线还没缓过神来。

"喂?干吗呢?装雕像啊?"侯子江不知道什么时候出现的,用力在宋逸淼的肩膀上拍了一下,戏谑似的说,"走得那么急,我还以为你去追人家了,搞了半天在这儿喝西北风啊!"刚刚简思思前脚一走,宋逸淼后脚就跟着消失,也难怪侯子江有这样的联想。

宋逸淼出窍的灵魂被这一掌拍了回来,眼神收回来,还有些若有所思。他破天荒地没有出手还击,反而嘴里念念有词:"莫名其妙……"

侯子江越发觉得奇怪，看看身边的宋逸淼，又看看远处路的尽头——连个鬼影都没有。

"我说你真是病得不轻！"侯子江发现了新大陆似的，向来百毒不侵又不近女色的宋逸淼似乎也有了弱点。他凑近了一点儿，语气暧昧地说，"哎，你有没有觉得啊，每次这个简思思一出现，你就不正常了。"

宋逸淼倒也没有否认，只是他弄不明白，最先"开始"的人是她，现在这莫名其妙的敌意是从哪里来的？而自己又是从什么时候开始在乎的？

思绪纷乱，一时也理不清了。

也许这注定会是一场持久战。

收拾好心情，宋逸淼重新将双手插入口袋，与侯子江一起迎着寒风迈开了脚步："走吧，去吃饭。"

等待不算太久，王曼有消息了。

接到电话的时候简思思正一个人在图书馆自习。当辅导员沈毅告诉她王曼已经回家时，她还觉得有点儿不可置信。

"她自己回家了？"

"具体怎么回事我还不清楚，是商学院的侯同学告诉我的。"

"侯子江？"

沈毅听出来简思思的疑惑："我也觉得奇怪，不过我刚刚打电话给王曼的妈妈，她已经证实了，王曼确实回家了。最重要的是人没事，其他以后再说吧。"

王曼终于平安回家，悬了几天的心也总算落地了。只是她到底为什么会忽然消失，简思思到现在都还没有头绪。

事情的原委直到几天后才被揭开。

致 宋先生

正如简思思所料，王曼的出走确实和男朋友老王有关——原来，老王在现实生活中在一家理财公司上班。为了业绩，他通过网络，和多名女生确立了所谓的"恋爱关系"，继而用高额的回报率吸引她们购买自己公司的理财产品。

有着男女朋友这一层关系，又有高收益作为诱饵，老王可谓是百试不爽、屡战屡胜，业绩一度成为全公司第一。

天上不会掉馅饼的道理谁都懂，然而到了自己这里就存有侥幸心理了——万一真的让我赶上了呢？王曼当初就是抱着这样的想法，把自己存了好多年的压岁钱都交到了老王手里。钱虽然不多，但也让王曼尝到了甜头。在王曼的积极介绍下，家里人又把股市里的钱都投到了老王公司的理财产品中。

看着节节增高的收益，王曼一家可谓是喜上眉梢。只是这样的喜悦没有维持多久——有一天老王忽然失联了。

粗线条的王曼一直没有发现异样，直到上海的多家主流媒体报道了这家理财公司资金链断裂、庞氏骗局东窗事发的新闻，她才发现当初承诺的收益已经无法兑现，甚至连本金都收不回来了。

经历了金钱和感情的双重欺骗，作为一个涉世未深的大学生，王曼一时无法接受这样的现实。自责、内疚，让她一时不知道怎么面对家人。于是，她选择了离家出走，在网吧里过了几天浑浑噩噩的日子。

直到最后——

"最后猴子把我骂醒了。做错了事，就应该站出来面对，逃避解决不了任何问题。如果就这么一走了之，我和那个浑蛋又有什么区别？"

"猴子？你是说……商学院的侯子江？"

"是的，你认识他？总之，我要谢谢他，是他骂醒了我。"

"……"

一番谈话后，简思思觉得电话里面的王曼似乎一夜长大了。经历了老王这件事情，她好像不再是那个整天想方设法逃课、混日子的王曼了。

"思思，帮我和小菲、陆宜嘉说一声，让她们放心。我已经和家人坦白了这件事，也已经报案，等我处理完了一切，就回来上课。"

简思思回了句"好"，没再继续追问细节。挂了电话，她心中不禁感慨：代价虽然有点儿大，但总算还是不幸中的万幸。

12

王曼的事情终于尘埃落定。两天后，辅导员沈毅特意又召集几个班干部开了个小会。

"这次的事学院很重视。你们这些班干部以后都要多关心关心同学，尤其是同寝室的。"沈毅说着，目光自然就落到了班长简思思身上，"出了这种事情影响很不好，以后发现问题要及时引导、汇报。"

辅导员警钟敲得及时，简思思也觉得这件事情自己难辞其咎，全程没有做任何反驳。

安全教育做完，沈毅又布置了一下即将到来的新年晚会的任务。不过简思思一时还沉浸在王曼的事情当中，晚会的事情只听了个大概。

大大小小的工作不少，"小会"最后变成了"大会"，一下开到了八点多。见大家已经面露疲色，沈毅终于宣布散会，然而简思思人还没从座位上站起来，就又被叫住了："思思，你留一下。"

沈毅似乎是想和简思思单独聊聊，特意等其他几个班干部走了才开口："上次那个侯同学你还记得吧？"

忽然说到侯子江，简思思心头虽有疑惑，但还是点了头。

沈毅默默走回自己的办公桌，从桌子底下抽了瓶矿泉水递给她，又继续说道："这次王曼的事情，侯同学帮了不少忙，最后是他在网上联系到王曼的你知道吗？"

手上握着矿泉水瓶子，简思思若有所思地继续点头。

沈毅不知道她已经了解过情况，便又自顾自把事情说了一遍。

简思思看着沈毅脸上微妙的表情变化，不太确定他的用意。她向来很擅长察言观色，但是眼下居然什么都没猜出来。

沈毅铺垫了半天，才终于说到了重点："思思，上次在办公室，我感觉你对他们的态度不太友好啊。"

洗耳恭听的简思思心里"咯噔"一下——有那么明显吗？

沈毅的语气里倒是没有责备的意思，而是透露出一丝长辈对晚辈的语重心长："有机会谢谢人家一下吧，毕竟帮了大忙了。而且，我不希望他们对我们法学院留下什么不好的印象。"

不好的印象——是指她的态度吗？还有，要感谢……侯子江……吗？

说实话，是该感谢他的。要不是他，王曼一个女孩子在外面还不知道会发生什么事。可是具体要怎么做，简思思完全没有主意。

……

走出办公室，简思思还沉浸在和沈毅最后的对话中。这次她确实被啪啪啪地打脸了，侯子江帮了忙，感谢他是应该的，可是她做不到……倒不是怕丢面子、放不下身段。只是要感谢侯子江的话，又必然会和宋逸淼产生交集……说起那个宋逸淼，真是让人伤脑筋。

简思思一路沉思，连有人叫她都没听见，一直到陆康时第三次喊她名字时，才勉强把她游离在外的思绪拉了回来。

简思思吓了一大跳:"你……干什么啊?!"她被吓得不轻,一边皱眉埋怨,一边拼命拍着胸口舒气,"走路都没声音的,你想吓死人啊。"

陆康时见惯了班长大人运筹帷幄的镇定模样,反而被她此刻这一惊一乍的样子逗笑了:"我叫了你两声都没应,这可不能怪我了!"

简思思努力平复乱掉的呼吸,心跳的节奏也跟着慢慢稳定了下来。

好一会儿她才缓过劲来,偏头看向陆康时:"你来找沈老师?"

"没啊。"陆康时很想笑,又不能笑得太明显,只好硬憋着,"我找刘晨一起回寝室,你们开完会了?"

简思思看出来他忍得很辛苦,犹豫了一下,最后还是放弃道:"笑吧笑吧,笑完赶紧忘记,否则小心我杀人灭口。"她边说边在脖子上比了一下,这个俏皮的小动作瞬间让陆康时笑出了声。

简思思也跟着笑了起来。

"会结束了,刘晨已经走了,你们没说好吗?"

"哦,没事,我也是顺路来找他的。"

其实刘晨在不在,陆康时并不特别在意。和简思思并肩走出学院大楼的时候,甚至有个奇怪的念头在他脑海中一闪而过:刘晨不在……好像也挺好的。

他这是怎么了?

大概是因为于小菲的关系吧。从这个学期开始,他和简思思的交往越来越密切了。他向她打听于小菲的行踪,她为他制造相处的机会。慢慢地,他们之间开始有了只属于他们两个人的暗语和秘密。

陆康时不知道这些意味着什么,但是每当想起这些小小的细节来,嘴角就会不由自主地上扬。就好像现在,幸好有夜色为他做掩护,否则他的笑容一定会引起简思思的注意。

"沈老师又给你出了什么难题了？刚刚看你想得那么认真。"陆康时找起话题来。

"哦……"简思思犹豫了一下，还是决定不说了，"没什么。"

"我刚刚在门口听到侯子江的名字，是那个街舞社的猴子吗？"

简思思愣了愣，一时不知道该说什么，怕承认了，他又会继续追问。

"其实有个事情吧……我挺好奇的。"见简思思不吱声，陆康时继续说，"你和街舞社的副社长是不是挺熟的？"

简思思很疑惑：副社长是谁？她怎么就和他熟了？

"谁啊？"

"宋逸淼。"

"……"这个名字一定被诅咒了，连听一下都会觉得浑身不自在。今天大家是怎么了，为什么都和她过不去？

陆康时见她的反应有点儿奇怪，也变得吞吞吐吐起来："有个事情，其实我早就想问你了。之前你又是打听他的消息，又是去街舞社的。其实你不说也没关系，那个……我就是有点儿好奇啊……你对他，是不是有意思啊？"

脑子里"嗡"的一声巨响，简思思感受到了一记暴击！

这个世界是不是疯了？

"你胡说什么啊？！"人来人往的校园主干道上，简思思忽然提高分贝，惹来不少学生的注目。然而她对此毫无觉察，继续用很大的声音否认道，"我和他半毛钱关系也没有！"

这话简思思说得底气十足，有种毋庸置疑的气场。

"我就说嘛……班长怎么会喜欢他呢。"陆康时好像是默默松了一口气，愣愣地挠了挠脑袋，又笑着补充了一句，"这家伙尽造谣生事。"

最后这一句，陆康时说得很轻，却被简思思敏锐地捕捉到了："造谣？造什么谣？"

陆康时似乎还沉浸在某种窃喜中不能自已，脱口而出道："咳，今天在街舞社，听他说什么你追不到他，所以由爱生恨了。我当时还在想，不太可能吧……"

"！"

"按照我对你的了解，你不喜欢这种类型的……"

陆康时后面说了些什么，简思思一句都没听进去。"由爱生恨"四个字像施了咒一样在耳边循环播放了N遍，她的脸色跟着一遍更比一遍黑！

简思思暗自低咒：这个杀千刀的自恋狂，到底哪儿来的自信？要她说多少遍才明白，自己从头到尾都没对他有过一丁点儿的好感？！

2012年最后一个星期，终于有惊无险地过去了。

三天元旦假期结束，各个学院相继进入了期末考试周。每年到了这个时候，不论学霸、学酥还是学渣都纷纷开始啃书。所谓临阵磨枪，不快也光。一年的知识点要在一周之内全部掌握，有时候想想倒也让人觉得佩服。

傍晚时分，侯子江照例用他的超大号黑色运动包砸开了寝室的大门。此时宋逸淼和余亮正在复习《宏观经济学》，这门课后天就要考试，还是该死的闭卷。

两个人都忙着看复习大纲，谁都没工夫理会侯子江。

侯子江见室友们突然摆出一副好好学习天天向上的三好学生姿态，脸上禁不住露出了一丝讥讽："喂喂喂，我说你们装给谁看呢？"

"啪——"侯子江头顶上忽然飞来一本《外贸英语》课本，不偏不倚砸中了他的脑门儿。

致 宋先生

侯子江抱着脑袋朝始作俑者宋逸淼喊话:"我警告你啊小子,别对我动手动脚的!本来还有好事儿找你呢,一会儿你可别求我!"

宋逸淼连头都没抬,一边看书一边发出一声不屑的"喊",好像完全不把侯子江放在眼里。虽说他平时偶尔也翘个课什么的,但是每逢考试他可都是认真对待的。所幸脑子还不算笨,每次临时抱个佛脚,倒也能顺利过关。上学期综合评分B,就是这么突击出来的。

侯子江见他们如此投入,也不再捣乱了,索性自顾自拉开运动包整理起东西来。他手上有了筹码,心里很笃定,宋逸淼这家伙迟早要完。

一连看了几小时书,人困乏得不行,余亮这个二十四孝男朋友却还要出去给女朋友买消夜,简直劳模典范。宋逸淼和侯子江已经习以为常,都懒得评论他这种"老婆奴"的行为。不过余亮一走,倒是给了侯子江一个好机会。

放下手里的《宏观经济学》课本,侯子江鬼鬼祟祟地走到宋逸淼身边:"别说我有好事不想着兄弟,明天晚上有人请客吃饭,一起啊?"

见宋逸淼没反应,侯子江又用胳膊顶了顶他:"听见没?"

宋逸淼两只眼睛盯着书,淡定答道:"没空。"

侯子江问:"你都不问谁请客?"

"谁请客都没空。"

宋逸淼拒绝得这么干脆,侯子江倒也不生气,脸上反而笑眯眯的。

"你确定啊?要请我的是王曼。哦,对了!"侯子江故作意外,"她好像是那个简思思的室友吧……"他边说边朝自己的写字台走,脸上明明还是笑着的,语气中却满是遗憾,"本来还想叫上你一起呢,你明天有事那也没办法了。"

13

复习了一晚上,刚刚还一脸疲惫的宋逸淼,因为侯子江口中出现的"简思思"三个字,脸部表情忽然就生动了起来。

放下手头的记号笔,宋逸淼转过身,今晚第一次主动开口和侯子江说话:"她室友为什么要请你吃饭?"

侯子江口中的王曼变成了"她室友",宋逸淼的关注点在哪里不言而喻。

侯子江早已经知道他的软肋在哪里,现在更加确信无疑。侯子江努力控制住自己的情绪,故作镇定地答道:"还不就是因为上次离家出走的事情嘛,她想谢谢我骂醒了她。嗨,其实是小事情,不过盛情难却,说了好几回了,人家毕竟是女孩儿,再推也不太好,这不就答应下来了嘛!"

上次的事情宋逸淼几乎是全程参与的,个中情况也算了解。王曼想要谢谢侯子江,是情理之中的事。

宋逸淼听完,若有所思地点了点头,却也没再说什么。

不接受,也不拒绝。侯子江有点儿摸不清宋逸淼的意思,正疑惑着,那头宋逸淼却冷不丁来了一句:"明天下课我有个会,开完和你联系。"

侯子江此时背对着宋逸淼坐着,听到这突然冒出来的一句话差点儿笑出了声。想去赴约又不直说,对人家有意思又不承认,口是心非的家伙,再这样下去恐怕真的要得相思病了……

第二天的饭局约在鸿基广场的烤肉店里。鸿基广场是学校旁边的一个商业中心,有不少餐厅,还有一家电影院,主要面向学生,价格比较实惠。平常大家想要改善一下伙食什么的,基本上都会来这里。

简思思下午有一场《刑事诉讼法》的考试。这门课是她提前修的学分,因此其他室友并没有一起参加。试题比她想象的要难,直到最后一分钟她才交卷。等走出教学楼,去往鸿基广场的时候,时钟已经指向了五点四十。

和王曼约定的时间是五点半,眼看已经迟了十分钟,简思思不禁加快了脚步。

这次王曼做东,简思思原本不想参与,但是王曼觉得单独和侯子江吃饭有点尴尬,而于小菲要回家不在学校,陆宜嘉又因为众所周知的原因不太适合出席,于是唯一可能的人选便成了简思思。

考虑到之前自己对侯子江的态度,以及辅导员沈毅给的建议,简思思做了一番思想斗争,最后还是答应了下来。

这一次赴约,她决定要和侯子江和解。事情要一码归一码,毕竟她讨厌的人只是宋逸淼而已,自己和侯子江并没有太多过节。当时她那样的态度,一方面是担心王曼,另外一方面多少也有些因为宋逸淼而迁怒于他。现在想想,其实对侯子江不太公平。

晚饭时间,鸿基广场里的餐厅个个火爆异常,烤肉店门口甚至排起了长队。

侯子江和宋逸淼先到了餐厅,最后一张四人桌幸运地被他们拿到了。不一会儿王曼也来了,算起来她和侯子江在游戏中其实已经认识多时了,现实生活中却是第一次正式见面。

还好王曼和侯子江都不是内向的人,性格还都有些自来熟,话题一说开便也没那么尴尬了。倒是宋逸淼有点儿沉默,在旁边点了瓶可乐,默默喝了半天,始终没加入他们的谈话,仿佛有点儿心不在焉。

眼看时间已经过了约定的五点半,王曼叫来服务员开始点菜。服务员拿着单子,上来便照例询问:"你们三位吗?"

王曼忙答道:"四位。"

四位……某人的心像被什么拨了一下。来之前侯子江并没有说简思思会一起来，但显然他心里一直是这么希望的。

就在此时，"第四人"简思思赶到了餐厅。顺着服务员的指示，她一边向王曼这一桌快速走来，一边因为迟到而说着抱歉。

宋逸淼和侯子江背对餐厅门口坐着，室内人又多，简思思直到坐定才发现——这是一顿四个人的晚餐。而她对面坐着的人，不是别人，偏偏是她最不想看见的宋逸淼！

晴天霹雳……之前可没人告诉她宋逸淼也被邀请了！

简思思刚落座就立刻把头转向了旁边的王曼，两道眉毛生生挤到了一起，压低声音，面目有点儿狰狞地问："怎么还多了一个人啊？！"

王曼回来后多少听了点儿关于陆宜嘉表白宋逸淼被拒绝的事情，但是她也不知道侯子江说要带个朋友过来，会带上宋逸淼啊！

"我也是刚刚才知道……忍一下吧！就一顿饭。"王曼低声解释了一句。事到如今，除了吃完这顿饭，也没有其他法子了吧。

简思思像吃了苍蝇一样难受。之前宋逸淼背地里说她"由爱生恨"的事她到现在还觉得硌硬呢，居然还要和这个自恋的家伙一起吃饭？！完了，他不会觉得自己是故意制造机会和他见面吧？

原本还想和侯子江和解来着，现在倒好，对着宋逸淼，她什么心情都没了。

这时候点的菜也上桌了。王曼殷勤地招呼大家吃东西，两个男生熟练地把五花肉和蔬菜夹到烤盘中。王曼还没动手，东西已经下锅了，忍不住对侯子江笑着问："你们怎么这么熟练啊，肯定经常来吃吧？"

侯子江点头："是啊，这家是常客了，他喜欢吃。"他指了指旁边的宋逸淼，后者正在一言不发地烤肉，似乎全部注意力都在烤盘上。

王曼又和侯子江闲扯了几句，不一会儿肉就熟了，烤肉的香味飘溢出来，闻着都让人食欲大增。

王曼趁机举杯："今天呢，我是要正式谢谢你的，猴子。要不是你，我那时候真的不知道会怎么样了……"

"嗨——"侯子江叹了一口气打断了她，口气很爷们儿地说，"以前的事情还提它干吗，过去就过去了，以后日子还长，向前看！"

想起之前的种种遭遇，纵使王曼这么神经大条的女生，每次回忆起来也不免心伤，正有些鼻子发酸呢，听到侯子江这番豪迈的鼓励，心情居然神奇地有些好转。

"你说得对，过去就不提了，我喝了这杯，以后再也不提！"王曼抹了把发红的眼睛，一口气喝了一杯啤酒。

人有时候需要一些仪式感，来和从前做个了断。简思思没有阻止王曼，自己则以茶代酒，同样举起杯子对侯子江说："我也为之前的态度向你道歉，希望你能理解我当时的心情，不好意思。"

简思思的道歉很直白、很诚恳，目视对方，毫不造作，似乎真的是想得到谅解。

侯子江显然没料到简思思会这么说，一时间也愣住了。她给人的感觉一直挺清冷孤傲的，没想到道起歉来倒是一点儿也不含糊。

隔了一会儿，他才回应："小事一桩，好说好说。"

谢也谢了，道歉也道了。三个人你来我往了好一阵，让剩下来的宋逸淼显得有些多余，眼看自己也插不上什么话，他就自顾自一片一片地烤肉，等大家回过神来，盘子里已经多出了好多食物。

"真感谢你啊，田螺先生！"侯子江一看碗里的肉，转过去用一副夸张的表情感谢了室友一通。

王曼一边笑一边津津有味地大快朵颐，唯独简思思坐着没动。

"思思，你怎么不吃啊？"

"没胃口，你们多吃。"简思思边说边把盘子里的肉统统夹给了王曼。其实她更想说对着某个自恋狂倒胃口，更不想吃他烤出来的东西，硬忍着没说出口罢了。

没心没肺的王曼看到美食，照单全收，划拉着筷子把菜都夹进了碗里："来来，你不吃的都给我，别浪费。"

宋逸淼见状，又好心地夹了几片香菇给简思思，没想到简思思盘子一收，香菇吧嗒掉在了油腻腻的桌面上。

这个小小的动作让宋逸淼意识到：她是故意的。

做了一整晚默默无闻的"田螺先生"，到头来力气却全部白费，自己的劳动没有得到应有的尊重还被嫌弃了，宋逸淼不禁有些恼火。

宋逸淼停下了手里的动作，面无表情地开口："我听说有些女生，经常让朋友吃吃吃，自己却从来不吃。整天让别人不要减肥，自己却天天健身。"他一边说一边把眼光投向正在大口吃肉的王曼，故意问，"你有没有这种朋友？"

宋逸淼说得太明显了，指代谁大家一听就听出来了。偏偏他的语气轻描淡写，让人分不清是在开玩笑还是故意的。

简思思也不好发火，却立刻转向侯子江："我也听说有一种朋友呢——带引号的——总喜欢在人家背后说三道四、挑拨离间，你有没有遇到过啊？"

她不说也罢，一说这话，火药味瞬间浓了起来。

侯子江和王曼无端被卷入"战火"，一时不知道该怎么接，索性都没说话。反倒是宋逸淼抢先开了口："在背后说三道四的朋友没有，当面挑拨的我倒是遇到了。"

简思思冷笑一声："呵呵,那恭喜你。当面挑拨的还算好,我遇到了更阴险的,背后不仅说三道四,还胡说八道,无中生有。"

宋逸淼觉得有意思了,放下手里的夹子,正对上简思思的目光："这种人,你还当他是朋友?看来你选朋友的眼光不怎么样。"

"我说了,是带引号的。"简思思就怕他不问,问了正好撞枪口上,"自己以为是我的朋友,其实根本不是。只是互相知道名字而已,这样不算是朋友。"

只是互相知道名字而已,这样不算是朋友——简思思加重语气说的这句话,别人听了也许没多大感觉,但宋逸淼心里却"咯噔"了一下。不久之前,简思思也曾经对他这么说过,这是要让他对号入座吗?

可是他什么时候在背后说三道四了?

事到如今,宋逸淼确实有点儿不明白了。当初的"投票"和"偶遇",难道不是她的"精心计划"?就算是"欲擒故纵",是不是也玩得太狠了一点儿?还是说自己哪里得罪了她,让她改变了心意?

又或者,一直是他自己搞错了?

14

一顿饭吃下来,简思思不但肚子没填饱,还费了N多脑细胞和宋逸淼唇枪舌剑。一个是成绩优秀的女学霸,一个是社会活动能力超强的学生会主席。两个看起来都是斯斯文文的人,攻击起对方来倒是一点儿不留情面。

而全程观战的王曼和侯子江则都在事后默默感叹:原来不带脏字的骂

人也可以这么厉害!

今晚简思思确实有点儿故意找碴儿之嫌,但是宋逸淼看起来也是丝毫没有让步。针尖对麦芒,无论聊什么两个人都唱反调,引得最后口水战不断升级,险些一发不可收拾。索性也就一顿饭的时间,王曼和侯子江默契地速战速决,迅速撤离了烤肉店。

回来的路上简思思还一副吃了火药的样子,王曼权当她是为陆宜嘉打抱不平,便也没有多问什么。准确地说,就算她想问也不敢问,毕竟简思思一副凶神恶煞的表情,简直见人杀人见佛杀佛。她就算再没眼力见儿,也不会这时候凑上去找不痛快。

简思思心里更是憋着口气,对这个宋逸淼实在厌恶到了极点。且不说他之前对陆宜嘉那么过分,就说他背后造谣的事情也实在没品。今日一见,为人不绅士也就罢了,嘴巴还那么毒。除了那张皮囊还算看得过去,其他实在找不出一个优点。

简思思一路气势汹汹地从鸿基广场返回寝室区,一路上半句话都没说。

上海的冬天向来潮湿阴冷,和着西北风,行走在毫无遮挡的校园里,更觉冷得刺骨。

"哎,那不是陆康时吗,他怎么在这儿?"行至寝室楼附近,身边的王曼冷不丁说了这么一句。

还沉浸在自己世界之中的简思思这时才回过神来,往寝室那边看。

陆康时又高又瘦的竹竿身材,在人群中也算抢眼,何况这天气路上连个人影都没有,喘气的生物肉眼能见的也就只有他了。他穿着一件宝蓝色的羽绒服,身后背着一个黑色的耐克书包,双手插在上衣口袋里,低着头在花坛边上的水泥石阶上来来回回地走着,像是在等人。

王曼凑到简思思旁边:"于小菲今天又不回寝室,他来干吗啊?"

简思思耸耸肩表示不知道，朝陆康时的方向走了过去。

晚上八点不到，天已经暗得和深夜一般，街边的路灯全亮了，把影子拉得老长。

"陆康时。"

直到简思思和王曼走近，陆康时才发现她俩。

陆康时脸上露出腼腆的笑容，还没开口说话呢，又好像忽然想起来什么，他麻利地卸下书包，抽出一本装订好的A4纸："班长，这是新春晚会我们社团要上的节目，最终版本已经敲定了。"

这次简思思负责晚会的幕后工作，算是和陆康时这个社团联合会干事有一定工作上的交集。只是晚会又不是明天就举行，节目单的事情根本不急，这大冷天的为什么跑来喝西北风？

简思思心里有些疑惑，还没来得及问出口，身旁的王曼却一把从陆康时手里接过了那沓A4纸，急不可耐道："时间也不早了，我们先进去了哈，拜拜！明天见！"然后便拉着简思思进了寝室楼。

简思思完全没搞明白王曼葫芦里卖的什么药，直到被拖回寝室还一脸蒙圈："曼曼啊，你刚刚怎么了？"

王曼回到自己的座位把书包放好，看了一眼上铺确认寝室里就她俩，转过头一改先前对简思思敬畏三分的态度，眼神里露出一点儿小暧昧："班长大人啊，你没发现最近这个陆康时有点儿不对劲吗？"

简思思摇头，认真作答："没有啊，哪里不对劲？"

王曼的八卦细胞不知不觉就涌动起来："你看我才回来几天，他都来找过你多少回了？"

简思思对此嗤之以鼻："他为什么来找我你不知道啊？"本以为王曼有什么新发现，一听是这个，她似乎完全不以为然。

王曼不死心，继续分析："以前是于小菲没错，那现在呢？你自己想想最近他还有没有让你约过于小菲。"

"倒是没有……不过于小菲态度这么坚决，知难而退也是正常的吧。"

"就怕他不是知难而退。"王曼若有所思，顿了顿又道，"而是……退而求其次。你想啊，他之前那么穷追猛打，这么快就放弃了？昨天上课的时候还说什么多了几张《泰囧》的电影票，问你要不要去看。当时我也没在意，现在想想……啧啧，这个陆康时动机不纯啊，肯定是换目标了！"

王曼自以为推断有理有据，不料却换来了简思思一阵大笑："哈哈哈哈，曼曼啊，你不要做福尔摩斯，求求你了。哪儿跟哪儿啊？你说的那个'其次'是我吗？哈哈哈，不可能的，陆康时怎么可能和我……想想都觉得好笑。"

王曼本来还言之凿凿的，被简思思这一笑弄得忽然没底气了："哎哟，你别笑啊，虽然你俩站在一起画风不太对，但是这世界上没有什么是不可能的啊！"

"你也知道画风不对吗？我和他简直太不对了！"简思思实在觉得太好笑了，根本不可能的事情，都被说得有鼻子有眼，"曼曼，你想象力太丰富了，哈哈哈……我不行了……"

简思思乐得笑岔了气，之前的那点儿抑郁一扫而光，反倒是王曼被她笑得快要抑郁了："好好好，你笑吧你，尽情地笑，到时候看是我看得准还是你看得准！"

王曼龇牙咧嘴地撂下了最后这句话。她相信自己绝不是捕风捉影，时间会证明一切。

随着期末考试的进行，整个校园的氛围都变得有些紧张。平时图书馆只有到了晚上才会出现一座难求的景象，现在却因为大批同学涌入复习，连白天都占不到座位了。

"没位置。"宋逸淼难得在图书馆现身,然而在一楼阅览室转了一圈,不但一个空位都没找到,连个熟人都没有,"算了,回寝室。"

"别呀!"侯子江直接把他拦住,急得声音都提高了八度,"坐寝室都快冻成僵尸了,哪还看得进书啊?"

"那你去网吧得了。"

"兄弟,你开什么国际玩笑?去了网吧还会看书吗?我可没那么'坐怀不乱'啊!"

这也不行,那也不行,宋逸淼眉头都皱起来了:"就你事多,我回去了。"他指着图书馆大堂的地板,"你嫌寝室太冷就在这儿席地而坐吧!"

侯子江翻了个大大的白眼,正考虑要不要放弃自己的坚持,这时候忽然看到王曼和两个室友从门外走了进来,便热情地和她们打了声招呼。侯子江和王曼自从那次饭局后,经常会在QQ上聊天,变得越来越熟了。

简思思和陆宜嘉走在后面,起先并没有看到宋逸淼,得知侯子江没有找到座位后就邀请他一起去学习室复习。学习室是一个可以容纳五六个人的小房间,为了不影响其他自习的学生,平常专门供小组讨论使用,需要提前预订,先到先得。于小菲早早过来拿到了一个房间,现在多一个侯子江倒也没太大问题。

面对邀请,侯子江倒是很愿意的,只是他还有个拖油瓶——

"我室友也来了,是不是方便一起自习?"

他这么一说,三个女生才注意到了玻璃幕墙旁远远站着的宋逸淼,穿着松松垮垮的牛仔裤,左手夹着两本书,右手拿着手机正在通话,所以并没有走过来。

陆宜嘉一看是宋逸淼腿下一软,之前的伤还没养好,她立刻找借口离开:"我还有点儿东西没拿,先回寝室。"

简思思也不想和宋逸淼共处一室,于是立刻附和:"我陪她。"

三个人一下要走俩,侯子江都看出来不对劲,询问王曼:"我们一来,是不是妨碍你室友复习了?"

"没……没有啊……"王曼这话说得有点儿心虚,但是也不能直接说简思思和陆宜嘉不喜欢宋逸淼。

这时候宋逸淼也打完电话过来了,脸色有点儿奇怪,没和几个女生打招呼,直接对侯子江说:"万斯达不能跳了,我们得另外找一个。"

侯子江一听这话,大惊:"什么?都排练这么久了,他不能跳了?一时半会儿我去哪里找人顶啊?"

从侯子江的语气听起来,似乎发生了很严重的事情,但究竟是什么王曼和陆宜嘉都摸不着头脑,唯独简思思听了这没头没尾的对话若有所思,她看过新春晚会的表演名单,对万斯达这个名字有点儿模糊的印象。如果没猜错的话,应该是和他们街舞社的节目有关。街舞社团在这次新春晚会上有个重点节目,已经过审了,晚会的彩排工作也马上要开始了,要是在这节骨眼上出岔子,确实有些棘手。

侯子江急得冷汗直冒,他从小到大可能算不上什么好学生,对于成绩的要求永远是及格万岁、得过且过,但是对于街舞的热情却从初中开始,一直持续到了现在。不夸张地说,街舞是侯子江的信仰,在这个领域里,他要么不做,要做就要做到最好。半道上掉链子,着实不妙。

侯子江已经完全没了复习的心思,匆匆别过,立刻跟宋逸淼一起去了体育馆。

这次他们的节目分成两个部分,第一部分是由万斯达领衔的群舞,第二部分侯子江才亲自上阵。第一部分其实也是社团的一个汇报展示,大多数成员都是初学者,而万斯达在进入社团的时候就已经学过多年街舞了,在节目中的重要性不言而喻。可是眼下他却突然告诉宋逸淼,他报名了学校组织的海外冬令营项目,时间正好与表演冲突,在晚会之前两天就将飞抵英国。

"真的没人了,我看来看去也没有适合领舞的人了。"侯子江对着会员名册看了又看,实在是愁坏了,憋了半天才道,"我看……现在只剩一个办法了。"

宋逸淼太了解这个室友了,他能有的办法他早就猜到了:"哎,别打我主意啊!我已经够忙的了,复习都没时间了,哪来时间排练啊。"

侯子江望着对面的室友,好像完全没听见他说了什么,忽然夸张地飞扑到他的腿边,半蹲着做了一个类似求婚的姿势,情真意切地恳求:"主席大人,救急如救火,救人一命胜造七级浮屠……我们社团的生死存亡就全靠你了,求求你出山救救急吧!"

宋逸淼:"……"

15

新春晚会与期末考试双线并行,差点儿没把宋逸淼累死。作为学生会主席,学院里大大小小的活动都要参与,又要复习迎考,原本就已经够忙的,现在还要挤出时间排练节目。

其实宋逸淼也没正儿八经学过街舞,胜在身体协调性好、悟性高。再加上有侯子江这个半专业的老师一点拨,很快一套动作就大致学下来了。这下社员们都安心了,纷纷表示有了副社长,他们上台也自信多了。

陆康时这天正好代表社团联合会来查看节目的排练进度,得知领舞要换成宋逸森心里还有些忐忑，好在现场的表演让他打消了顾虑。

排练休息的间隙，陆康时忍不住对侯子江这个社长一阵夸奖："你们社还真是藏龙卧虎，一个领舞下去了，又一个领舞横空出世了。厉害厉害。"

看得出侯子江对室友的表现也十分满意，拍了拍宋逸森的肩膀，颇有些自豪地说："那是，你不看看师父是谁？"

夸人就夸人，顺道还要把自己捎上，果然是侯子江的一贯作风。宋逸森嫌弃地把他汗涔涔的手拍了下来，回敬了一个白眼。

陆康时见状也只是笑笑，他倒是不关心谁是师父谁是徒弟，只要能顺利完成节目就好："反正看你们现在的表演我是放心了，回去也好交差。"

坐在地上的侯子江汗流浃背，正猛灌自己矿泉水，听他一说似乎想起了什么："演员表更新了吗？记得把那个万斯达给我撤下来！"侯子江恶狠狠地说着万斯达的名字，手下一用力，塑料瓶子都团到了一起，"最讨厌那种言而无信的人了！"

陆康时看他凶神恶煞的模样不禁愣了愣："哦……那个啊。更新的版本我已经做好了，还没发给班长，回去我马上发给她。"

"……班长？"听到这两个字，前一秒钟还怒火中烧的侯子江，后一秒居然神奇般地露出了神秘的笑容，"哪个班长啊？"他明知故问。

陆康时果然中招："就我们班班长简思思啊。"

"简思思啊——"侯子江诡计得逞，故意拖长声音重复了一遍，目光跟着落到了身边的宋逸森的身上，惹来了宋逸森的强烈不满："你看我干吗？"

"看看也不行？脸上贴金啦？"侯子江看好戏不嫌事大，接着用一种过来人的口气教育室友道，"这一次你可要好好表现啊，人家是幕后统筹。你要是表现得好，说不定人家就对你刮目相看了。"

因为简思思之前的态度，宋逸淼一直和她对着干，这些天都不太痛快，现在侯子江自己撞枪口上，他一下就发作了："神经病，我要她刮目相看？自己反复无常，不知道哪根筋不对，我要表现个屁！"

宋逸淼不急还好，一急更说明他心里是在意的，侯子江在一旁似笑非笑地看热闹。不料这时候一直没说话的陆康时却忽然开口了，言语间似乎还有点儿生气："说话别太过分了，我们班长又没惹到你。"

被侯子江损几句也就罢了，什么时候阿猫阿狗都能来教育他了？宋逸淼悠悠抬起头来，周遭气压急速下降："关你屁事！"

"你这人怎么回事啊？"陆康时的个性和他的外表一样，典型的白面书生，从小到大很少与人起冲突。不过今天也不知道是怎么了，脑袋里某根弦像断了一样，话还没来得及多想就已经说出口了，"上次你们造谣说什么'因爱生恨'已经很过分了，现在还这样。背后这么说一个女生，你们觉得合适吗？！"

陆康时说完，脸孔涨得通红，仿佛这已经是他能说出的最狠的话。

宋逸淼和侯子江一时没反应过来，呆坐在原地像两尊雕像。等他们消化完陆康时刚刚的那番话，发现他已经跑得没影了。

"这家伙发什么疯？"侯子江一脸莫名其妙，"没见他以前这么护着他家班长啊。"

宋逸淼更是一脸老大不高兴："你问我，我问谁？"

侯子江一通抓耳挠腮，忽然脑子里有一个奇怪的想法冒了出来："我说……那家伙不会是……"

"有话快说，有屁快放！"宋逸淼此刻心烦意乱，根本不想做猜谜游戏。

侯子江脑筋动得飞快，一脸不可置信又恍然大悟的表情精彩至极。当他转头看向宋逸淼时，嘴里一字一顿说出了自己的猜想："我说你啊，可能遇到竞争对手了！"

与此同时，正被谈论的简思思也是一个头两个大。

虽然不用表演节目，但是一方面是期末考试，另外一方面辅导员又额外增加了晚会筹备的工作，让她忽然变得十分忙碌。

新春晚会是校级的活动，每年由不同学院轮流组织筹备，这一年正好轮到了法学院。大二学生是相对有组织经验、课业又不算太忙的群体，所以重担落到了他们头上。不过说起来也是怪简思思自己，那次沈毅在会上布置任务，她的心思不知道飞到了哪里，当时没有提出异议，事后才发现自己揽下了如此大任，只好硬着头皮接手下来。

对于简思思来说，组织筹备倒还不算困难，最让她头痛的是——拉赞助。之前几年其他学院都拉到了金额不小的赞助资金，搞得她今年压力山大。这个工作需要脸皮够厚、口才够好，都不是她的强项。说起来，那个自我感觉良好的宋逸淼看起来倒是挺在行，只是她铁定不会去求助于他。

好在最后一切还顺利，经过反复不断的游说，简思思终于成功拉到了一家学校附近餐厅的赞助。而作为回报，会场当天会印制大幅的餐厅广告牌，并且还将免费发放餐厅优惠券。

日子在忙忙碌碌中过得好像特别快，整个一月份眨眼就过去了。考试和新春晚会都在按部就班地进行，每个人似乎都在这种忙碌中找到了某种平衡，学习和工作的兼顾仿佛也并没有想象中那么困难，只要被逼到了某个极限，好像又总可以在困境中找到行进的出口。

在经历了两轮彩排后，新春晚会正式演出的日子终于来临。法学院的学生还算幸运，两天前已经完成了所有的考试，现在一身轻松，正数着日子放假回家。而对于简思思来说，新春晚会无疑是她放假前的最后一场考试。

当天现场果然十分忙碌，虽然各部门都做了充足的准备，依旧插曲不断。先是舞蹈队的服装少了一件，之后又有人报告小品道具坏了，最后是后台总控缺人手，简思思这个机动人员被调去临时做了替补。

幕后工作简思思也是头一次做，一踏进控制室心里还有些忐忑。好在分配给她的工作内容不算太难，就是操作电脑，播放配乐、音效。

"每个节目需要的配乐都已经提前拷贝好了，单子上也列出了明确的播放时间，只要照着做就行。"指导简思思的人是陆康时，之前社团活动他也临时救过场，算是有点儿经验。不过这次他的身份变成了社团联合会的摄影师，在这里指导纯属友情帮忙。

简思思点开不同的文件夹，对照着节目表看了看，顺序很明确，她应该应付得来："明白，这里就交给我吧。"

陆康时好像还是不放心，恨不得手把手地教起来："你看，你可以提前把文件夹都打开，以免播放的时候手忙脚乱。还有，播放器不要选择real player，启动速度……"

他说话本来就有点儿婆婆妈妈，再一啰唆就有点儿像唐僧了。简思思忍不住打断他："陆康时，别把我当成电脑白痴行不行？播放器我懂的，暴风嘛，点这里。"

简思思拿过鼠标，熟练地在播放栏里导入了音频，这下陆康时总算住口了，还紧张兮兮地直摆手："我可没那个意思啊！你这么聪明，怎么可能是电脑白痴呢……"

不知道是不是因为总控室机箱太多、散热不好的关系，这大冬天的，陆康时一边说，额头上居然出了一层细密的薄汗。简思思看他的样子，总觉得哪里怪怪的，可是又说不上来具体哪里奇怪。

"你不是还要去拍照吗？都已经开始了，你不下去准备？"

要不是简思思提醒,陆康时都快把这正事给忘了:"是是,我先出去了!"眼看场上的主持人开场白都快说完了,他这才拎着单反匆匆忙忙地出了门。

这时候主持人报出了第一个节目的名字,控制台前,简思思对着电脑轻轻吸了口气,然后按下了播放键。几秒钟后,舞台上的音乐声如期响起,一群身穿汉服的舞者翩翩起舞,美轮美奂。

节目一个接一个上演,虽然简思思已经看过彩排,但是配上完整的舞美和化妆还是头一次。别说,作为幕后工作人员之一,此刻还是有些小小的自豪感的。播放配乐的工作也可以说进行得相当顺利,每个时间点都踩得很好。一起都很好很和谐,直至街舞社团的节目表演完毕……

平心而论,街舞社的节目质量很高、完成度好,还带热了全场的气氛。尤其是宋逸淼和侯子江两个人,作为两部分表演的领舞者,令人印象深刻。只是好归好,简思思有点疑惑,真的有必要临时加一个互动环节出来吗?

这个环节是到节目开场前一小时才确定下来的。主持人回到场上,又把刚刚下场的侯子江和宋逸淼请了回来。

两位帅哥往台上一站,又刚刚表演了那么热血沸腾的舞蹈,可想而知,整个会场的气氛有多热烈。掌声、口哨声、尖叫声此起彼伏,完全明星待遇,就差没女生举个牌子当众表白了。

主持人邀请了几位自告奋勇的学生上台,跟着侯子江和宋逸淼学习舞步。对此侯子江驾轻就熟,手上响指一打,嘴里喊了声:"Music!"

然而就是这一声"Music",打乱了简思思的节奏。

"互动环节,互动环节……"她嘴里反复念叨着,手下的鼠标点个不停,可是没有!没有"互动环节"这个文件夹!

完了,全场都在等,可是她不知道该播什么音乐!

给简思思反应的时间只有几秒,甚至更短。搜索的当口,她眼神似乎瞄到了什么字眼,手里便跟着飞快地点开了一个署名为"流行音乐"的文件夹。一个个音乐文件快速展现在眼前,说时迟那时快,她争分夺秒地播了位列第一的曲子。

熟悉的旋律响起,她才发现这首歌是之前热播电视剧《步步惊心》的片尾曲《三寸天堂》……这首歌虽然好听,但是节奏舒缓,旋律古典,和街舞的风格完全不符。

还好侯子江反应很快,索性把街舞跳成了慢动作。那些酷炫的舞步原本对于外行来说很难学,这下拆解开来倒大大降低了难度,台上的学生都很好地完成了互动,连简思思也看得津津有味。

轮到宋逸淼做互动时,简思思原本已经趁着刚刚的空当选好了音乐,然而光标在动感的英文歌曲 Call Me Maybe 上仅仅停留了一秒,就立刻被移走了。

双击播放,音乐从扩音器里传出,瞬间嗨翻全场。

有句话怎么说来着?出来混,总是要还的。

动次打次,动次打次——

"苍茫的天涯是我的爱,绵绵的青山脚下花正开,什么样的节奏是最呀最摇摆,什么样的歌声才是最开怀……"

神曲《最炫民族风》一时间响彻会场。

–Chapter two–

烟花易冷

♥

雨纷纷，旧故里草木深
我听闻，你始终一个人
/ 林志炫·我是歌手第一季第六期

16

又一个忙碌的学期结束了，沪上各大高校纷纷开始放假。

2013年的春节，和以往任何一个无异。散落在天南地北的人们，舟车劳顿，长途短驳，在外打工也好，求学也罢，都怀着同样的心情回到自己的家乡，只为和最亲的家人欢欢喜喜地吃上一顿团圆饭。

央视春晚的舞台上，席琳·迪翁唱着熟悉的《泰坦尼克号》主题曲《我心永恒》重新回到了大众的视野；星爷五年磨一剑的《西游降魔篇》上映了，轻松拿下新春档票房冠军，顺便刷新了国产电影票房纪录。不过这两个话题的热度很快就被另外一起刑事案件盖过，皆因案件的主人公是国内著名男高音歌唱家李双江的独生子李天一。

漫漫长冬过后，日子来到了草长莺飞的三月。一个月的寒假结束，新学期也开始了。在家的日子轻松惬意，一回到学校，课业压力和纷至沓来的活动邀约，又让人不得不迅速绷起了神经。

"思思啊，人家都说每逢佳节胖三斤，我看你最近怎么反而瘦了？"今天下午有两节《劳动法》，中午吃完午饭，难得四个人一起回了寝室。陆宜嘉洗了一个苹果，坐在座位上一边削苹果一边这么评论道。

简思思忙里偷闲地趴在书桌上休息，声音听起来懒洋洋的："是啊，劳碌命啊。刚刚弄完了年度计划，又要开始准备辩论大赛了。"

于小菲正在整理她有些空旷的书桌，听了有点儿惊讶："思思啊，你还要去参加辩论比赛？"

"我说于小菲同学，你的信息有点儿滞后啊，你看这就是你常常脱离团队的后果！"还不等简思思自己回答，陆宜嘉就主动做起了科普，还顺便"批评"了一下不太回寝室的于小菲，"我们学院不是还没有专门的辩论队嘛，沈老师想搞一个，于是简思思就被拉入伙了，就是这么简单。"

于小菲吃了"批评"倒也一点儿不生气，她的关注点完全不在这里。她听着便转向了简思思，表情很惊奇地说："思思啊，我还不知道你对辩论感兴趣呢！"

简思思继续趴在桌子上，这一次没有再让陆宜嘉为自己代言："其实我也不太懂，只是以前看过《狮城舌战》那本书，当时就觉得复旦大学的辩手太厉害，特别佩服！"《狮城舌战》是一本畅销书，主要记录了首届国际大专辩论会。当年复旦大学辩论队代表中国出征新加坡，并且斩获了冠军，在上海滩轰动一时。简思思也是由此对辩论产生了兴趣。

于小菲和陆宜嘉都没看过这本书，听简思思这么一说都有点好奇，正想询问狮城舌战的细节，这时候一直在旁边玩游戏的王曼忽然大叫一声："漂亮！"

这一声吼实在毫无征兆，三个女生三魂七魄都被吓掉了。简思思更是直接从座位上弹了起来。前一刻还昏昏欲睡的她,现在好了,拜王曼所赐,完全清醒了。

这时候王曼也发现自己反应太大,吓到了室友们,赶紧摘下耳机道歉:"对不起,对不起……"说完正要把耳机重新戴上,却被起身的简思思眼明手快地截了下来。

"曼曼,你什么时候又开始玩游戏啦?"简思思虽然不打游戏,但是这个电脑画面看着很熟悉,她认得出来是王曼过去常玩的《英雄联盟》。

王曼被她一问,反应倒是有点儿不同寻常,好像有些不好意思似的,脸上甚至还露出了一抹若隐若现的娇羞——要知道这样的表情在王曼脸上是很罕见的。

简思思本能反应:有情况!

于小菲也及时过来补刀:"她啊,暑假找她出来都叫不动的。估计那会儿就开始'重操旧业'了吧。"

上学期出的那档子事情还历历在目,陆宜嘉咬了一口苹果,忍不住提醒:"曼曼,我说你可别好了伤疤忘了痛呀!"

王曼被她们你一言我一语说得面红耳赤,最后只好缴械投降:"好啦好啦,我招啦。我是和猴子一起打游戏了,怎么样?!"自从上学期认识了侯子江,两个人越走越近,有相同的兴趣爱好,好像总有说不完的话,本已经打算彻底戒掉网络游戏,谁知道最后还是动摇了。

"啊?怎么样?我看不是打游戏这么简单吧?"于小菲明知故问。

爱情和咳嗽一样无法掩饰,虽然于小菲只是点到为止,并没有说破,但王曼的脸还是唰地红了。她一时间不知道该怎么反驳,只好想办法转移话题,这一转移,不偏不倚把矛头指向了简思思:"好啦,好啦,别说我了,你们也说说思思呀,那个谁,陆康时,还没对你表白吗?"

本来好好说着王曼的事情,她却一下子爆了个大猛料,陆宜嘉和于小菲一下都有点儿消化不过来——"你说什么?陆康时看上我们思思了?"

王曼不承认,也不否认,似笑非笑。

还好当事人简思思向来镇定,果断否定:"你们别听她胡说,没有的事,她这是故意转移话题。"

不过即便简思思否认得干脆,对面的于小菲还是托着腮认真思考了起来:"算起来,陆同学是蛮久没有来找我麻烦了,原来……"想一想她好像忽然还有点儿小激动,"原来已经改换目标啦,太好啦!"

好什么啊?!简思思一脸黑线……

王曼见有人回应她,兴致更高了,又立刻接茬儿道:"是吧!我就说嘛,他绝对有问题。拐弯抹角地约你看电影,晚上还来寝室门口堵你。那我问你,这次辩论社他有没有报名参加?"

简思思想了想,陆康时确实报名了,但是这能说明什么?人家就不能单纯对辩论感兴趣了?

简思思迟疑了几秒钟,不料这一举动在王曼看来又是一项"罪证":"看看,看看,我说什么了?不要再否认了思思。人家一片痴心可昭日月,你说句话,到底给不给机会呀?"

简思思实在不想和王曼再费口舌,在她看来自己和陆康时就是纯洁得不能再纯洁的同学关系。恰好这时候上课的时间也到了,陆宜嘉看了看手机上显示的时间,着急催促道:"哟!姑娘们,已经一点十分啦,上课要迟到了!"

这一句提醒算是救了简思思。话题岔开了,也就没人再提起陆康时这个名字了。不过这件事情也算是给简思思提了个醒,误会的开始往往不经意,但要使误会消弭就需要她做点儿努力了。人不能在同一个地方摔倒两次,也许是时候反思一下了。

日子一天天地过去,很快到了辩论赛抽签的日子。说起来也有意思,法学院的学生给人留下的印象一直是理性、思路清晰、有条理,在辩论领域有着得天独厚的优势。辩论注重摆事实、讲道理,这似乎和法律的某些方面也相契合,然而正是这样一个有着先天优势的群体,居然从来没有在学校的辩论比赛上获得过任何名次,实在令人觉得有些不可思议。

这一次,学院为了实现零的突破,不但花大力气组建了辩论社,还把沈毅请来作为辩论社的顾问。沈毅在学生时代也曾是风云人物,当时作为校辩论队的队长,曾率队夺得过多次上海市"八校辩论邀请赛"的冠军。所以这次请他出山,目的相当明确。

抽签的结果很快出炉,法学院第一场对阵外语学院。

拿到抽签结果的时候,简思思心里颇有些忐忑不安。虽然比赛尚未打响,但是外语学院名声在外,一直是校内辩论的传统强队,有几名非常优秀的辩手,还得过好几届冠军。

菜鸟队伍,对阵传统强队,法学院不出意外地输掉了首场比赛。不过,简思思作为阐述论点的一辩,还是凭借具有感染力的表现获得了当场"最佳辩手"的称号。

所幸首战失利并没有影响大家的斗志,反而由此总结出了不少经验,举一反三,越战越勇。在幸运地通过复活赛之后,法学院这支年轻的队伍一路高歌猛进,最后居然跌跌撞撞地闯进了决赛!

从没有人看好,到成军第一年就闯入决赛,实在只能用"神奇"两个字来形容。

比完半决赛,几个选手一下场,一大群法学院学生就围了过来。辅导员沈毅更是首当其冲,兴奋地冲他们竖起了大拇指,满意之情溢于言表。

"刘晨最后的总结陈词太震撼了，引用顾城的那句诗'黑夜给了我一双黑色的眼睛，我却用它来寻找光明'，简直击穿人心啊！"

旁边有人情绪激动地附和："何止击穿人心，还把生命科学学院击得溃不成军了！"

大家笑作一团。

简思思下场后，最想与之分享胜利喜悦的人当然是三个室友。作为她的专属后援团，在这一系列的比赛中，她们可谓是她最坚强的后盾，每场必到。

拨开人群，简思思走向观众席，这时候陆宜嘉和于小菲正好向她这边走来。简思思看独独缺了王曼，不禁有些疑惑地问："王曼呢？你们不是一起来的吗？"

陆宜嘉没作声，于小菲却拉了简思思一下，凑近过来小声道："在后面呢。"说着眼神便往身后示意了一下。

简思思觉得于小菲的举动有点儿奇怪，顺着她的目光看去，王曼正背对着自己和一个男生说话。那个男生有点儿脸熟……再仔细一看，原来她也认识，是侯子江，他把头发剪成了极短的板寸，有点儿认不出来了。

而侯子江身旁，另一个身影也颇为眼熟：他穿着正式，衬衫领带加下身一条熨得笔挺的西装裤。头发略微有些长，额前的发丝垂到了眼睑。他的皮肤白皙光洁，比大多数女生都要好，然而脸颊却比记忆中消瘦了一些，脸部线条也因此更加明显了。

是宋逸淼。他站在那里没有说话，却依旧显得那么挺拔，那么帅气，那么不可一世。

商学院和外语学院的半决赛就在法学院的比赛之前刚刚结束，商学院顺利挺进决赛。可是宋逸淼为什么到现在还会出现在会场？刺探敌情？知己知彼？无解。

现在简思思唯一可以确定的事情是，宋逸淼将是她的下一个对手。他们很快将在辩论赛的决赛场上交锋。

17

说起宋逸淼这个名字，仿佛已经是很久远的事情了。

自从寒假开始，到现在开学已将近两个月了，简思思的生活中再也没有出现过这个人和这个名字。然而今日虽然只是匆匆一瞥、擦肩而过，上学期末那场新春晚会的场景还是不由自主地浮现在了眼前——

当时简思思负责舞台背景音乐的播放，趁机捉弄了宋逸淼。在他与观众互动时，简思思故意播放了神曲《最炫民族风》。不过，令人没想到的是，宋逸淼凭借过人的临场反应，居然没有露怯，反而还跳出了一段颇为接地气、中西合璧的机械舞。看似不搭调的组合，最后竟然也巧妙地融合在了一起。化尴尬为幽默，宋逸淼不但没有出糗，最终还为自己赢得了一片掌声。

当时的场景还历历在目，也让那时候的简思思对他有些刮目相看。不过可能是因为之前的积怨太深，他的种种"恶行"在她看来简直不可饶恕，直到现在想起来还十分火大。她不否认宋逸淼的才华，但是才华和人品大概真的是两回事吧！

虽然简思思不愿意承认，但是宋逸淼这个人的出现还是多少对她产生了影响，最直接的体现就是——她对于比赛更加投入了。准确地说是，她好像更在乎比赛的结果了。原本作为新人队伍，沈毅对他们的表现已经十分满意，并没有施加任何压力。可是如今简思思却自己给自己暗暗设定了目标,铆足了劲要打败商学院,夺下冠军。

小宇宙熊熊燃烧起来,一场明争暗斗由此展开。

一周以后的一天,风和日丽,辩论比赛也迎来了最终的决赛。

当日决赛辩题为——正方:行万里路胜过读万卷书;反方:读万卷书胜过行万里路。

一方是屡创佳绩的商学院,另一方是本届黑马法学院。比赛引来各方关注,主校区的大礼堂内坐得满满当当。在众人的翘首以待中,双方八名选手依次坐定,仿佛箭在弦上一触即发,连室内的空气都变得有一丝紧张。毫不夸张地说,虽然只是一场校内赛事,但是决赛的气氛绝不亚于任何一场高级别的辩论比赛。

主持人上场,按惯例宣布了本场辩题,并介绍了正反两方的参赛队伍。待评委以及嘉宾全部入座后,双方一辩便开始依次阐述观点。两边打头阵的都是女生,正方的路颖是商学院女神级的人物,长得漂亮,声音也很甜美,评委观众都对她印象极佳,占了一定先机;不过好在这一战简思思也是有备而来,旁征博引、论古谈今,情绪收放自如,发挥一如既往的稳定出色,在与路颖的对弈中也完全没有落于下风。

随后进入的一对一攻辩环节,是由正反方二、三辩交替进行的对弈。宋逸森作为正方二辩出战,他思路清晰、反应过人,三辩选手唐显泽则以语言幽默诙谐见长,多次引发全场爆笑;而反方的两位辩手,二辩刘晨文字功底深厚,之前因为在比赛中大量引用诗词古籍而被冠以"古典小生"的称号,但是今天的发挥却有失水准,对古诗词的引用总有些生硬、不够精准。另一位辩手顾淮明虽然没有明显纰漏,但还是显得过于中规中矩,给人印象不够深刻。

四轮攻辩完毕,法学院的表现有些差强人意,除了简思思以外,刘晨和顾淮明都没有发挥出他们最好的水平。简思思看在眼里,急在心里。只是比赛并不会给任何人喘息的机会,攻辩结束后,紧接着便到了最为扣人心弦的自由辩论环节。

这个环节顾名思义,是自由发挥的时间,正反双方八名选手都可以参与辩论。法学院今天在攻辩环节表现不佳,队员们的情绪都受到了一定的影响,到了这一环节,更是几乎溃不成军……在面对正方的提问时,二辩刘晨甚至屡次答非所问。根据辩论赛规定,对重要问题回避交锋,是要被扣分的。

这下连向来沉着稳健的简思思都有点儿乱了阵脚,虽然极力告诉自己要集中注意力,但是队友们的表现还是让她感觉有点儿不对劲。

简思思的预感很快被证实,当正方二辩宋逸淼还在慷慨激昂地发言时,法学院这头,刘晨突然上身一阵摇晃,然后身体前倾,"啪"的一声重重倒在了面前的桌子上。对面的宋逸淼马上中断了自己的辩词,所有人的目光都投向了反方队伍。就坐在刘晨身边的简思思这时急忙转身查看同伴的情况,然而他双目紧闭,对外界的声音毫无反应,似乎是晕了过去。

简思思站起身来,立刻急切地向场下求助:"快打120!"

十多分钟后,120急救人员赶到。在做了初步检查后,医务人员认定刘晨没有大碍,是低血糖引起的晕厥。这时候刘晨也在大家的注视中悠悠转醒,众人总算松了口气。旁边他的室友陆康时被吓得不轻,这才终于说出了实情:"他爸爸在雅安地震救援时劳累过度,最近情况一直不稳定,他担心得一个星期都没怎么好好睡觉吃饭。今天早上一起来又说自己眼前发黑,都这样了,还坚持要来比赛。"

原来刘晨的爸爸是上海市第六人民医院的骨科医生。上个月20号四川雅安市发生了7.0级地震,他主动请缨赶赴灾区参与救治。由于工作强度太大，一回上海自己也跟着病倒了。父子情深，大爱无疆。众人在得知了这背后的故事后，都感动不已。

然而等一切安顿完毕，比赛毕竟是比赛，总要决出一个胜负。不过历年的决赛场上从来没有出现过这样的意外，这也给在场的评委们出了个大大的难题。

因为刘晨的缺席，反方阵营少了一人，比赛不能继续进行。在经过反复讨论之后，评委会做出了一个让人颇为意外的决定：将按照正反方两支队伍前两部分的表现来判定结果。

这个决定一出，立刻引起了现场的哗然。因为法学院今天的失常发挥，几乎已经让胜负没有悬念。就在众人以为商学院将再次加冕冠军时，作为队长的宋逸淼却在此时突然提出需要一点儿和队友交流的时间。

关键时刻，宋逸淼和队友们说了些什么？无人知晓。但是当他们重新回到场上时，宋逸淼站到了众人面前，用从未有过的诚恳态度说出了如下这番话："尊敬的评委们、嘉宾们以及在场的所有朋友，刚刚我们队内部进行了一次讨论，对于这次比赛的结果希望评委可以保留意见。因为对方辩友的身体原因，导致比赛中断，这样的对抗实在算不上'公平、公正'，我代表我们队要求组委会组织重赛。谢谢！"

此话一出，台下瞬间炸开了锅——

观众甲："公开要求重赛？我没听错？"

观众乙："宋逸淼，太帅了！不愧我们商学院之光啊！"

观众丙："嗯……以前对他没什么感觉，今天真的觉得他有点帅哎。"

观众丁："这是主动放弃冠军了？姿态蛮高的嘛。"

……

商学院主动放弃唾手可得的冠军，公开要求重赛一事，很快传遍了整个大学。宋逸淼的名字也连带着冲出了学院,冲向了全校,并且因为公平公正的比赛精神而获得了师生们的一致称赞。

话说比赛当天,其实商学院内部也曾出现分歧,有人说:赛场上变化莫测,有时候"运气"也是取得胜利的关键。突然发生的意外固然令法学院一方措手不及,但是从另外一个角度来说,对于辛辛苦苦准备了一周的正方,重新比赛等于让他们的努力化为乌有,这又公平吗?

也许这个世界上没有绝对的公平,每个人都有自己的衡量标准。也正因为如此,从一开始就决定放弃胜利、坚持为对手发声的宋逸淼,才显得如此可贵。由辩论赛窥视人性,这也许早已超越了一场比赛的意义,但是,这不也是竞技的另外一种魅力吗?

虽然在之后的重赛中,人员齐整的法学院再次不敌商学院,遗憾屈居第二,但是全力以赴地努力过,也就没有遗憾了。

夺冠之后,清闲的日子没过上几天,宋逸淼又接到了新任务。

那天下午上完游泳课,他突然接到沈毅打来的电话,说有事情要谈,请他去一趟法学院。宋逸淼心里有点儿疑惑,但还是去了。到了那边才知道,学校从之前辩论赛的选手中挑选了几名辩手,将由沈毅带队集训,代表大学参加一个月以后举行的"上海市八校辩论邀请赛",而他也在名单之列。

"去呗!又不是没这个实力,前怕狼后怕虎的,不是你的作风啊!"回来以后,宋逸淼一直对去不去参赛犹豫不决,他向来不是优柔寡断的个性,侯子江见他这样倒觉得有趣,"怎么了?怕输啊?嘿,我倒是从没见过你怕输的样子。"

"你不说话,没人当你是哑巴。"宋逸淼坐在体育馆冰冷的地板上听着侯子江对他的调侃,语气冷过西伯利亚寒流。

侯子江刚刚教完了一段动作，解散了社员来到室友身边："你来找我说这事儿，不就是想有人给你意见吗？意见早就给你了，随你听不听。"他说着一屁股坐到宋逸淼身边，咕咚咕咚地灌矿泉水，完了又道，"那谁不是也选上了吗？她去不去？"

侯子江说的是谁，宋逸淼心知肚明，但是他什么都没说，既不承认也不否认。

"你不会是因为她犹豫吧？怎么，觉得尴尬啊？"宋逸淼和简思思的联系似乎随着学期的结束也中断了，虽然宋逸淼从没有向自己透露过他们之间到底发生了什么，但是侯子江也不傻，两个人先前表现出来的微妙关系，再加上宋逸淼如今的绝口不提，他多少可以猜到，至少对于宋逸淼而言，简思思是个很特别的存在。

宋逸淼还是那个姿势，蜷着双腿席地而坐，一双手随意搭在膝盖上，听了侯子江的话，脸上也没什么表情，目光淡然地向着前方，也不知道在想些什么。

侯子江见他没有否认，胆子又大了一点儿，用手肘顶了他一下，忽然有些鬼鬼祟祟地说："别怪我没提醒你，前几天王曼给我漏过风，社团联合会的那个陆康时在追她。"

这话一出，宋逸淼总算有点儿反应了，他回过头来，正对上侯子江的目光。正当侯子江为自己的通风报信扬扬得意时，却只听到宋逸淼轻描淡写地送上了一句："关我什么事？"

侯子江好心被当成了驴肝肺，拖长了音调"喊"了一声，随后送上一个白眼。

宋逸淼不再搭理他，又沉默着坐了会儿。思绪飞远，时间被无限拉长。可能是两分钟，也可能是二十分钟，他完全没了概念。最后他站了起来，反手拍了拍身上的灰尘,朝体育馆门口方向走了过去。

等旁边的侯子江反应过来,宋逸淼已经走出了好大一截儿。

"喂,不一起吃饭了?"侯子江在身后大叫着问。

"没空。"

"你去哪儿啊?"

"训练。"

训练?侯子江愣了愣神,一时摸不着头脑。再仔细一想,他忽然笑了出来,这个口是心非的家伙!

"喂——"

宋逸淼总算停下脚步,偏过头问了句:"还有事?"

侯子江贼笑道:"给我再拿个冠军回来!"

宋逸淼什么也没说,用手比了一个 OK,然后迈着大步潇洒地走出了体育馆。

18

"阿姨,等等!等等我!"

简思思回到寝室的时候,宿管阿姨正拿着钥匙准备锁门。此时的天空月朗星疏,而寝室一楼的挂钟将将指向晚上十点整。

看见有学生踩着点回到寝室,阿姨忍不住皱着眉头教育了几句:"以后早点儿回来,下不为例!门禁十点钟,你们又不是不知道!"

简思思从小到大一直是模范学生,很少被老师批评,被阿姨这么一说有点不由自主地脸红。她一边低声说着不好意思,一边从大门拉开的空隙中敏捷地钻了进去。

致 宋先生

最近一段时间简思思都早出晚归的,一面要准备英语四级考试,一面要参加八校辩论赛的集训,同时自己的课业也不能落下,这么晚回来也是万不得已。

上了三楼,寝室的灯还亮着。简思思拿钥匙开了门,发现陆宜嘉正在电脑上追韩剧《听见你的声音》,最近她的男神从《屋塔房王世子》里面的朴有天变成了李钟硕。

"你回来啦?"见到简思思回来,陆宜嘉马上摘了耳机和她打招呼。

"你还没睡?不是说从这个礼拜开始十点之前睡觉吗?"简思思放下手里的一沓参考资料,一边整理一边问。

陆宜嘉最近脸上的痘痘大爆发,中医西医都看了,没什么效果。后来不知道听了谁的建议,她决定改变自己的生活习惯和饮食结构,由内而外地调理。简单而言就是早睡早起,清淡饮食。不过这说起来容易,真正实施起来却有些困难。

"那也得睡得着才行啊,而且我有点儿怀疑这样到底有没有用。"

"才几天工夫,哪里有见效那么快的?又不是特效药。"简思思笑了起来,她一早就看穿陆宜嘉这个夜猫子就是不想早睡而已。她也不拆穿陆宜嘉,收拾好东西又拿了洗面奶去卫生间。

陆宜嘉关了电脑,拿着牙膏牙刷跟了过来:"你看你最近忙的,都和你说不上几句话了。"她一边挤牙膏,一边有点嗔怪地说,"其他两个人也是整天不见人影,现在寝室里总是只有我一个人。"

简思思已经习惯了她的小公主个性,对这语气习以为常,淡定地反问:"昨天大家不还一起吃饭了吗?"

"啊呀,那个不算!"陆宜嘉直摇头,末了又感慨起来,"还是怀念我们大一的时候,每天都可以开'卧谈会'。"

简思思拧着毛巾点点头表示同意:"那时候真是清闲,不像现在……"现在忙得脚不点地,连她都有点怀念大一的时光了。

"可不是,那时候你没有那么多比赛,大家都回来住,也没有人谈恋爱……"陆宜嘉说着,把牙刷塞进嘴里,好像忽然起了点儿小情绪,手上十分用力地刷起牙来。

她的话,前面两条简思思都没异议,就是最后那条——

"谁谈恋爱了?"

陆宜嘉挥了挥手里的牙刷,示意让她刷完牙,可是自己又等不及,还没把牙膏泡沫吐出来又补充道:"王曼呀。王曼和那个猴子谈恋爱了,你不会不知道吧?"

其实这也不算什么新闻,大家心里早就有这样的猜测,只是王曼一直没有承认,所以简思思也就没有给他俩的关系下定论。

"王曼自己和你说的?"

"还用说吗?瞎子都看出来了吧。"陆宜嘉洗干净自己的漱口杯,拿毛巾擦了擦嘴。

简思思一听,便也不再好奇了,洗完脸正准备出去,谁知道这时候陆宜嘉忽然在身后问了句:"王曼她……她知道我表白失败的事情吧?"

简思思停下脚步。

"你知道那个猴子是……是……"

简思思立刻意识到陆宜嘉要说什么了。自从表白事件发生以后,宋逸淼这个名字已经成为了陆宜嘉的禁忌,没想到时隔多日,她还是没有放下,如今连说一说都变得艰难。简思思马上应下来:"我知道的。"

身后的陆宜嘉明显松了口气,从吞吞吐吐又恢复到了正常的语速:"嗯,我就是觉得这样好像有点儿尴尬。我们学校男生多了去了,王曼怎么偏偏挑上了猴子？"

虽然王曼还没公开承认，但从种种迹象来看，她对猴子是喜欢的。陆宜嘉的担忧也许并非空穴来风，只是这样的指责未免有些不近人情。

"上学期的事情你也知道的，也就是碰巧了，谁能想到那个游戏里面的队友就是侯子江。你别多想。"

陆宜嘉靠在洗漱台边，低头绞着手指："我也知道是我想多了，我和她又没有深仇大恨，也就是上次她问我借粉底液我没借她，这样也不至于找那个人的室友谈恋爱来报复我吧。"

简思思一听这话简直震惊了，震惊之余又觉得有点儿哭笑不得："亲爱的，你是不是《甄嬛传》看多了？王曼要这样报仇的话，她得下多大一盘棋啊。你觉得王曼像这么处心积虑的人吗？她那么直肠子，要是有这么多心眼儿就不会被人骗了。"

这件事陆宜嘉就是自己钻牛角尖了，但凡有个人点一下，她就醒了："你说得对……是我多想了。不不，是我胡思乱想了。"连她自己都忍不住笑了起来，"哎，我就说不能老是让我一个人待着嘛！你看看你看看，这就是后果！"

简思思看她这样，像个姐姐一样过去抱了她一下："好吧，知道啦。是我最近太忙，没有多关心你。以后一定注意。"

这一晚，寝室难得提早关灯。两个女生就像大一刚刚进校的时候一样，在上铺进行了一次畅快的"卧谈会"。谁都记不清到底聊了多久，话题更是包罗万象、天马行空，想到哪儿就聊到哪儿。现在唯一让简思思还有点儿印象的，是她在半梦半醒间似乎听到陆宜嘉问了这么一句：那个人好不好相处？

当时已经很困了，她都不记得是怎么回答的了，或者根本没回答就睡着了。现在回想起来，连简思思自己都不确定是陆宜嘉真的问了，还是这原本就是一个梦。

不过这些日子和宋逸森的相处却是真实的，他的出现似乎总能带来很多意外，简思思从没想过竟然有一天会和他成为队友，并肩作战。

周四晚上最后一节《证据法》结束已经是八点三十五了，简思思出了教学楼就急匆匆地赶去图书馆。今天晚上有集训，可她因为有课，提前和沈毅打了招呼要晚到。

这次从辩论赛中选拔出来集训的一共有六个学生，由沈毅统一指导，因为大家都来自不同的学院和年级，要凑到一块儿集训也不容易，常常不是这个有事，就是那个有事。

简思思敲开训练室大门的时候，大家正在做头脑风暴。沈毅今天给他们准备了几个新的辩题，要求队员们发散思维，在短时间内明确辩论方向。

简思思没有打断他们，蹑手蹑脚地走进了房间。她在后排找了个座位坐下，很快发现今天来参加集训的除了自己和沈毅以外，只有三个人。她这才意识到，自第一场八校辩论邀请赛之后，他们的六人团队已精简到了四人，另外两名队员被淘汰了。

淘汰制度是残酷的，同时简思思也觉得自己肩上的担子更重了。在经历了第一场比赛之后，她才算是真正见识了其他高水平的大学队伍。所谓山外有山，人外有人，强队的实力比她想象的还要雄厚。现在她能做的，只有玩命练习，尽可能缩小自己与高手们之间的差距。

幸运的是，在四进二的比赛中，对手因内部原因主动弃权，上海大学不战而胜。由于赛制的关系，这也意味着上海大学辩论队直接进入了最后的决赛。不仅如此，轮空的这一轮，也为他们争取了更多的时间。让队员们在紧张比赛的间隙，还能有时间做像现在这样的思维训练，实属难能可贵。沈毅一心要培养一支可持续发展的辩论队伍，而不是只为这一次比赛而存在的队伍。

见队友们正忙着，简思思也没闲下来。前段日子沈毅教了他们"反向论证"的训练方法，于是她就趁着空当自己练上了。所谓反向论证，就是对一个人们在常识中认为正确的事情做出相反的判断并论证。这样的论证，极其考验论断的严密和准确性，也是辩论训练的常用手法之一。

一个晚上的集训，都是脑力劳动，强度极大。大家都很投入，时间也过得飞快。等到集训结束时，居然已将近晚上十点半了。

简思思一看手表心里暗叫一声糟糕！连资料都还来不及收拾，她就匆匆跑出去拨了个电话给陆宜嘉。谁知道这个平常天天半夜才睡的夜猫子，今晚却关机了！要不要这么凑巧，偏偏挑今天实行她的养生大计？楼下十点钟锁门，谁来给她开门呀？！

简思思一时间没了主意，也不知道于小菲和王曼能不能收留自己一晚？只是现在都这么晚了，突然提出这种要求又怕人家为难……

简思思没想出对策，一脸苦大仇深地回到了训练室。这时候队友唐显泽和刘晨正要离开，见她这副表情，禁不住疑惑地问："你怎么了？出了什么事吗？"

他们这一问，简思思才想起来，学校寝室都是统一十点锁门，她回不了寝室，其他三个男生也一样啊。

"你们今晚去哪儿住？现在都十点半了，你们还进得去寝室？"

唐显泽和刘晨一听是这事，笑了："我们回家啊，进不去寝室，只能回家住了。你呢？"

简思思这下彻底傻眼了，本想找同盟者商量商量对策，谁知道这几个人都是本地学生！

宋逸淼不知道什么时候也冒了出来，手里拿着一沓参阅资料，看向简思思："那你怎么办？"

"我……"哎，她要是知道怎么办就好了！

沈毅在一旁听到几个学生的对话，这时候才意识到自己考虑不周了。毕竟是个大男人，心思没有那么细腻，事到如今，只能尽量想办法补救："思思啊，你别急，今晚不行的话就去'如家'或者'锦江之星'住一晚，费用我报销。今天确实太晚了，抱歉。"

"是我今天来晚了，没事的，沈老师。"简思思摆摆手，脸上的笑容有些疲惫，"我今天就去宾馆住一晚好了。"

虽是万不得已，但总算有了解决的方案，几个人这才放了心。大家陆陆续续地离开了会议室，最后只剩下了简思思和宋逸淼两个人。

宋逸淼回到自己的座位上，在笔记本上又写了几笔。对于下一场比赛的辩题，刚刚他忽然有了些新的想法。他专注于笔下，周遭的一切都被暂时屏蔽，直到一阵咳嗽声从身后传来。那声音虽然不响，但在这空旷的会议室里也足够清晰。

宋逸淼这才从他的辩论世界中抽回思绪，一回头，目光冷不丁撞上了一双有些疲惫又有些紧张情绪的双眸。

"怎么了？"宋逸淼放下了手里的水笔，侧过身问。

"呵呵……"简思思笑得有点儿尴尬，"我好像没带钱包。"她拍了拍挂在身前的书包，难得在宋逸淼面前表现出不知所措。

19

事实上，简思思不仅没带钱包，连身份证都没带。在大学校园里住久了，上哪儿都是一张学生证搞定，她似乎已经没了带钱包出门的习惯。

走出图书馆，夜阑人静。一高一低两道人影摇曳在大学通往北门的主干道上。

因为不仅仅是借钱，还要借用证件，所以当宋逸淼提出要和简思思一起去宾馆的时候，她没有拒绝。

"今天麻烦你了。"

"不麻烦。"

"耽误你时间了。"

简思思毕恭毕敬地表示着感激，旁边的宋逸淼听了却不自觉地伸手掏了掏耳朵，小声咕哝了句："能不能别这么客气，听着还真有点儿不习惯。"

简思思脚下的步子没停，扭头迅速瞥了他一眼，好气又好笑："客气不习惯，难道你要我对你不客气啊？！"

这原本是玩笑，谁知道宋逸淼听了却忽然伸出一根手指向她点了点，还露出一副满足的表情感叹道："对，就是这个语气！这样就对了。"

说好话不要听，偏喜欢她凶巴巴地对他，这个人还真另类。

简思思嘴里禁不住"喊"了一声，头一偏，却不由自主地笑了起来。

这样的场景在不久前也许根本无法想象，但是经过这些日子的相处，她慢慢觉得自己过去对宋逸淼的评价好像太过武断。

至少抛开他自恋的个性，他这个人还算正直可靠。就拿之前辩论赛他坚持重赛这件事来说，那么义无反顾又毫不犹豫地表明立场，可不是人人都可以做到的。现在回想起来，也许自己对宋逸淼印象的转变，也就是从那个时候开始的吧。

而对于现在的比赛，简思思觉得他这个队友也让人很放心。看似玩世不恭的人，每次集训却都是最守时的，没有迟到过一分钟，也没有请过一次假。与队友们分享心得都掏心掏肺，准备资料详尽又充足。难怪由他领衔的商学院辩论队能一路披荆斩棘夺下辩论赛冠军，如今看来所有的成功都不是偶然。

不知不觉两人已经出了学校的北门，黑暗料理街依旧热闹。烧烤摊前人头攒动，让人不禁回忆起过去的种种。也许是时间冲走了记忆中的沙子，不快乐的印记也会慢慢变淡，现在两个人以队友的身份相处，倒也算和平融洽。

北门地铁一号线对面就有一家如家快捷酒店，两个人穿过黑暗料理街，默契地朝那个方向走去。

由正门进入，酒店大堂灯光明亮。前台坐着一个三十岁左右的女人，晚上没什么客人，她正津津有味地看着芒果台电视剧，也许是看得太投入了，竟然连客人来了都不知道。

简思思习惯性拉了拉书包背带，正要径直朝前台走去，这时候却感觉自己的衣服从后面被人拉了一下。她回过头来，发现宋逸淼站在原地看着她，没动。

宋逸淼："你先出去等，我来开房。"

"开房"两个字一出口，简思思背脊凉了。她心中一凛，立刻意识到了不妥。

难道他们现在要做的事情就是传说中的——开房吗？

一男一女两个大学生，半夜里来酒店……呃，以他们俩现在这种状况，旁观者恐怕没几个会不误会的。

简思思的脸上慢慢泛起了可疑的红晕，她暗自庆幸：还好宋逸淼提前考虑到了这些，否则她真的不知道应该如何面对前台工作人员的眼光。

这么想着，简思思竟然吓出一身冷汗。她点头表示同意，然后语速飞快地说道:"你办好手续叫我,谢谢!"

不等宋逸淼回答,她就一溜烟跑了出去。

毕竟是连锁品牌酒店,工作人员训练有素,一切手续办妥不过用了几分钟。

简思思低着头,正在酒店外面的路灯底下踢石子。这时候宋逸淼逆着光走过来,一手递上了房卡,轻声说:"好了,房间在三楼。你早点儿休息。"

宋逸淼的语气没有任何异样,但是简思思见他过来,心脏又狂乱地跳动起来。也许是刚刚的情形还让她心有余悸,她没有抬头,只是接过了房卡道谢:"谢谢啊!实在太麻烦你了。"说完正准备往宾馆里面走,她又忽然想起什么,"对了,那房费……"她说着便下意识地抬起了头,宋逸淼的目光立刻就迎了过来,她的脸颊忽然有些发烫。

"刚刚付了押金,房费我明天早上来结。"宋逸淼好像知道她要说什么。

简思思听到"明天"两个字又愣了愣:"明天……你还要过来?"

"你不是没带钱吗?"宋逸淼反问。

"是……"可是他可以先把钱借给她啊,以后再还他就是了。

对面的宋逸淼像她肚子里的蛔虫一样,立刻看出来简思思的疑惑,补充说明:"房间押金刷的是信用卡授权,明天要用同一张卡结账。"

原来如此。

"那真是不好意思,害你多跑……"

"明天你几点退房?"

"啊?"

"你第一节课几点?"

宋逸淼连珠炮似的提了一连串问题,让简思思有些难以招架。然而她根本没时间提出异议,只条件反射般回答:"D座,八点。"

宋逸淼点点头，稍作思考，然后接着说道："七点十五退房，这里走到 D 座十分钟，还要留点儿时间吃早饭。"

他的语气不是商量，而是直接告诉她自己的安排。

简思思有求于人，也不好再多说什么，何况宋逸淼的安排十分合理，于是点了点头，表示同意。

第二天，清晨的薄雾刚刚散去，宋逸淼便准时拨通了简思思的电话。手机号是昨天晚上刚留的，为了便于今天联系。

约定七点多退房，实际上简思思早上六点钟就醒了。不知道是不是宾馆的环境太陌生，她一夜都没有睡好。但是不管怎么说，有的睡总比没的睡强，昨晚要不是宋逸淼，她真的很可能要露宿街头。

见到宋逸淼的时候，他已经把退房手续办妥，一只手提着书包，站在酒店外面等候。早晨的市郊，路上只有零星的路人，他那样的帅哥站在那里，格外抢眼。

宋逸淼今天换了一套轻便的运动服，脚下穿了双宝蓝色的运动鞋，显得很精神。而对比之下的简思思则可以用憔悴来形容，一晚上的辗转反侧，令她黑眼圈浓重。昨天穿的衣服也没换洗，白色的衬衣皱皱巴巴的不算，还有些斑驳的污渍，不知道是什么时候沾上去的。

这样的形象，让简思思不太自信，但她还是主动上前和宋逸淼打了招呼："早。"毕竟人家帮助了她，就算再落魄，良好的家教也不会让她丢了礼貌。

宋逸淼听到简思思的声音侧过身来，一双眼睛闪着比晨曦更亮的光泽："早啊。"他说着看了看自己的手表，嘴角不禁弯了弯，"真准时。"

简思思用一个微笑回应了她，转而又问："对了，这里一共花了多少钱？回头我还你。"

宋逸淼看看她，忽然将书包单肩背起，答非所问道："先去吃早饭吧，饿了。"

简思思没跟上他跳跃的思维："啊……你还没吃早饭吗？"

也不待简思思说完，宋逸淼已经径直朝学校的方向走了过去。不一会儿，两人之间的距离便拉开了老远。

宋逸淼走到半道上还不见有人上来，便回过头催促："哎，快走啊，再不走上课要迟到了！"

简思思犹豫了几秒钟，最后只好无奈地跟了上去。

早饭是在益新食堂吃的。宋逸淼买了蛋饼和小馄饨，简思思则要了豆浆和菜包。两个人都饿了，一边吃一边聊了起来。

宋逸淼问："昨晚睡得怎么样？"

"一般，房间对着马路，有点儿吵。"简思思如实答道，然后问宋逸淼，"你呢？昨晚回家很晚了吧。"

"嗯，回去又准备了点辩论资料，三点多才睡的。"

"三点多？这么晚？"宋逸淼表现出来的状态完全是元气满满的热血少年，根本看不出熬夜的迹象。

宋逸淼见她似乎不太相信似的，笑了笑问："是啊，不像吗？"

简思思意识到自己的反应有些激烈，稍微收敛了下自己的语气："哦，不是……就是觉得你好像从来没有累的时候，体力好得惊人。怎么样？昨晚有什么新的收获吗？"

说到辩论赛的话题，宋逸淼整个人都来劲了："收获颇丰，我想到了一个新的切入点，晚上和你们探讨一下，看看是不是可以深挖。"

"好啊，今天晚上我没课，我会早点儿去训练室的。"

宋逸淼点头表示同意，然后又忽然自嘲似的笑："哎，其实哪有什么不知疲倦的人,我也就是为了比赛,拼了!我怕现在不拼,将来会后悔的。"

宋逸淼的语气决绝,简思思忽然有一丝触动。原来宋逸淼这种玩世不恭的男生也是会认真的,在他不可一世的外表下,其实也掩藏着一颗不想输掉的心。

"说实话……"内心的防线被慢慢攻破,卸下防备,简思思也忍不住说出了自己关于比赛的想法,"其实我一直觉得自己的实力没有你们学院的路颖强,我最初以为被淘汰的人会是我。"

从一开始简思思就知道两个同时入选集训的一辩,有一个会被淘汰。不是她妄自菲薄,而是路颖在实战经验上确实比她强太多了。

"我早就做好了打道回府的心理准备,只是把这次集训当作宝贵的学习机会。没想到……"

没想到最终被淘汰的人是路颖,当时连简思思自己都感觉有些不可置信。受到认可自然是一件值得开心的事情,然而与此同时,她又觉得压力像座山一样向她迎面砸来。她不希望自己成为全队最薄弱的环节,她的愿望是他们的队伍能走得越远越好,即便自己不代表队伍出战。

大概完全没想到简思思会在这样的环境对自己吐露心声,宋逸淼停下了手里的动作,一时间竟然不知道如何开导。

隔了一会儿,这位赛场上的最佳辩手才重新组织起语言,郑重开口道:"我不会评价你和路颖谁强谁弱,因为沈老师已经给了答案。现在更不是去想结果的时候,就算你去想,也是没用的。其实你大可不必这么纠结,因为你现在能做的,和我一样,就一个字——拼。当一切结束的时候,成也好,败也好,我们回过头来看这一系列的比赛,心里都不觉得有缺憾,那就是最好的结果。"

20

走出益新食堂,通往教学楼的路上人头攒动。刚刚的那一顿早饭,简思思收获颇丰。食物填补了胃的空缺,补充了体力;宋逸淼的那番鼓励,则让她摆脱了多日来的顾虑,打起精神来背水一战。

人生的际遇说来十分奇妙,你不知道明天会发生什么,也不知道下一个将遇到什么人。对手可以变成朋友,敌人也能成为知己。就好像现在的宋逸淼和简思思,有了相同的目标和信念,至少从现在起到未来的某一刻之间,他们可以像朋友一样并肩作战。

从益新到D座并不远,走到一半,简思思又想起借钱的事情:"对了,你还没告诉我昨晚的宾馆你帮我刷了多少钱?"

"那个啊……"宋逸淼好像根本没有认真思考,"那个钱沈毅说帮你报销,应该要发票的吧?"

"发票?"简思思倒还真没认真想过这个问题,不过既然是要报销的,有个凭据也是应该的吧,"我想应该需要,怎么了?"

"早上我结账的时候,他们说今天机器故障,不能打发票。你最好先去问下沈毅,发票抬头开什么,到时候等他们能打发票了,会电话联系我,我好告诉他们正确的抬头。"

简思思再次对宋逸淼的细心佩服不已:"你说得对,发票抬头我还要和沈老师确认一下,谢谢提醒。"

"没事。"

"这样的话,之后可能还要再麻烦你一次,和宾馆那边转达一下发票抬头。"

"小事情,确认好了告诉我。"

不知不觉两个人已经走到了D座门口,这时候离上课时间还有十分钟,不得不说宋逸淼时间计算得真精确。

"你也在D座上课?"简思思到现在才想起来,她都没问宋逸淼第一节课是什么,就默认走到了这里。

"不用管我,快进去上课吧。"宋逸淼没有回答她的问题,只冲她挥了挥手,转身便要走。

简思思来不及思考什么,脚下立刻快速移动了两步。然而等她真的来到宋逸淼跟前了,又一下有些词穷:"这次……谢谢你。"除了谢谢,她也不知道还能说什么。不过算起来这还是她第一次主动把宋逸淼留住,过去她只要一遇到他就想马上溜掉。

"你已经谢了好几次了。"宋逸淼笑了。

"我知道。"因为借钱的事情也好,因为开导她也好,抑或是之前的辩论赛事件也好,总之简思思觉得欠他一句感谢。

"还有呢……"宋逸淼顿了顿,旋即脸上露出轻松的表情,"感谢这种事情不用挂在嘴上,要记在这里。"说着,他往自己的心口方向指了指。

然后也不等简思思再说什么,他便背着书包转向了另一个方向。

沐浴在晨光中,感受着整个校园的青春活力,宋逸淼头一次觉得,原来早起也是一件令人心情舒畅的事情。

在经历了一轮的轮空之后,八校辩论邀请赛重燃战火。这一次,上海大学来到了决赛的赛场,也迎来了有史以来最强劲的对手——华东政法大学辩论队。一直在上海高校圈被尊称为"一哥"的华东政法大学,近两年来夺得过多次全国比赛的冠军,老队员和新队员搭配相得益彰,在各方面都处于领先。

拿到决赛辩题"贫穷比富有/富有比贫穷,更能暴露人性之恶"之后,沈毅率领队伍认认真真地准备了一周。四个队员的投入程度，甚至都已经超出了沈毅的想象。这样一支年轻的队伍虽然资历尚浅，队员实力也还有很大的提升空间，但是那一股初生牛犊不怕虎的精神，以及他们跳开惯常思维、开辟新思路的能力都常常给沈毅带来惊喜。

决赛如想象一样精彩，正反双方的精彩辩论都赢得了观众的阵阵掌声和喝彩，然而因为悬殊的实力差距和比赛经验的不足，结果也不出人所料，上海大学败北，高校一哥华东政法大学辩论队再一次捧起了冠军奖杯。

不过，不论最终的决赛结果如何，能够率领队伍走到这里，已经让沈毅十分欣慰。当天比赛结束，两支队伍都迎来了一次狂欢。冠军队伍固然可喜可贺，但是作为亚军也是虽败犹荣。沈毅为了犒赏四个队员，比赛结束便驱车来到了古北吃饭，这个区域聚集了不少在上海工作的日本人，因此开设了很多高级日料店。

"感谢大家近两个月以来的努力，也谢谢大家对我这个人的包涵。我有时候脾气急了点儿，但是没有恶意。"饭桌上，向来理性的沈毅难得感慨，"这次我们的比赛虽然输了，但是以后的路还长。对了，我尤其要对简思思和宋逸淼说一声恭喜，拿了最佳辩手，以后还要再接再厉啊！"

全场"最佳辩手"下了"双黄蛋"，宋逸淼和简思思一同获奖，这在辩论比赛里很少见。他们两个人的辩论风格完全不一样：一个自由随性、不按套路出牌；一个则稳扎稳打、有条有理。要拿他们俩来做比较确实很困难，也许就是在这种难辨高下的情况下，评委们才最终同时选出了两个"最佳"。

一顿自助餐人均将近三百，价格不菲。不过在经历了两个多月神经紧绷的日子之后，有这么一次彻底的放松，沈毅也觉得值。吃饱喝足后，刘晨又提议去附近的 KTV 唱歌。唐显泽趁机爆料："你们别看他这人长得五大三粗,其实内心是个小清新,还是梁静茹的死忠粉呢!"

大家听了哈哈大笑,沈毅当即表示赞同刘晨的提议:"那就给你一个展示的机会,等会儿你来唱《勇气》啊。KTV在哪儿?你带路!"

当时已经晚上八点多,一旁的宋逸淼和唐显泽没有表现出异议,正准备跟着走,但是简思思一看手表立刻感觉不妙,于是赶紧请辞:"沈老师,唱歌我就不去了,回去晚了我又进不去寝室了。而且明天是英语四级考试,我想回去再准备准备。"

唐显泽听她这话,不由得感叹了一句:"嗨,你这学霸还用准备呢?我们这些学渣都不着急。"

沈毅经她提醒,也注意到了时间,从古北到宝山校区少说也得一个小时车程,再说就她一个女生,晚归毕竟不太安全:"思思,你早点儿回去吧。"说完他又问其他三个男生,"你们呢?明天都不用考试?"

"考啊。"刘晨大大咧咧道,"能考多少考多少喽。"

宋逸淼附和:"反正都是裸考,也不差这一晚上的时间。"

沈毅苦笑着摇摇头,就算是老师,他有时候都拿这群半大不小的孩子没办法:"破罐子破摔了?"

"明年不是还有机会吗?又不是不能再考了。"

简思思急着要走,看他们聊在兴头上又不好意思打断,表情渐渐纠结起来。宋逸淼就站在边上,她长时间的沉默让他有些好奇。当他低头看向她的时候,她恰巧也抬起头来,发现他的目光,她立刻投去一个求救的眼神,他默契地心领神会。

"唱歌还去不去啊?"宋逸淼立刻发声道。

"去去去……赶紧的!"

"宋逸淼,这地方你熟,你带路啊。"

几个人脚下的步子总算挪动了,简思思见状正要撤,却又听见宋逸淼说:"沈老师,去那个 KTV 要路过地铁站的,要不先把她送过去?"

沈毅自然同意,点点头道:"上车。"

简思思换了三条地铁线才回到学校,总算没有再一次被拒之门外。

这一天过得刺激又充实,当她推开寝室房门的时候已经感觉到了一丝疲倦。

不过寝室里面又是另一番景象,房间里灯光通明,难得三个室友齐聚。只见王曼穿着睡衣站在房间正中,一手叉着腰,一手在空中比画,正声情并茂地描述决赛现场的情形。

作为寝室里唯一一个到现场观战的人,她到现在还沉浸在那种热烈又紧张的氛围中无法自拔,以至于陆宜嘉和于小菲都受到了影响,仅仅是听她口述,都觉得热血沸腾。

这时候,主人公之一的简思思回来了,无疑也将这场口述转播推向了高潮。

"当当当当——"王曼看到了进门的简思思,夸张地唱出了闪亮登场的配乐,"欢迎咱们的亚军获得者,本场比赛的最佳辩手简思思同学!"

于小菲和陆宜嘉配合地鼓起掌来,那力道简直让人担心她们把手都拍肿了。

简思思见室友们这样,刚刚的那点儿疲惫也一扫而光,开心地与她们拥抱在一起。

"谢谢,谢谢你们。"一切的感恩最终化为了这简单的六个字,虽然质朴,却无比真诚。

比赛的结果似乎已经变得不再重要了。

经历了整个集训的过程,扛住了压力,一起拼搏,一起努力……如今简思思回想起来，这些收获都要远远大于一座奖杯。更重要的是，她结识了一群良师益友，互相信任，互相鼓励，无条件地支持，这些都将变成她人生中最宝贵的财富。

21

第二天的四级英语考试有点儿难。

出了考场，考生们都哭丧着脸，纷纷表示要寄刀片给出题人。简思思的英文底子还不错，原本不怎么担心，但是今天考下来感觉也有点儿一言难尽，结果怎么样还真有点儿难说。

考试结束后，王曼和于小菲照例回家过周末，简思思和陆宜嘉两个人结伴回到了寝室。

"下午你干吗呀思思？"今天是星期六，陆宜嘉在半路上就开始盘算下午到哪里去"嗨皮"了。刚刚出考场的时候，她分明是吐槽最凶猛的那个，现在反而显得最轻松。

简思思正忙着收拾床铺和衣服："这礼拜积了些衣服没洗，一会儿我要去洗掉，你有什么要洗的也拿出来，趁今天天气好。"

陆宜嘉一听有人帮忙干活，立刻殷勤地隔空送上香吻一枚："就一套睡衣，麻烦你啦，么么哒！"

简思思接过睡衣，又把自己的那堆脏衣服也抱进了卫生间，忍不住自嘲："你看，我都快向那些男生看齐了。"这一周的时间，她过得实在太忙太累了，连日常洗晒都没时间做。

陆宜嘉看看她那张苦瓜脸，忍不住笑了起来："你和他们没得比好吗？不过我今天下午要去参加社团活动，不能帮你啦！"

"去吧,去吧。"简思思也没指望有人帮忙,就是纯粹吐槽一下而已。她手里正撒着洗衣粉,看见室友准备出门了,又提醒一句,"哦,对了,你别忘了啊,四点要和刘晨讨论 PPT 的。"

之前《环境保护法》的老师布置了作业,他们三个被分到了一组。平时没什么时间讨论,只好约到周末了。

"放心吧,没忘!今天就去社团露个脸,很快回来,拜。"

陆宜嘉一走,寝室里立刻安静下来。比赛和考试都结束了,简思思难得感觉到了一身的轻松,安安心心搞起了卫生。不过脏衣服才洗到一半,她的手机就响了起来。

简思思急急忙忙跑出来接电话,手机屏幕上闪烁起的名字却令她有片刻的迟疑——宋逸淼,他怎么会打来?

简思思甩了甩手上的洗衣粉泡沫,按下了通话键:"喂。"

"喂,是我。"宋逸淼清亮的声音从电话里面传来。他没有自报家门,好像笃定简思思知道他是谁。

"有事吗?"

"宾馆通知我发票打印机修好了,今天可以去打发票。你有没有空?"

简思思想到了下午和刘晨他们的讨论会,但是发票的事她又不想再拖下去,欠他的钱也早该还了:"大概几点?"

"看你方便,三点半?"

简思思计算了一下,讨论约的是四点钟,去北门走个来回,如果她走得快点儿的话,应该还能赶得上。"好的,那就三点半吧。"

六月中旬的上海,已经入夏。潮湿的气候,让人更觉闷热。还好图书馆的空调功率够大,因此学生们私下里也常常会开玩笑地说:这条命是空调给的。

陆宜嘉今天难得准时，四点钟一到便踏进了图书馆。原本以为简思思和刘晨肯定已经到了，没想到在图书馆一楼转了一圈，连个人影都没见到。陆宜嘉自己找了个四人的空位坐下来，心里竟然生出几分小得意：平常总让她别迟到。嘿嘿，今天迟到的人不知道是谁……

然而时间一分一秒过去了，简思思和刘晨却始终没有现身。陆宜嘉觉得有些不对劲儿，刘晨怎么样她不晓得，但是简思思是出了名的守时，今天这是怎么了？偏偏她的手机刚落在社团学姐那儿了，说好晚上给她带回去。这节骨眼上也没个手机能联系，陆宜嘉越等越着急。

好在四点十五分刚过，一个熟悉的身影便出现在了陆宜嘉的视线里。她望穿秋水，一看到人赶紧压低了嗓门儿招呼："刘晨，刘晨，我在这儿呢！"

刘晨个子不高，还穿了条松松垮垮的中裤，把整个人的比例割得四分五裂，看起来简直是五五身，哦不！六四身……总之，这外形和他"古典小生"的美誉相去甚远，一点儿也没有"古典"的韵味。

不过此刻的陆宜嘉心里着急，根本没空分析他的人体比例，刘晨人一过来，她就忍不住质问："怎么这么晚啊？！"

陆宜嘉就是个现实版小公主，发起火来不见威力，倒是有点儿娇滴滴。

刘晨什么东西都没带，空着手就这么坐到了陆宜嘉对面："你怎么不接电话啊？"

陆宜嘉越看他这样子越感觉不对劲，但还是先回答了他的问题："我手机没在身上。不是说好四点的吗？你看现在都几点了！"

对面的刘晨汗流浃背，还显得有点儿无辜："哎……你要是带手机，我就不用跑这一趟了。简思思忽然有事情来不了了，打你电话你又不接，我只好过来找你。"

"什么？思思不来了？那她怎么不打电话给我啊？"陆宜嘉惊呼出来，还一脸的理直气壮。

刘晨被她的问题雷到了："我说你手机又没带，她怎么打给你啊？再说了，你怎么知道她没打？"

"……"经刘晨提醒，陆宜嘉立刻意识到了自己"感人"的智商，连话也说不利索了，"呵呵……不好意思，没想那么多。"

刘晨见她迷迷糊糊的样子，倒觉得好笑："行了，别等了回去吧，时间另约。"

刘晨说完就要走，陆宜嘉却忽然伸出手，隔着整张桌子拉住了他。这动静别提有多大了，就算是旁边的学生不侧目，刘晨自己都觉得有些夸张了。他的视线慢慢移向她抓住自己的小手，心里默默感叹：好多年没遇到这么奔放的妹子了！

这时候慢半拍的陆宜嘉总算也意识到了不妥，放了手又立刻讨好地笑道："抱歉，没别的意思，就想问一句，简思思说没说她出了什么事？"

"她倒是没说，不过……"

这个停顿的语气有些不同寻常，陆宜嘉自然立刻追问了起来："不过什么啊？"

"我刚刚过来的时候，在路上看到她了。"刘晨似乎有些犹豫，但最后还是说了出来，"我看到她和宋逸淼在一起。商学院的宋逸淼，你认识吧？"

陆宜嘉心里一惊。宋逸淼她怎么会不认识？那个伤害她最深，又让她放不下的宋逸淼……为什么会和简思思在一起？

陆宜嘉心中掀起阵阵波澜，然而表现出来的却是放空的状态。刘晨见她这样，以为她对宋逸淼不熟，又自顾自说道："就我们辩论队的帅哥嘛。"

其实本来也没什么……还不是因为陆康时。"

"陆康时?"陆康时是刘晨的室友,可是这件事情和他又有什么关系?这下陆宜嘉彻底糊涂了。

"这事我告诉了你,你可千万别和人说是我说的啊,否则陆康时非杀了我不可!"不知道是不是考试后的放松情绪让刘晨彻底松懈了,他嘴里嘱咐着别传出去,自己却成了最没顾虑的那个人,"那小子喜欢班长很久了。昨天班长和宋逸淼一起得了最佳辩手称号,我们都说他俩是辩论队的神雕侠侣、最佳拍档什么的,可把陆康时给气坏了,嘿嘿,现在他把宋逸淼当假想敌呢。"

简思思做梦都没想到,开一张住宿发票会是这么困难的事情!先是经历了机器坏掉,现在又经历电脑维修。商家的说法永远就是两个字:马上。

干等了一个多小时,电脑都没修好,宋逸淼也不愿意再等下去:"你们给个时间,这样等下去也不是办法。"

"实在不好意思,六点钟你们再过来吧,那时候一定修好了!真是不巧,你们要是早一天,或者晚一天过来,都能打印,就今天……"

宋逸淼脾气上来了,不和前台多废话,直接打断:"你们说的六点钟,再多给你们一小时,七点钟我们过来,行也得行,不行也得行!"

他说这话时气势十足,完全不像个文弱的大学生。前台工作人员看他这样,也觉得不太好惹,赔着笑脸把他们送出了大堂。

时间来到了傍晚五点,简思思已经错过了案例讨论,距离约定的七点钟又还有一段时间。不想浪费宋逸淼的时间,出了宾馆后,简思思直接提议道:"发票的事情就交给我吧,晚上我再去一次。白白浪费了你这么多时间,真不好意思了。"

宋逸森本来和她并排走着，听她这么说，脚步忽然停了下来。

北门外车来车往，有些嘈杂，简思思一直走出了老远才意识到宋逸森掉队了。她折返回去，疑惑地问："怎么了？"

"用完就丢？"

"啊？"简思思的脑子转了好大一圈才反应过来宋逸森这是在指责自己不懂得知恩图报，"你误会了，我没这个意思啊。"她觉得自己太冤，不是说了嘛，是不想浪费他的时间啊！

哪知道宋逸森听后想了想，又用很确定的语气说道："现在就是这么个感觉。"

简思思大窘，她发誓自己绝对不是那种忘恩负义的人："我……我真没那意思。之前又是借钱，又是借身份证的，我已经很不好意思了，我就是……"

"不过也不是没有弥补的办法。"见她红着脸解释，真的是有些着急了，宋逸森心软了，不紧不慢地说了这么一句。

简思思果然中招，急忙问他："什么弥补的办法？"

宋逸森努力控制住自己的笑意，答道："请我吃晚饭。"

22

"其实可以请你吃点儿好的……"

周末的尔美食堂有些空荡荡的，零星有几桌学生在吃晚饭。简思思看着眼前两盘朴素的蛋包饭，打心底里感觉这样的道歉方式有些寒酸。可是没办法，宋逸森点名要到这里吃。

"这里很好。"宋逸森再次确定，然后用勺子将蛋挖出了一道缺口，米饭包裹着鸡蛋香味和番茄沙司的酸甜被一起送到了嘴里。他感觉有些惊喜,简单的食材搭配到一起,竟然也能组合出这样丰富的口感。

宋逸淼吃得津津有味,对面简思思看了也不禁食欲大增,想着既来之则安之,便也低头开动了起来。

"我一直听说这里的蛋包饭很好吃,这次总算尝到了。"宋逸淼一口气吃了大半,似乎对这传说中的美味十分满意,"托你的福。"

"你不会从来没到尔美吃过饭吧?"简思思有些好奇。

尔美食堂在女生寝室附近,可以说是她们每天打卡报到的地方。不过虽然客人以女生为主,她也在这里见过不少男生——又没有明文规定说男生不许来尔美吃饭。

"嗯,没来过。"宋逸淼点头承认,旋即又说,"你没发现来这里吃饭的男生都有一个共同的特点吗?"

简思思茫然地看了看周围,没什么特殊的发现,于是问道:"什么特点啊?"

宋逸淼笑了笑回答:"没有男生会单独来这里吃饭。你没发现他们旁边都坐着女生吗?"

本来倒是没觉得什么,但经宋逸淼这么一提醒,她确实发现——周围没有男生是自己或者和室友一起来吃饭的。但凡有男生的地方,餐桌上清一色的都是一男一女的搭配,包括她和宋逸淼。

这个发现让简思思觉得很有意思:"好奇怪,以前我怎么没发现。所以,来尔美吃饭是要遵守什么'潜规则'吗?"

宋逸淼耸耸肩,表示他也不知道:"这就是我从来没来过这里的原因。"

"别开玩笑了。"简思思显然不信他的说辞,边吃东西,边调侃他,"你要是想来吃饭,会没有女生可约吗?"

虽然不是商学院的，但宋逸淼在学院里面多受欢迎她还是略有耳闻的。尤其是之前参加辩论赛的时候，宋逸淼后援团阵容之庞大是大家有目共睹的。她可以想象，像他这样的男生，勾勾手指头，就有不少女生排队献殷勤吧。

"想约我的女生确实不少。"不锈钢勺子被宋逸淼搁下，他慢慢抬起头，好整以暇地看着简思思，似乎也没有隐瞒的意思。

果然……自恋狂的本性还是没有一丝改变啊！简思思听了这话忍不住斜他一眼，露出了一个"受不了"的表情。

不料宋逸淼又补充道："但是我想约的女生不多。"

不知道宋逸淼的这句话触动了哪条敏感的神经，抑或是纯粹的偶然，简思思听了以后竟然被汤呛了一口，然后捂着嘴巴猛烈地咳了起来。

"你没事吧？"原本以为是小意外，没想到简思思却咳得上气不接下气，眼泪直流。宋逸淼看她一副狼狈的模样，一时间不知所措，想要帮忙却也使不上劲。

简思思一边咳，一边还伸手出来挥了挥，以表示自己没事。然而剧烈的咳嗽却没有立刻停下来，过了好一会儿，她才把气慢慢理顺了。

"要不要喝点儿水？"宋逸淼看着满脸通红的简思思，关切地问道。

简思思此刻只觉得喉咙干涩，浑身发热，急需一杯冰水降温。于是她没有推辞，冲他点了点头。

"等着。"宋逸淼立刻起身，径直走向了小卖部。

急速跳动的心脏慢慢趋于平静，简思思一个人安静地坐着，看着桌上两个人的餐盘，心里忽然有些怪异的感觉。渐渐地，她意识到，这段日子以来自己和宋逸淼的和平相处，其实是建立在一种"佯装"之下。佯装他们以前不认识，佯装宋逸淼从没有做过什么"恶劣"的事，佯装上个学期发生的事情都不存在。

这样的相处看似波澜不惊,实则不堪一击。因为一旦封存的记忆被划出一道口子,过去的种种便会像潮水般涌来。

就好像宋逸淼刚刚只不过是提到了"女生"这个话题,之前陆宜嘉因为他伤心欲绝的场面就会重新浮现在脑海,而她自己和他的纠葛也会再次上线。

这让简思思不禁陷入困惑,到底这个学期她认识的队友宋逸淼,和上个学期的那个烂人宋逸淼,哪一个才是真正的他?

思虑的当口,眼前忽然多了个人影。简思思立刻打住自己的思绪,抬头望去。本以为是宋逸淼买水回来了,谁知道这一看心里又是一惊。

"思思,你怎么在这儿啊?"

来人是陆宜嘉。

"哦……我和……我吃饭呀。"简思思本不想隐瞒什么,但是话到了嘴边又说不出来了,为了避免不必要的误会,她转移话题,"你呢?吃完了?晚上还有活动吗?"

陆宜嘉显然已经注意到了桌子上的两套餐盘,但她没有追问,只是回答道:"吃完了。晚上我没活动,你几点回来?"

简思思暗暗松了口气,又如实说道:"一会儿我还要去宾馆开张发票,弄完就回去。"

"好。要不要我陪你?"

"不不,不用了。"简思思忙摆手,"我……你先回去吧,省得你跑来跑去的。"

"好,那我先回去了。"

陆宜嘉难得这么干脆,简思思本该庆幸,然而陆宜嘉表现出来的情绪又似乎有几分低落，完全没了平日里那副打鸡血的活力。她看在眼里，总感觉不太对劲，可又说不上来哪里不对劲。

说来也巧，陆宜嘉前脚刚走，宋逸淼后脚就到。几秒钟的工夫，完美错开。

宋逸淼递上了一瓶矿泉水，解释道："一群篮球队的人也在买水，排了好久。"

简思思说了句"谢谢"，拧开瓶盖喝了一口，冰凉的液体灌入体内舒爽至极，仿佛五脏六腑都通畅了。余热散去，她仿佛又恢复了理智："等会儿我自己去开发票，不用陪我了。本想请你吃顿好的，谁知道你这么帮我省钱。对了，趁现在把钱还你，拖了这么久，都该付利息了。"

宋逸淼排了半天队回来，没想到迎接他的却是简思思的"逐客令"，一时有点儿没缓过劲来。

简思思拿了钱给他，一边又问："这水多少钱？"

宋逸淼愣了愣，冷笑了一声，语气有点儿不可置信："你不是这都要和我算吧？"

"亲兄弟都要明算账。欠债还钱天经地义，否则以后都不敢让你买了。"

宋逸淼不知道在刚刚这么短的时间里到底发生了什么，又或者她一直都没变，而是他自己期待太多了。

见宋逸淼站着没动，简思思索性站了起来，凑近了把他的手拉上来，那几张纸币几乎是硬塞到了他手里。

宋逸淼看着一手的人民币，一脸的无奈，然后苦笑着问："还能有'以后'吗？"

简思思不确定他口中的"以后"意味着什么，她下意识地避开了宋逸淼炙热的目光，权当没有听到他的话："那我就先走了，拜！"

不等宋逸淼再说什么,简思思手里已经拿上了托盘,转身朝食堂门口走去。

这一趟,简思思总算没有白跑,顺利开到了发票。办完事回到寝室已经是晚上七点半了,没想到除了陆宜嘉以外,王曼也回来了。

"曼曼,什么风把你给吹回来啦?"简思思很意外,然而她走近一看又似乎猜到了什么,"打扮得这么漂亮,做了什么坏事啊?"

王曼今天梳了丸子头,化了个淡妆,身上的白色欧根纱连衣裙衬得她格外端庄,与平日里大大咧咧的气质完全不同。

王曼有些不好意思地靠了过来,小声询问简思思的意见:"怎么样?还可以吧?"

简思思暗暗觉得好笑,故意捉弄她大声道:"这哪里是可以啊,简直是仙女下凡啊!"

"嘘——别那么大声好不好啊?!"王曼被她说得脸都红了,然而明明心里高兴着,却又摆出一副不想让人知道的样子。

旁边的陆宜嘉一语道破玄机:"全世界都知道你和猴子约会了啦,还小声什么呀?"

王曼的小心思被她这么直接说破,简直急得跳脚,在白色裙子的衬托下,小脸更是红得要滴血:"什么约会啊!别胡说了。就……就看了个电影,吃了个饭罢了……"

王曼越说越小声,这下连最不八卦的简思思都忍不住调侃起她来:"你看你自己说这个话都心虚了。"

王曼又羞又恼,被逼急了就开始找替死鬼,简思思再次不幸中枪:"吃个饭就是约会啊,那你今天和谁吃饭了?那个不会也是约会吧?"

此话一出,简思思和陆宜嘉两个人的目光同时向王曼投来。本来有个陆康时就够她说半天的了，现在怎么又冒出来个新的绯闻对象？

简思思千算万算没算到她这个猪队友，而写字台前的陆宜嘉则是看似漫不经心地听着，实则对王曼的爆料十分在意。

"嘿嘿，别以为我不知道。"王曼显然没有意识到寝室里这种微妙的气氛，张嘴就来，"思思啊，你和你的'最佳拍档'最近相处得可好？"

一说"最佳拍档"四个字，等于直接说出了宋逸淼的名字。自从他俩获得了最佳辩手的称号，身边便开始有人打趣。

简思思心里"咯噔"一下——其实不用猜也知道王曼哪儿来的小道消息。可是虽然她自认行得正坐得直，和宋逸淼的交往仅限于队友范畴，但心思细腻的她又不得不考虑陆宜嘉的感受。

背对着陆宜嘉，简思思飞快地给王曼使了个眼色，示意她不要再说。

王曼接收到信号，这时候才想起来这中间曲折复杂的人物关系，意识到自己的莽撞，她吐了吐舌头，乖乖坐回了椅子上。

23

整个六月几乎都在湿漉漉的雨天中度过。

这天是星期四，不知不觉又到了辩论队训练的日子。校际比赛打完之后，一学期又临近尾声，让人头痛的期末考试也如期而至。为了不耽误大家的学业，沈毅把辩论队的训练从每周一次临时改成了每两周一次。

而自从尔美食堂吃过那顿蛋包饭后，宋逸淼和简思思私下便再无交集，辩论队的活动成了两人唯一见面的机会。只是训练的时候大家都很投入，抓紧一分一秒，彼此间交流的内容也仅限于训练主题，很少涉及私人生活。

两个人之间的距离好像才刚刚被拉近一点点，又延伸成了平行线。

不过在各自轨道上生活的两个人，也不能说是完全没有见面的机会。只是宋逸淼费尽心思发出的邀请，都被简思思以各种理由谢绝了。

思来想去，他们这学期的相处还算融洽，宋逸淼实在不知道自己又是哪里得罪了简思思。这种疑惑随着时间的推移变得越来越深，导致他每参加一次辩论队的训练，内心的怨念就更重了一点儿。明明靠得很近，却怎么也猜不透她在想什么。这种失去对事情掌控的感觉，让宋逸淼觉得很无奈，也很挫败。

一个半小时的活动总是结束得很快。整个上午都是阴天，到了下午，校园里又飘起了雨来。等辩论队训练结束时，雨势也跟着慢慢变大了。

简思思跟在几个男生后面下了楼，然而一直走到了大门口，她才发现自己没有带伞。一旁的宋逸淼正准备把自己的雨伞借她，谁知道这时半路却杀出来一个程咬金。

"班长，我送你吧。"

很熟悉的声音，两个人回头看去，发现说话的人居然是陆康时。这么个瘦高个儿站在玻璃幕墙边上，他们刚刚经过居然都没有注意。也许是他今天的黑色系衣服太过暗沉，让他整个人都融入到了背景色中。

"对啊，对啊，让他送你回去吧，反正也不远。"这时候刘晨也适时出来为室友助攻。他心里很清楚，陆康时这家伙与其说是来等他的，还不如说是拿他做幌子。原因他怎么编都好，反正醉翁之意不在酒。

而自从王曼打趣了自己和陆康时之后，简思思也对他稍加注意了下。怎么说呢，虽然不是很明显，但是真要细究起来的话，他对自己确实要比一般的男生更殷勤一些。可是和宋逸淼那种直截了当又不一样，陆康时不管是请她看电影还是出去吃饭都很婉转，总是制造出一种"顺便""刚巧"的感觉，让人觉得他并不是有意而为。只是这样的巧合一而再再而三地发生,她便开始有些怀疑它们的真实性了。

总而言之,陆康时对她的关注,她多少还是察觉到了,所以这个节骨眼儿上,他提出要送她回寝室,她便有些迟疑。

"不用了。"她脸上还是笑着,以答谢陆康时的善意,"估计是阵雨,一会儿就停了。"

陆康时能在众人面前对她发出邀请,已经是鼓足了勇气,被她这么一口回绝,令他多少有些灰心。好在室友刘晨嘴皮子够溜,辩论队出身脸皮也越磨越厚了,对着简思思又是一通好说歹说。

可惜软磨硬泡这招在其他女生那里也许管用,在简思思这里却无效。不给别人虚幻的憧憬,这是她一直以来的原则。与人相处时,她心里都有很明确的界线,不逾矩、不越线,在她看来是对彼此最大的尊重。

外头的雨越下越大,毫无转停的迹象。陆康时走到简思思身边,再次鼓足勇气道:"这么等下去也不是办法,还是让我送你吧。"

也许是他靠得太近了,简思思本能地后退了几步。脑中正盘算着该如何让陆康时打退堂鼓,也就没注意自己身后还摆着一个巨大的饮料贩卖机,眼看就要撞上,这时候背后却忽然多出来"一堵墙",她毫无意识地靠了上去,却是温热的感觉。

"小心!"

身后的这一声让简思思回过神来,原来是宋逸淼充当了肉垫,让她直接靠在了自己身上。这时陆康时虽然晚了一步,但还是伸手拉了她一下:"危险,小心后面。"

简思思来不及说什么就被他牵着向前走了一步,然而这时候她感觉左手又忽然多出来一个向后牵引的力道,让她不得不停下。等她好不容易重新找到了平衡,才发现自己所处的境地有些尴尬——陆康时在右前方牵着自己的右手,而宋逸淼则在身后牵着自己的左手。她能明确感受到两个男生手上的力道,似乎在通过她的身体暗暗较劲。

旁边几个男生明显看傻了眼,从没在现实生活中遇到过这么偶像剧的情节,个个露出一副目瞪口呆的表情。

简思思的心脏开始狂跳,她努力克制住情绪,用力将双手从两个人那儿挣脱了出来:"好了,我没事了。"

"那我们走吧?"陆康时还不死心,见她朝门口走了几步,顺势提议道。

简思思尴尬地理了理头发,还没想好怎么回答,这时候宋逸淼突然走了上来。不知有心还是无意,他的身体正好挡住了陆康时。

宋逸淼手里握着一把格纹的三折伞,伞面叠得整整齐齐,看样子今天应该还没用过。

"喏,拿去。"他把伞递到简思思面前。见她犹豫,又索性一把塞进了她手里。

"那你呢?"

"不用管我。"宋逸淼说着便摘下书包,作势要顶在头上,似乎准备就这么一路淋雨跑回去。

简思思刚要说这样不行,他却动作很快地跑了出去,人到了外面,又回头大声嘱咐:"快点儿回去,别在这里浪费时间了。"

简思思看着他在大雨中奔跑的背影,心里虽然过意不去,但又感觉自己得救了!她正愁怎么打发陆康时,现在好了,有了雨伞,问题迎刃而解!

"好了,我也有伞了,不用送了。"简思思的语气明显比刚刚轻松了许多,迫不及待地和陆康时和刘晨道别,"我先走啦,拜!"

这下陆康时傻眼了,殷勤没献成,还搞得这么没面子。这个宋逸淼,真不是省油的灯!

该做的都做了，刘晨这下也没辙了。见陆康时一脸失落的样子，他叹了口气拍了拍陆康时的肩膀，无奈地摇了摇头，然后撑起了雨伞一言不发地走了出去。

回到寝室的宋逸淼毫不意外地被淋成了落汤鸡。余亮照例不在寝室，而最近一段时间越来越向余亮看齐的侯子江倒是破天荒地出现在了寝室。

"天啊，你干吗去了？"看到浑身湿透的宋逸淼，他忍不住惊呼一声。

宋逸淼没有对他的一惊一乍做任何回应，进了房间直接脱了衣服，拿毛巾擦了擦。

侯子江在一旁默默观察着，发现他虽然湿成这样，心情好像还不错。

"快点儿说，遇到什么好事了？"

宋逸淼把毛巾直接扔他头上："能有什么好事？"

侯子江敏捷地抓住毛巾，又狠狠甩回去："啧啧啧，我猜猜……今天你是去辩论社了吧，看你这副春心荡漾的表情，怎么？约到简思思了？"

侯子江之前可没少给他出主意，不过遇到了简思思，也算是遇到了"对手"。她不仅油盐不进，还有一种超越同龄人的理智，久攻不下。

"没。人没约到，还遇到了个搅局的。"宋逸淼随便找了件运动背心给自己套上，边说这话边苦笑。他长这么大似乎还是头一次为这种事情烦恼。当初他对简思思说的那句"想约我的女生不少"虽然有些自大，却也不全是夸张。

侯子江听了这话，也有些愤愤不平："谁啊？谁敢搅咱们的局？"

"还有谁？"

他这口气不同寻常，无奈中又带着几分妒意，侯子江大胆猜测："社团联合会那小子？"

宋逸淼没吱声，算是默认了。

那头的侯子江见自己猜对了,立刻得意地提高了嗓门儿:"我说什么来着?让你小心他小心他,当我的话是耳旁风,现在好了,知道急了?"

"说的容易!"宋逸淼的脸拉得老长,"怎么小心?我是绑架她,还是软禁她?腿长在她自己身上,和什么人交往也是她的自由。我现在算她什么人?有什么权利干涉?"

气急败坏的宋逸淼差点儿问出了一个排比句,侯子江听了趁机取笑他:"哟哟哟,已经在想这么深刻的问题了?你想做人家什么人,你心里知道啊,别问我。"

"那现在怎么办?"

"精心策划的暖男路线不奏效,现在知道来求助了?"

"那还不是你的主意,还好意思说?"

"是你自己执行不力,别怪我头上!"

两个人你来我往,又是一番对呛。不过玩笑归玩笑,室友的终身幸福侯子江也是不会置之不顾的。嘴仗过后,侯子江认真建议道:"我出面,让王曼组织个聚会,怎么样?"

"聚会?这招又不是没试过,知道有咱俩,她铁定不来。"

"傻啊,先别告诉她啊,等到现场给个惊喜不是更好?"

"行不行啊?"

"行不行试了再说!"

24

侯子江很快联合王曼组织了一个饭局。几个女生把这顿饭视作侯子江"女婿上门",不过王曼倒是一直没有松口,强调只是朋友聚餐,是她们自己想太多了。

吃饭当天，宋逸淼也跟着侯子江一起出席。然而到了现场他们才发现，王曼寝室三缺一，简思思没有来。

"怎么少了一个啊？"侯子江一落座就赶紧帮宋逸淼打听情况。毕竟事情是他落实的，女主角没现身，肯定算他失职。

"本来是要来的，辅导员临时打电话让她去开会了。"王曼的回答颇有些战战兢兢，倒不是因为侯子江的问题，而是突然冒出来的宋逸淼，让她和于小菲都结结实实吓了一跳，"你……你带室友过来，怎么不提前打个招呼啊？"

王曼的笑容又干又涩，说完又忍不住打量坐在最边上的陆宜嘉，这么尴尬的场面，她真害怕陆宜嘉一走了之。

宋逸淼也从几个人不同寻常的反应中看出了些端倪。他的视线投向陆宜嘉，确实感觉她有些面熟。她不是简思思的室友吗，可为什么其他两个人的表情会这么奇怪？

宋逸淼感觉这中间一定有什么故事，开始在记忆里搜寻。努力了半天，他终于想起来——去年的圣诞节，有个女生向他表白来着，好像就是她？

记忆的碎片像被一阵大风刮了起来，断断续续地浮现到了眼前。而这条突如其来的线索，又好像一根绳索，把混乱的因果关系都有序地串联了起来。

对自己表白的女生是简思思的室友，这么说来……也许当初投票的始作俑者根本就不是简思思，也许想引起他关注的人也从来不是她……一连串的事情因为陆宜嘉的出现而有了新的可能。

想着想着，宋逸淼忽然有了一个令他心惊的猜想：也许一切的起源都是因为自己的误解，也许从头到尾自作多情的也都是他。

想到这里，宋逸淼坐不住了："我还有点儿事，你们吃吧。"有些事情他需要立刻搞清楚。

"你有什么……"不待侯子江问完，宋逸淼已经急匆匆离开了餐厅。

饭桌前的侯子江丈二和尚摸不着头脑，一脸疑惑地望向其他三人。此时坐在对面的王曼和于小菲明显松了口气，欢欢喜喜地开始点菜。

只有角落里的陆宜嘉似乎还是那样淡定，脸上的表情从刚开始就没变过。然而即便情绪可以控制，表情能够管理，但那不由自主飘向门外的眼神，还是悄悄出卖了她的心。

其实沈毅那里也没什么大事，上头要他统计班费的收支情况，他就找简思思这个班长过来核对了一下，实际情况和记录的也没什么差池，所以她签了个名就走了。

刚到学院门口，简思思就接到了宋逸淼的电话。最近他偶尔也会打来，她不觉得奇怪。

"你在哪里？现在有没有空？找你有事。"他说。

"什么事啊？"

"一两句话说不清楚，见面聊。"

宋逸淼的口气听起来有几分焦虑，和他平常拿什么都不当回事的风格不太一样。简思思意识到有事发生，便也没再追问，直接约他在寝室门口碰面。

挂了电话，简思思立刻往寝室赶。等她到的时候，宋逸淼已经在了。他站的位置有点儿隐蔽，不在寝室的正门，而是靠在侧边的墙角上，稍不留神可能还真错过了。然而不知道为什么，她还是从老远就认出了他。

也许是他阳光的外形与脸上阴郁的表情形成了太强烈的对比，简思思走近，甚至不用问都已经感受到了那种压抑。

"出了……什么事吗？"

宋逸森沉浸在过去的回忆中不可自拔，竟然没发现简思思的出现。直到她问了这句话，他才回过神来。

"我想找你聊聊。"

"聊什么？"

"聊聊……上学期的事情。"

简思思的心沉了一下，一路上她想了很多可能性，但是绝对没想到宋逸森口中的"有事"是指这个。那是一段她不太愿意回想的记忆，因为他们在上学期的相处绝对算不上融洽。

"上学期，还有什么事值得聊吗？"简思思问。

"有，很多。"宋逸森也没想绕圈子，他心里有疑惑亟待解答，便开门见山地问，"我们一件一件来说吧，首先，当初帮我刷票的人到底是谁？"

绕了个圈子，一切似乎又回到了原点。只是简思思不明白宋逸森为什么要挑这个时间旧事重提。

"这个问题不难吧？你也不是健忘的人。"

简思思当然没有忘记，当初陆宜嘉为了接近宋逸森而求助于她。那时候她巴不得陆宜嘉赶紧向他表明身份，可现在她知道自己什么都不能说，她要为陆宜嘉留住最后的那份尊严："现在说这些还有什么意义呢？"

"有。"宋逸森肯定地答道，"对我而言，意义重大。"

"那么我能先问一个问题吗？"

"什么问题？"

"为什么到现在才想起来问这个？"

"因为……"因为他一直搞错了，他从头到尾都以为喜欢他、想方设法接近他的人是她！而不是她的什么室友闺蜜。

"因为我好像一直没搞清楚。"宋逸淼承认道。

"你是搞错了。"真相可能会迟到，但是永远不会缺席，"当初我就告诉你了，不是我，可你不信。"

"我现在信了。"所以简思思才会对他避之不及，所以根本不是什么欲擒故纵，所以……一切疑问都有了答案。现实很残酷，但是与其糊涂地活着，他宁愿死得明白，"我想……"

宋逸淼一边消化着这迟到的真相，一边还想求证，这时候简思思不知道扭头看到了什么，脸色瞬间变得紧张了起来。

宋逸淼顺着她的目光张望了一眼，不远处缓缓走过来一个长头发的女生——再仔细一看，好像是陆宜嘉。

简思思心里明白，要是被她知道宋逸淼到现在还在追究那些陈年旧事，一定又会勾起她的伤心。而收回眼神的宋逸淼，张了张嘴似乎还想说什么。

眼看陆宜嘉已经近在咫尺，情急之下，简思思也没时间多想，伸出手便捂住了宋逸淼的嘴巴。由于身高的劣势，她只好踮起脚来缩小差距。只是这么一来，她的重心前移，整个身体几乎都靠到了宋逸淼怀里。

所幸路过的陆宜嘉并没有注意到这个昏暗的角落，直接走进了寝室楼。而简思思光顾着注意她的行动路线，居然完全没意识到自己的动作有什么不妥。

等她重新将注意力放回到宋逸淼身上时，才猛地发现他俩现在呈现出的姿势是多么让人浮想联翩。

"不好意思……"简思思的手像触电一样缩了回来。

宋逸淼绅士地举高了双手，示意自己没有做任何逾矩之事。

简思思觉得脸上滚烫，脑中瞬间一片空白。她试图回忆之前和宋逸淼的谈话，然而仅剩的理智告诉她，现在这种情形什么对话都进行不下去了。

"我先上去。"她匆忙地结束了这场谈话,像是身后有十条疯狗在追她一样,逃也似的离开了。

这次见面以后,简思思对宋逸淼的逃避更甚,而从没在女生这里受过如此冷遇的宋逸淼也因此愈加暴躁。说他小心眼儿也好,小孩子脾气也罢,总而言之,他觉得自己被玩弄了——哦不,准确来说是他感觉自己在简思思面前颜面尽失。不仅如此,当一切真相揭晓后,他还悲剧地发现自己完全不在意什么室友的表白,只关心简思思到底有没有喜欢过他。

本以为能全身而退,却早已陷入无法自拔。宋逸淼啊宋逸淼,你真的是无药可救了。

冤孽!不爽!闹心!

经过此事,宋逸淼备受打击,颜面尽失进而渐渐演变成了恼羞成怒。他开始没完没了地找简思思麻烦,好像只有这样,他满腹的委屈和不满才能得以发泄。

从此,简思思在辩论队里便成了"后进学生"。她写的辩词永远不够严谨,她找的例子总是不够与时俱进……几次下来,就连一向严格的沈毅都觉得宋逸淼对她太过严苛了。

而简思思呢,虽然心有不满,但偏偏宋逸淼的评价也不能说完全没有道理。她做事有些完美主义,既然还有可以提高的地方,她就会全力以赴。至于宋逸淼这个人嘛……对她的态度经历了过山车般的起起伏伏后,现在又一朝回到了解放前。她实在不知道究竟是因为他生性顽劣,还是受了什么刺激?

不过现在的简思思无暇追究个中缘由,因为眼前她还经历着另外一场考验——最近陆宜嘉总是独来独往,不参与任何集体活动,对她这个闺蜜的态度也可以算得上冷淡。有了王曼的前车之鉴,再加上对朋友的关心,她特意找了个机会与陆宜嘉独处，想和陆宜嘉好好谈谈。

谁知道陆宜嘉坐到写字台前，开口第一句话就充满了敌意："你做了什么事情自己心里清楚。"

"我做了什么事？有话就直说。"

"简思思，我把你当朋友你把我当什么？"不过说了两句，陆宜嘉的语气里就已经带上了明显的哭腔。

而这没头没脑的指责，也令简思思措手不及。大家都知道陆宜嘉有公主脾气，但是她也没义务惯着："把话说说清楚，现在到底是谁不当谁是朋友？"

习惯了简思思在寝室扮演的知心姐姐角色，陆宜嘉竟然忘了她严肃起来也是颇具威严的。陆宜嘉满腹委屈："我什么秘密都告诉你了，而你呢？和宋逸淼的事情什么时候和我说过？"

"我和宋逸淼有什么事？"简思思很意外陆宜嘉会生出这样的想法。她一定没见过自己对他退避三舍的样子，更没见过他刁难自己的样子！

"我……我能感觉到……"

"感觉？"

陆宜嘉没有真凭实据，说话的态度也明显软了下来："我的第六感很准的！你……你敢保证你不喜欢他吗？"

"不喜欢。"简思思干脆地答道。

"那……那他喜欢你吗？"

他……简思思愣了愣，答道："不可能。我和他是队友关系，你又不是不知道。"

"可是……我觉得他对你……"

"又是'你觉得'！"简思思并不喜欢这种琼瑶式婆婆妈妈的对话，

"你有这些时间胡思乱想,还不如好好想想《环境保护法》期末那篇论文该怎么写。"

简思思坦然的态度令陆宜嘉心下有些动摇,可她忍不住又再确认了一遍:"你们……真的没什么?"

这话题实在太没营养了,鬼打墙一样没完没了的。简思思有些失去了耐心,顺手打开了电脑文档,准备继续写她的论文:"最后再说一遍,真的。"

这下陆宜嘉脸上总算露出了笑容,整个人好像都因为她的这句肯定而变得轻松了起来。

25

《环境保护法》那篇期末论文搞得简思思焦头烂额。本来以为写论文总比考试强些,现在看来是大错特错,真还不如划个范围闭卷考试呢!论文需要大量的阅读、摘抄和分析,听起来不难,但都需要大把的时间。现在正值一年之中最最忙碌的时候,每天就是有三十六个小时都不够用的。

这个星期又有辩论社的活动,简思思提早到了训练室。为了尽快完成那篇伤脑筋的论文,她最近上哪儿都拎着手提电脑。但凡有点儿空余时间,她就见缝插针地写。

宋逸淼、刘晨他们几个都踩着点到的,简思思见人来了,便把论文关了出去上了一趟卫生间。电脑放在桌子上没关,也就几分钟的工夫。

回来的时候手提电脑上还插着U盘,不知道是担心她的宝贝论文还是什么别的原因,她一坐下来便又鬼使神差地点开了文件夹。谁知道不开U盘还好,双击一按,电脑上突然弹出许许多多的对话框。她根本来不及关闭,电脑屏幕又忽然闪了一下,然后整个界面就变成了蓝色。这片诡异的蓝屏持续存在着，令她既不能关机也不能启动任何程序。

简思思心里有些发毛，赶紧长按开机按钮，强制关了机，再次启动电脑后，却依旧是刚刚出现的蓝屏。意识到自己的电脑可能出现了问题，这下她有些急了："谁动过我的电脑？"

坐在前排的唐显泽和刘晨回过头来，见简思思一脸着急的模样，两人对视了一下，又齐齐把目光投向了边上的宋逸淼。

宋逸淼立刻承认："刚刚拿你U盘用了一下，怎么了？"

简思思手里不断操作着鼠标，眉头都皱到了一起："我的电脑启动不了了，你刚刚动哪儿了？"

"不可能。"宋逸淼似乎不大相信，他起身走到简思思身边，接过鼠标点了几下。然而正如简思思所言，电脑当机了，"怎么回事？"

宋逸淼不死心，又重新启动了电脑试了一下。

刚刚他们几个男生在讨论世界华语辩论锦标赛，唐显泽不知道从哪里找来了一份比赛日程。训练室有打印机连着学校的台式电脑，刘晨想把日程表打印出来，却没有U盘。这时候宋逸淼看到了简思思的手提电脑上插着一根U盘，就顺手拿来用了一下。

"不可能啊！"电脑再次运转，却依旧无法启动Windows，这时候宋逸淼也意识到了问题的严重性，试着向简思思解释，"刚刚只用你的U盘拷了个文件，其他的都没动过。"

简思思忽然意识到可能是U盘的问题。她马上把U盘从手提电脑上拔了下来，插入了台式机，点开"我的电脑"，再点击U盘。电脑上跳出来一个对话框：找不到指定的模块。

一个多礼拜的努力都在电脑上，简思思急出了一身冷汗。这时候沈毅也到了，简单了解了一下情况，再结合电脑上的显示，他迅速推断道："估计是中毒了，学校的台式机都有病毒，你们插 U 盘之前杀毒了没有？"

简思思本来还抱着一丝希望，一听这话简直觉得天都塌下来了。

"完了，我写了一个礼拜的论文都在里面！"

宋逸淼试图安慰她几句，然而还没等他开口，简思思就跟沈毅告了假，匆匆忙忙跑了出去。

不能任由自己的努力付之东流。简思思火急火燎地跑到了外面，第一个想到的是于小菲。于小菲有个高中同学是他们学校计算机系的，不知道能不能帮上忙。

于小菲很给力，接到电话便马上帮简思思联系好了同学，于是她又一路来到了男生寝室区。

于小菲的同学大致了解了一下情况，便让简思思在楼下稍作等待。他也不敢打包票能够修复，只说会尽力试试。简思思谢了又谢，心里还是七上八下的，在数据没有恢复之前，她一点也不敢掉以轻心。

没过一会儿，那男生出来了，带着一脸的歉意："不好意思啊，我恢复不了。你的 U 盘和电脑都中毒了，要不你再找别人试试吧。"

简思思嘴上说着没事，心里却在滴血。她的时间，她的努力，她的论文啊啊啊啊！

就在这时候，"罪魁祸首"宋逸淼不知道从哪里钻了出来，高大的身影瞬间挡去简思思头顶一半的光影。

"我有个朋友是电脑高手，说不定可以帮上忙。"宋逸淼显然已经知道了简思思求助的结果，正打算让她重燃希望。

然而简思思站在那里，用一种从未有过的眼神望着他，一动不动。

宋逸淼走出了两步才发现她并没有跟上来，他转身，发现她的表情有点不同寻常："怎么了？"

简思思简直觉得可笑："你还问我怎么了？"

"……"

"我想问你很久了。宋逸淼！"简思思一字一顿地叫出了他的名字，心中的愤怒再难掩饰，"你到底想干什么？"

"我……我想帮你修复数据。"

"你知道我说的不是这个！"简思思忽然提高了音量，这些日子以来的委屈和怨气似乎都达到了一个临界点，需要一个爆发的出口，"我到底哪里得罪你了？让你这么费尽心思地捉弄我？鸡蛋里挑骨头，我忍了！忽冷忽热反复无常，我也忍了！宋逸淼，你告诉我，你到底对我有什么深仇大恨？看到我现在这样，你很开心是吗？"

"我……"这么大动干戈的简思思，宋逸淼还是第一次见到。幸而这个时间点路上的学生不多，才没有惹人围观。他承认，自己之前的行为确实有点幼稚，但他也不是那么不知轻重的人，今天的事情绝对是个意外，"我真的不是故意……"

"是不是故意都已经是这个结果了。"简思思听不进任何解释，她已经气到无以复加，多看他一眼都觉得糟心，索性闭起眼睛做了个深呼吸，"你知道这些东西花了我多少心血吗？这门是专业课，要是挂了，我这学期都废了……算了算了，还是算了。"她说到激动处，又试图让自己冷静下来，"你是不会知道的……"

宋逸淼确实不知道台式机上有病毒，要是知道的话，他死也不会碰的。向来能言善辩的人，这刻却突然语塞："你说我反复无常也好，品行恶劣也好，我都认。但是这次……"他说到一半又打住，用认命似的口气说，"我现在说什么你都觉得是在狡辩。这样吧，再信我一次，我有个朋友是电脑高手，让他试试……"

简思思再次打断,显然已经对宋逸淼失去信任:"不用了,不劳烦你大驾了!"

她说着正打算离开,这时候宋逸淼却出人意料地一把拦住她,迅速出手夺过了电脑!

事情发生得太突然,简思思还没反应过来,他就已经急匆匆跑了出去。

简思思简直不知如何是好,要发火都没个对象,只听见不远处的宋逸淼大声喊着:"回去等我消息。"

傍晚时分,宋逸淼打来电话,说电脑修好了,让简思思下楼去拿。

东西完璧归赵,简思思却没露出笑容。在经历了这漫长的一天之后,现在的她只觉得筋疲力尽。

宋逸淼在一旁小心翼翼地说明:"数据都恢复了,你的论文没丢。"

简思思轻轻"嗯"了一声,谢谢两个字到了嘴边又吞了下去。想想好像也没其他可说的,她转身要走。

"对不起!"这时候宋逸淼突然快步绕到她身前,挡住了她的去路。

简思思抬头看他,冷冰冰的目光,没什么温度,比她生气的时候还可怕。

宋逸淼的语气有些焦急:"没有征得你的同意就用了你的东西,是我的错。今天的事情……哦,不,还有之前发生的所有事情,我都欠你一声道歉。之前我确实做得过分了,但是请你相信……我并没有恶意,也不是真的想让你难堪。对不起。"失而复得的论文似乎并没有让简思思欢欣雀跃起来,这是宋逸淼没预料到的。

简思思有些踌躇,不知道自己该不该原谅。今天的事情触及了她的底线,有关学习的一切她向来都很看重。但宋逸淼此刻的态度很诚恳,看多了他平日里的漫不经心,现在她完全能分辨出宋逸淼是在诚心道歉。

见简思思犹豫,宋逸淼又认真说道:"今天辩论社的训练内容我会整理好发邮件给你。这几天你就安安心心地完成论文,我不会来打扰你。不过,希望所有考试结束以后,你能给我个机会,我们好好谈谈……有些话,我早就想和你说了。"

简思思尚未从整个事件中恢复过来,宋逸淼就又给了她一次冲击。

他有话要说……会是什么?

两个人离得很近,宋逸淼低头看着她的眼神温柔又专注,让人不忍心说个不字。抛开其他方面不说,此刻连简思思都不能否认,即便是这种仰视的"死亡角度",宋逸淼的颜值居然还能保持水准。

"最近太忙,以后再说。"

简思思没有一口拒绝自己,宋逸淼已经心满意足了:"我知道,等……等都忙完了再说。"

简思思没再说话,似乎微微点了点头,然后便抱着电脑走进了寝室楼。

宋逸淼转过身,一直目送她离开,心里一块石头才算慢慢落了地。等简思思的背影完全消失在了楼道里,他才迈开脚步朝另一个方向走去。

而与此同时,在宋逸淼身后不远处,有另外一双眼睛也在牢牢地注视着他。刚刚发生的一切她不仅都看在了眼里,还彻底引燃了她心中的妒火。

26

"我有话问你!"寝室的大门几乎是被人撞开的。门板敲击墙面发出了巨大的声响,令房里的人都吓了一跳。陆宜嘉应该是跑着上楼的,气喘吁吁的样子,但言语间质问的语气却丝毫没有因此减弱。

寝室里,简思思和王曼都在。突然出现的陆宜嘉虽然没有指名道姓,但两人都在第一时间意识到了是冲谁说的——陆宜嘉充满敌意的眼神已经说明了一切。

"怎么了？"简思思主动站了起来，来到她身边，试图搞清楚发生了什么。

陆宜嘉很不友好地冲简思思吼："你不要再在这里假惺惺了！我当你朋友，什么都和你说！而你呢？我真的不知道你是这么当面一套背后一套的人！"

陆宜嘉平时娇嫩得像个小公主，发起脾气来倒是一点儿也不柔弱。

"我怎么了？"简思思完全不知道她在发什么脾气。

陆宜嘉似乎掌握了充分的证据，言之凿凿："之前你还一直抵赖，这次是我亲眼所见！你赖不掉了！你和我说，你和宋逸淼没什么？那你们刚刚在楼下又是怎么回事？"

"……"

"别告诉我你们只是在谈辩论社的事情，我有眼睛的，都看到了。别以为我没脑子！"陆宜嘉说着，刚刚宋逸淼看简思思的那种眼神又在脑海中浮现出来——那种紧张、在乎，甚至有点儿卑微的眼光，绝对不是普通朋友那么简单，"简思思，我真的没想到你会是这种人！"

"我的电脑中毒了，他拿去帮我修。"简思思简单直白地陈述道。如果换作是别人她也许根本不会解释，但这个人是陆宜嘉。她解释不是因为别的，而是因为她珍惜这个朋友。

"你当我三岁小孩儿啊！"陆宜嘉反反复复说着几句同样的话，简思思解释了，她又完全不听。

陆宜嘉的声音很大，吼起来更是有些歇斯底里。最后就连王曼这个局外人也忍不住出来帮简思思说话："亲啊，你别激动啊，思思不是已经说了情况了嘛。"

"说什么说啊!你们都是一伙的。那个猴子是宋逸森的室友,他们有点儿什么,你会不知道吗?"陆宜嘉越说越火大,尖锐的声音几乎要贯穿屋顶。

王曼好意劝和,却莫名其妙惹了一身腥,表情无奈又无辜。简思思递来一个眼神,示意她不要掺和进来,自己则再次试图和陆宜嘉说明:"我的U盘和电脑都中毒了,他找了朋友帮我修,刚刚是给我送电脑来了。"

"你的电脑为什么要他去修?"

"因为U盘是被他弄得中了毒。"

"呵,别再扮猪吃老虎了,挖墙脚的本事倒是不错!"陆宜嘉此时的情绪已经有些失控,根本听不进简思思的解释,"别说这些有的没的了。你只需要告诉我,你们到底是什么时候好上的?是这个学期,还是……上个学期?好,就算你们没在一起。但是你明明知道我喜欢他,为什么还和他走那么近?你看我这样是不是感觉特别可笑啊?"

"……"耳边是陆宜嘉喋喋不休的指责,简思思试过了,发现根本说不通。最后她索性选择放弃,任由陆宜嘉一个人在那儿大呼小叫,而她坐在书桌前,思绪却慢慢飞远了。

她和宋逸森,从陌生到相识,可以说是队友,也可以说是朋友,但她从没有把他放在超越朋友关系的位置考虑过。究其原因,也许就是因为陆宜嘉,所以她从一开始就和宋逸森划了楚河汉界。细细想来,虽然宋逸森有让人生气的本事,但她却并不讨厌他。只是那种微妙的分寸很难拿捏,她到现在才意识到今天有一条对宋逸森的指控,其实也完全可以用在她自己身上:忽冷忽热,若即若离。

"你怎么不说话了?"陆宜嘉唱了半天独角戏,也觉得无趣。为了逼简思思开口,甚至口不择言,"我要冤枉你了,你就说出来啊!再说你不是已经有了陆康时吗,为什么还来抢我的?!"

最痛的伤永远来自至亲的人,简思思此刻只觉得心寒。该说的她早就说过了,也不想再做任何解释:"既然你已经给我下了结论,我又何必白费口舌。"

陆宜嘉似乎没料到简思思会这么轻易地放弃辩护,她怒目圆睁,眼眶红红的好像受了天大的委屈:"简思思,我最后问你一句,你是不是从一开始就看上他了?"

瞧瞧,她说什么来着?莫须有的罪名已经扣在了头上,说什么都是白搭,绕来绕去都是死胡同。简思思想到这里,不由得苦笑了一声,无奈地答道:"我也最后说一次,没有。信不信随你。"

当初想方设法地帮她忙,到头来却落了一个处心积虑的罪名,曾经以为坚不可摧的友情竟是如此脆弱……

又不知过了多久,陆宜嘉终于喊累了,把心里的不满一股脑儿都发泄了出来,她是觉得舒畅了,然而简思思却再也无法在这样的气氛中投入到论文当中。寝室里刚刚恢复了安宁,简思思却合上了电脑,下楼右转,一路走向了图书馆。

室外,黄梅天的雨滴滴答答的,说大不大,说小也不小,就是不能给个痛快。心情也和这天气一样烦闷,简思思没有带伞,索性任凭雨水打湿了自己的头发。

哎……这漫长的一天啊……

黄梅天过后,上海在七月份迎来了这一年的首个高温日。论文和考试接踵而来,啃书复习占据了接下来大部分的业余时间,让人无心再想其他。然而之前发生的冲突好像在每个人心里都埋了颗种子,在厚重的土壤之下，你看不见它，却悄无声息地影响着每一个人。

考试刚刚开始，于小菲和王曼就先后收拾东西回了家，比去年似乎要早了一些。虽然没有说出口，但是简思思心里明白，寝室里的紧张气氛让每一个人都想快点儿逃走。

只剩两个人的寝室变得十分安静，然而安静之外又生出了几分压抑感。幸而最后一门考试结束，陆宜嘉下午就坐高铁回家了。简思思回到寝室，看着昔日热闹的房间变得空空荡荡，虽然有点儿冷清，但是心里反而轻松了一些。

晚上沈毅组织了班委们聚餐。知道刘晨会带陆康时参加，简思思本想推掉，然而之前她刚刚找借口推了辩论社的聚餐活动，这次她实在不知道如何开口，只得硬着头皮参加。

一顿饭吃得还算轻松——要是忽略那些针对她和陆康时的调侃的话。简思思尽量装疯卖傻，对刘晨抛出来的敏感话题一律采取不接口的战术，最终成功熬到了饭局结束。然而散伙后，她发现自己的如意算盘还是没打好，自己确实是做到步步后退了，然而这并不妨碍人家步步紧逼啊！

陆康时找了一个烂借口要送她，她没同意。没想到这家伙完全没听出来这是女生委婉的拒绝也就算了，居然还说暑假自己要去常州旅游，提出想让她做一下地陪的"非分"要求。

简思思窘了："常州没什么景点啊，恐龙园是挺有名的，不过那个就是个主题公园，不需要什么导游。"

"恐龙园就很不错啊，我请你去吧！"

"不用了，我都去过了。而且我暑假挺忙的，没空。"

陆康时一听这话，眼神明显黯淡了："这样啊……"

"没什么事情的话，我先走了，外面太热了。"简思思逮着个机会立刻告辞。不等陆康时再说什么,她就头也不回地走掉了。

不过这一次虽然逃过了,下一次又不知道何时会来。简思思总觉得这么拖下去不是办法,但是陆康时没明说,搞得她也不好彻底了结。

简思思一边走一边盘算怎么才能表明自己的态度,又不会让对方难堪。也许是思考得太过投入,笔直宽阔的人行道上,她居然一头和迎面走来的人撞到了一起。幸而她的额头磕在了对方结实但充满弹性的胸部肌肉上,冲击的力道不小,她却并不觉得疼。

"对不起,我没注意,我……"

一个警报刚刚解除,简思思抬头的刹那,脑中的警铃又开始大作——只见自己正前方,宋逸淼同学穿着一件白色的T恤衫,下面一条米色中裤,脚下踩着一双夹脚拖鞋站在那里。

"你是没有注意,不过我也是故意的。所以扯平了。"宋逸淼低头看着她,嘴角有些笑意。

简思思赶紧找稳重心,否则这接二连三的意外很难不让她踉跄。

"你好啊……好久不见。"

"是啊,有半个多月了吧。"自从电脑故障之后,他们就再也没见过面。一来大家都忙于考试,二来简思思也在有意回避。

"考试都考完了,你现在该有时间了吧?"宋逸淼开门见山道。他的出现显然不是巧合,为了今天这次谈话,他已经准备了很久。

简思思避无可避,这家伙不按常理出牌,谁能想到半路上会突然杀出来。她有些无奈:"有什么事,你说。"

"说好的,我们谈谈。"

谈……不知道为什么简思思对这个词有些本能的抗拒。在此之前,她以为自己对宋逸淼的回避是因为陆宜嘉的关系,然而现在面对宋逸淼,她忽然明白了,她不想谈,不仅仅是因为陆宜嘉。

"所以之前发生的事情,你都知道了?"

没头没尾的一句,但是宋逸淼听懂了。他点点头,肯定道:"知道了。"

简思思似乎还怀疑:"前后发生的一切?所有?"

宋逸淼回答:"所有。"

听到这个答案,简思思似乎松了口气,然而新的疑惑旋即又产生了:"既然你都知道了,还需要和我谈?"

对面的宋逸淼笑了:"就是因为我直到现在才搞清楚情况,所以才必须要和你谈。"

谈……什么呢?简思思感觉自己的心脏强烈抽动了一下。一种前所未有的感觉,令她既兴奋又害怕,她知道这次是逃不掉了。

宋逸淼顿了顿,目光缓缓从简思思身上移开,还有些不自然地咳了一声:"咳咳……就是想谈谈'我们'之间的事。"

简思思忍不住再次提醒他:"可是你知道的,陆宜嘉喜欢你。"

"所以呢?"

"所以……"

"现在的问题不是她,而是你。你对我是什么感觉?"

什么……感觉?简思思现在很混乱。她发现自己居然从来没有想过这个问题。

宋逸淼说:"那我换种方式问好了,你喜欢那个陆康时吗?"

简思思有些疑惑地望向对方:"这件事和他又有什么关系?"

"我看到了,刚刚你和他在一起。那家伙喜欢你吧?"

"我和他没什么。"或者更准确一点儿来说,不管陆康时有什么想法,总之她对他自始至终只抱有同学之情。

"你喜欢他吗?"

"不喜欢!"

"那你喜欢我吗?"

"我……"

她的迟疑令宋逸淼有一丝欣慰,他嘴角一勾:"那就是喜欢喽?"

简思思着急道:"我没那么说!"

宋逸淼好整以暇地打量她:"既不承认,也不否认?这是什么意思呢?"

"我不知道……我真的不知道。"简思思慌了,一瞬间完全乱了阵脚。也许在此之前她从来没想过,但是刚刚那一刻的反应却是最原始、最真实的。连她都被自己的潜意识吓了一跳。

她的第一反应……不,不会的,不可能,不应该……那是陆宜嘉喜欢的人,她怎么可以……

"为什么这么在意别人的眼光?你的室友从头到尾都是一厢情愿,如果没有你,我现在走在路上都不会认出她来。"宋逸淼似乎看出了简思思的顾虑。然而,他的安慰对简思思来说并不受用。

"别这么刻薄,她是真心喜欢你的。"

宋逸淼有些无奈:"她真心喜欢我,所以我也必须真心喜欢她?还真是强盗逻辑。"

简思思无言以对:是,是没有这样的道理。但是……她能怎么做?不顾陆宜嘉的感受,就这么和宋逸淼开始?抛开别人的眼光,忠于自己的感觉,这话说起来是很洒脱,可是对不起,她做不到。

沉默在两人之间蔓延开来。树上的蝉鸣一阵接着一阵,在这样的对峙中尤其显得刺耳。

良久,宋逸淼的声音才再次响起,眼神里充满了不确定:"所以,你的答案?"

简思思再次将目光移向他——浓密的眉毛下,一双朝露般清澈的眼睛包裹在密集的睫毛之间。高挺的鼻梁下两片薄薄的嘴唇,轻轻地抿成了一条线。

"对不起……"她轻轻说道。

"这就是你的答案?"

简思思没再说话,缓缓后退了两步,然后转身,走进了旁边的岔道。

宋逸淼在原地站了很久。离开的时候他才意识到——她甚至都没有道别。

27

"下课来一趟办公室。"

收到沈毅的短信时,简思思并没有在上课。时光飞逝,一转眼的工夫,大三新学期开学已经一个多月。这一节本来是选修课《中外电影赏析》,然而因为每节课都是看电影,老师又从来不点名,简思思觉得少去一次也不会有太大问题。

她在手机上简短地回复了两个字"收到",然后又立刻投入到手头的事情中去了。

学霸到底是学霸,连翘课的理由都是学生中的一股清流。简思思没去上选修课不是为了出去玩,而是因为手里的这本《托福真题集》。和四六级考试不同,托福英语考试除了听读写的难度有所提高,还增加了人机口试这个环节。她以前没接触过这样的考试形式,心里没什么底,只好抓紧每一分每一秒复习。

一套真题做完,简思思看了下手表,正好到了下课时间。她收拾了一下东西,佯装刚刚下课,一路来到了辅导员办公室。

敲开房门,简思思被里面铺了一地的教材惊到了。也真是佩服老师们充分利用空间的能力,大大小小的教材几乎占满了整个房间,连个下脚的地方都没有。

沈毅和其他几个老师正在里面整理材料,见她到了,赶紧放下手里的活儿招呼:"快进来吧。这些都是从大四回收的课本,以后可以给后面几届的学生再利用。"

简思思这才想起来开学伊始学校号召的"教材共享"计划,当时她觉得这个想法挺不错的,现在看来是真的在实施了。

"有什么需要我帮忙的吗沈老师?"

沈毅翻下了衬衣袖子,摆摆手:"都是些体力活儿,我叫几个男生来弄就行了。"

简思思帮不上忙,有些奇怪沈毅为什么叫她过来。这时候旁边的一位女老师才说道:"简思思啊,你就别管这些了,你们沈老师要告诉你个好消息呢!"

简思思诧异地望向沈毅:"什么好消息?"

沈毅这才从抽屉里拿出一个文件袋,脸上挂着笑:"美国交换生的项目,你被选中了。恭喜!"

简思思愣了一秒:"真的吗?"

"你自己看吧。"

简思思从沈毅手里接过文件:大学的抬头纸,白纸黑字、中英双语的通知书上明明白白地写着她被选中参加美国俄亥俄州立大学的交换生项目,为期一个学期。

"竞争那么激烈,我还以为选不上了。"简思思看着手里的通知书咕哝了一句。这是她的真心话。因为担心选不上,所以虽然在备考,但托福的报名她一直拖着。她想,报名费要一千多将近两千块,要是没选上岂不是浪费了。

沈毅笑了,又和她说了一下后续的流程。

简思思拿了个笔记本认真记下,临走时又听见辅导员嘱咐:"赶紧回去考托福!"

幸福来得太突然了,好像是做了个梦,没有一点真实感。

当初报名的时候被告知竞争相当激烈,差点儿以为没戏了。没想到经历层层选拔之后,居然峰回路转。人生真是处处充满了惊喜!

说到惊喜,其实出国这件事本身也并不在简思思的规划中。上学期末那会儿,她心情跌到了谷底,就在那时她听说了这个美国交换生项目。两所大学互换学生,出国半年,什么事情都不耽误,还开拓了眼界。学费当然是要比国内贵一点儿,但因为是合作项目,所以设立了奖学金。她算了一笔账,再加上打打工什么的,就算是工薪家庭,其实也完全可以负担。

那时的她急于想换个环境,于是抱着试一试的心态,递交了报名申请。没想到还真的选上了!

接下来的日子,简思思铆足了劲准备托福考试。家人知道这事以后,也表示全力支持。十月中旬,她参加了第一次IBT托福考试,拿到了102分。虽然和动辄110以上的高手比起来不算什么,但是对于美方要求的88分也已经绰绰有余。

紧接着,各种证明、手续、资金、签证事宜让简思思忙得团团转。长这么大,她还没踏出过国门半步,也从来不知道办理出国手续是一件这么麻烦的事情。

出国的事情和大三的学业双线并行，虽然很忙，但是从另一方面来看又未尝不是一件好事——整天忙到晕头转向，到了寝室倒头就睡。什么冷战，什么纷争，统统都和她没了关系。直到那天，当她和几个室友宣布即将出国的消息时，几个人居然也没有特别意外，只是淡淡说了句祝她在美国一切顺利。

东西坏了可以修补，人心散了却再难聚拢到一起。曾经亲密无间的朋友，不知从什么时候开始渐行渐远。

简思思有些迷茫，回想过去一个学期发生的种种，竟让人有些恍如隔世的错觉。是谁造成了如今的这一切？宋逸淼、陆宜嘉还是她自己？如果事情从头再来一次的话，她到底应该怎么做呢？

这一切的问题，简思思心里没有答案。她只知道如果人的感情可以控制的话，那么一切就会变得容易得多。

如今的局面，她留下来，对谁都是一种煎熬，离开成了最好的选择。给彼此一点儿时间和空间，她相信一切的误解和不愉快都会慢慢消融，然后混杂在友情或者爱情中的杂质也都会被滤出和遗忘。最后如果能留下来的，那就一定是真感情。

新学期的开学典礼似乎还在眼前，转眼便到了年末。

由于美国的大学在新年假期过后就将进入春季学期，简思思注定将无法拥有大三的寒假。连同农历新年，届时身处大洋彼岸的她，也将第一次在没有家人的陪伴下度过。

打点好了一切，简思思提前递交了退宿申请。在去美国之前，她还要在家待上一段日子，陪陪爸妈。临行前一晚，她向三个室友发出了吃饭的邀请。算起来，上一次她们寝室人员齐整地坐下来吃一顿饭，居然已经是上个学期的事情了。

晚上，王曼和于小菲都准时出现在了鸿基广场的火锅店里。只有陆宜嘉，一直到了饭局开始才发了个消息给简思思，说她在外面忙着，赶不过来了。

简思思回了一个消息说没关系，表面若无其事地提醒王曼和于小菲可以开动，心里的失落却还是在所难免。事情过去了这么久，看来陆宜嘉还是没有放下。

几个女生平时并不喝酒，这天王曼却破天荒地点了几罐啤酒。简思思心想下一次聚在一起都要半年后了，也就由着她去了。

王曼并不胜酒力，喝了一罐啤酒脸就红了，藏在心里的话也只有这时候才敢借着酒劲说出来："你说你，到底把没把我们当朋友？出国这么大的事情都能憋着，你这个人真是个宇宙黑洞，什么事情都能瞒！"

一个寝室的朋友，能有多大矛盾？王曼和于小菲生气的无非就是她碰到了事情都喜欢一个人扛着，从来不找她们倾诉。

简思思放下了手里的筷子，试着向她们解释："当初没想到自己会选上，所以就没说。后来又有托福考试那一关，心里也没底。等到一切都确定了之后，没想到就这么晚了。"

王曼大叹气："哎！你啊就是想得太多，没选上又怎么样？在我们面前还怕丢面子？我多少丑事都摊在你们面前了？要是怕丢面子，早就丢完了。说来说去，你还是没拿我们当朋友！"

于小菲也表示同意："是啊，思思，我看得出来，这段时间，你过得很压抑。陆宜嘉至少还会把事情都说给我们听，而你却整天神龙见首不见尾，我们想帮忙都使不上力气。"

她俩说得有道理，然而性格使然，让简思思把所有心事都摊到大家面前，实在是有点儿为难她了。

"你们看来比我还要了解我自己。被你们这么一说,我好像确实有点儿完美主义了。"

王曼手里还拿着啤酒罐,迫不及待地伸出一个指头指向她:"看看,我们说得没错吧!你要是什么时候拿我们当自己人了,再没把握的事情也会和我们说。"

事情说开了,心结也就容易解了。简思思顺手拿了罐啤酒打开,豪迈地说:"你们的批评,我虚心接受。个性太要强我承认,但是我从来没有不把你们当朋友。总而言之,有则改之无则加勉。以后大家还是好姐妹!"说着,她一仰头,半是为了致歉,半是为了表达决心,咕噜咕噜一口气灌下了半罐啤酒。

于小菲和王曼看她这样,心里的郁结也去了大半,齐声喊了一句"好姐妹",便也拿起啤酒灌了下去。

火锅店的热气烘得大堂里暖洋洋的,而朋友之间推心置腹的畅谈,更温暖了每个人的心。

直到这时候,这顿"散伙饭"才吃出了应有的气氛。大家谈理想,谈未来,开诚布公,畅所欲言。

于小菲在一家律所找到了实习工作,工资不高,但是她觉得学到了很多东西。

王曼和侯子江的感情终于明朗。至于到底是谁先开口表白的,王曼怎么也不肯说。不过谁都看得出来,她笑得一脸幸福,正享受着爱情的甜蜜。

陆宜嘉也有了追求者,对方大家都认识——居然是"古典小生"刘晨。只可惜陆宜嘉对他毫不来电,每天躲瘟神一样地躲他。

说到刘晨,又不得不提他的室友陆康时。自从得知了简思思要出国的消息,之前还穷追猛打的他就再也没主动约过她。据说,陆康时最新的追求对象是外语系的一个女孩儿,两人是在社团联合会工作时认识的。

……

每个人的生活都有了新的动向。简思思这才发现她错过的不仅仅是一起相处的时光,还缺席了那点点滴滴汇聚而成的青春和成长。

"那宋逸森呢?你和他还有联系吗?"也只有喝了酒的王曼才敢冒天下之大不韪,在简思思面前提起这个名字。

大概是没任何思想准备,简思思愣了愣才回答:"没……没了。"心里随之泛起一阵酒精都无法抵御的悸动。无论是这个名字还是这个人,对她而言都有特殊的意义。

王曼靠在桌子上,一手托腮:"其实有件事情呢,猴子一直不让我说!"

简思思抬起头,露出疑惑的表情。

王曼的口气颇有些愤愤不平:"可是我觉得你有权知道。再说了,就算我不说,你也早晚会知道的!"

简思思没接话,倒是旁边的于小菲先急了:"到底什么事儿啊,你说还是不说啊?"

"说!不说憋着我难受!"王曼认真想了想,又问,"思思啊,你要去的大学是俄亥俄州立吧?"

简思思点点头:"是啊,怎么了?"她有一种不祥的预感。

"他也要去那儿做交换生了……"

王曼是真喝多了,正说着呢,脑袋忽然从手的支撑点滑下,她整个人都跟着"啪"的一声倒在了桌子上!

"谁?你说谁要去做交换生?"起来给我说说清楚啊!

这个半吊子王曼,卡在了最关键的地方!简思思对她也是无语了。

王曼趴在桌子上半天没有动静。就当大家以为她已经彻底喝醉的时候,她却忽然悠悠地坐了起来，嘴里紧跟着吐出来一个名字："宋逸淼。"说完，她又"啪"一声倒了下去。

28

2014年元旦过后，告别亲朋好友的简思思只身一人踏上了赴美的求学之路。在经历了十多个小时的长途飞行和转机后，她终于抵达了位于美国中东部的俄亥俄州。

然而好不容易逃离了上海的简思思，却很快又在一万公里之外的哥伦布市遇到了熟人——抵达美国的第二天，她按照学校要求去办理注册手续。就在排队的时候，她看到了同样在等待注册入学的宋逸淼。虽然已经有了思想准备，但当她亲眼见到宋逸淼插着裤兜站在那儿的时候，心里又完全是另外一种滋味。真不知道是老天在和她开玩笑，还是某人有意为之。

前排的宋逸淼很快也注意到了她。他立刻放弃了自己较为靠前的排队位置，转身过来排在了她后面。

"你……不会是跟踪我到这里的吧？"熟悉的声音，熟悉的语调，充满了调侃，还有些痞里痞气。这个宋逸淼，如假包换。

之前发生了那么多事情，令两人之间的关系变得剪不断理还乱。简思思原本还觉得有些尴尬，谁知道他一开口，她的顾虑就瞬间被冲散了。

"自我感觉不要太良好了行不行？"她不甘示弱地顶回去。

宋逸淼站在后面，也不知道露出了什么表情。安静了一会儿，他又忍不住问："那你说说，你怎么会在这里啊？"

这个宋逸淼，还真是十年如一日的自恋啊！

简思思忍不住回过头去，公共场合不能太大声了，她只好压低声音说道:"我还没问你,你倒是问起我来了。那好,我先回答你吧,我是交换生,来念书的。你呢?"

宋逸淼似乎觉得她说话的样子很有趣,脸上的笑意加深了一点:"哦,真巧,我也一样。"他指了指自己在入学表上填的信息,"Exchange student(交换生)。"

"不巧。"简思思把那张表从自己面前移开,追问,"原本名额只有一个,你是怎么做到的?"这一直是她最疑惑的地方。当初校方公布的信息,俄亥俄州立大学提供的名额明明只有一个。所以后来王曼告诉她宋逸淼也要来时,她就一直有点儿将信将疑。

"谁告诉你名额只有一个?"

"不是一个吗?"

宋逸淼纠正她:"公派名额是只有一个,但没说自费的学生不能来啊。"

简思思有点儿吃惊,全自费可是笔不小的费用。不过她转念又想到宋逸淼读的工商管理本来就是合作办学,只是——

"你们的项目不是和澳大利亚合作吗?怎么跑美国来了?"

"项目是和澳大利亚合作的,但是出不出国、去哪个国家都是自愿原则。我就比较喜欢俄亥俄州立,不行吗?"宋逸淼挑着眉头反问。

"行,当然行。"简思思到这时候才明白其中的"奥妙"。她说着转过身来,视线重新回到前面的队伍,调侃似的评论了句,"有钱就是任性!"

办完了入学手续,新生被分成了几批,由学生志愿者带领,熟悉了一下校园环境。春季入学的国际学生不多,也有一些中国学生,但是大多数都是研究生,比宋逸淼和简思思大了几岁。

上午的活动结束后,大家都纷纷回到了寝室区。这时候简思思发现她和宋逸淼居然住在同一幢国际学生公寓里,还成了楼上楼下的邻居。

"怎么会这么巧?"

"你这是什么表情?"宋逸淼看她一脸嫌弃的样子十分不满意,"美国这么乱,有个免费保镖你都该偷笑了。"

简思思不以为意。虽然美国大学校园的安全事件屡见不鲜,但她总觉得那是小概率事件,怎么也轮不到她头上。

"别说得那么可怕,从小到大我连个安慰奖都没得过,运气不会那么'好'的!"

安全问题可不是闹着玩的,说到这个话题宋逸淼也收起了玩笑的表情,变得严肃起来:"最好是这样,凡事自己小心点儿总没错的。"

他认真起来有种天生的威严。简思思看他这样竟也说不出反驳的话了,点点头,转身便上了楼。

紧张而充实的留学生活就这么开始了。语言成了第一步要攻克的难关,还好简思思早有准备,一早就从国内带来了录音笔。每堂课上有什么听不懂的地方,回去都可以重新研究。

而宋逸淼也充分发挥了他的交际才能。他喜欢篮球和街舞,很快就和一帮本土学生交上了朋友,英语对话能力也是突飞猛进。

而有了朋友的另外一个好处就是——去超市可以搭便车了!要知道在美国这个地方,没有车可谓寸步难行。托了宋逸淼的福,简思思由此也有了每周一次的采购机会,还和他们商学院的学生交上了朋友。

本来不想和宋逸淼走得太近,但是一步步走来,简思思却发现生活中处处都是他的身影,以至于当她意识到不妥时,宋逸淼已经牢牢扎根在了她在美国的生活中。

"你不用有什么负担,纯粹是因为我们都是一个学校出来的而已。如果换作其他人和我一起来这里交流,我也一样会这么做的。"

最终是宋逸淼的话打消了简思思的顾虑。他坦然的目光直击内心,让她忽然觉得十分惭愧。把别人的好意当作了别有用心的献殷勤,她承认,自己是以小人之心度君子之腹了。

其实说到底,做不了恋人,还是可以做朋友的。况且来了美国之后,宋逸淼就再没提过之前的事。也许人家早就已经放下了,自己又何必耿耿于怀?

想明白了这些事情,面对宋逸淼的时候,简思思觉得更轻松自在了。美国的生活新鲜而充满挑战,相比起一个人的寂寞和无助,两个人相互帮忙、扶持,是多少人都羡慕不来的事情,更何况,宋逸淼还是个自理能力很强,又很有想法的人。这样的人,不论到了哪里都能把生活过得井井有条、有声有色。

就这样,初来乍到的两个人在异乡成为了彼此的依靠。三个月的适应期过后,生活也逐渐走上了正轨。

简思思不再需要借助录音笔来听课了,还尝试着在课堂上大胆提出自己的疑惑和想法。而宋逸淼除了上课以外,也开始积极参加课外活动,一点点展现他的组织领导能力。

2014年3月8日,来到美国整整满三个月。原本波澜不惊的留学生活在这天被一场突如其来的空难事故报道打破了。

马来西亚航空MH370航班搭载包括154名中国乘客在内的227名乘客及12名机组人员,从吉隆坡飞往北京。然而起飞后不久,飞机就在吉隆坡与越南交界处与地面控制中心失去联络。这场灾难很快引发了国际社会的关注,多国参与搜救未果后,MH370基本被认定为航班油尽坠海。

由于乘坐航班的大部分是中国籍旅客,这天新浪微博上满屏都是马航事件的进展消息,充满了悲伤的气氛。宋逸淼和简思思即便身处异乡,也能从中感受到全国人民的焦虑和担忧。

当天晚上，宋逸淼用各种视频素材剪辑了一段为MH370祈福的短片。原本只是想借此寄托哀思，谁知上传到视频网站YouTube，竟然获得了超高的点击率。第二天，甚至有校内的社团负责人联系到了他，邀请他一起加入到祈福马航的悼念活动之中。

一个小小的举动，带来了意外的收获。宋逸淼欣然接受了负责人的邀请，并由衷感到能以这样的方式为遇难者及其家属做一点儿事情，也算是尽了绵薄之力。

悼念仪式举行的当天，天空下起了小雨，但依旧吸引了不少学生前来。还有相当一部分悼念者是当地的居民，正是因为看到了宋逸淼制作的充满人文关怀的短片，自发慕名而来。

活动一直持续到了深夜，宋逸淼留到了最后才走，和他一起站完最后一班岗的还有简思思。

回去的路上已经没什么行人了，空旷的街道上安静得有些可怕。

"你说，他们还会继续搜索下去吗？"今晚的活动让简思思感慨良多。也许是身在异乡的关系，此刻更能感同身受。

"马来西亚方面表示会继续搜索，应该还会有更多国家加入搜索队伍。"

"还……找得到吗？"

"机会不大，燃油耗尽了。"

"哎……"

"怎么了？"宋逸淼看了她一眼，"突然这么多愁善感？"

简思思有点儿不好意思地笑笑："没什么……就是觉得，他们很可怜。客死异乡，连尸体都找不到，不知道沉到了哪片海里。"

三月份的哥伦布市，天气还有些凉。简思思说着便忍不住拢了拢自己的连帽外套，她下意识地抬头看了一眼：美国中部的空气质量向来很好，但是这天晚上的云层厚重，竟然看不见月光。

现在的上海又是什么样的天气呢？爸爸妈妈过得还好吗？十二小时的时差，那里现在应该还是白天。不知道于小菲的实习还顺利吗？王曼还没有因为打游戏翘课？陆宜嘉接受刘晨了吗？

简思思开始怀念起上海，怀念车水马龙的街头，怀念妈妈做的饭菜，怀念吵吵闹闹的寝室生活……怀念一切的一切。

简思思想家了，来到美国几个月，这还是第一次。但她没有料到这种思念的感觉居然会如此强烈，强烈到她想立刻买张机票回家，强烈到她忽然觉得鼻子发酸，两行清泪不听使唤地流过了面颊。

"我想回家。"简思思低下头，发现自己肩头不知何时多出来一件衣服。她刚想脱下来，便被宋逸淼按住了："穿着吧，冷。"

见他身上只剩了一件单薄的短袖T恤，简思思不知道又想到了什么，眼泪忽然像失控的水龙头一样流了出来。

争强好胜的人，哭起来也这般肆意妄为。

"你……你怎么了？别哭啊……"宋逸淼一时乱了阵脚。

29

如果把哄女孩子这项技能也列为一门大学课程的话，宋逸淼同学的得分可能会很低。天生拥有出众的外表，女孩子看见他多半都是笑着，很少有在他面前哭的，因此他的实战经验少之又少。

"你……别哭……别难过了。"面对哭泣的简思思，宋逸淼变得有些手足无措，"那什么……明天，明天我给你做……蛋炒饭？煎蛋饼？番茄炒蛋？你一直想吃的，还有什么？"简思思其他能力都很强，唯独不太会做饭。来美国几个月了，最不能适应的就是饮食。宋逸淼知道这一点，便绞尽脑汁地想菜名，无奈他的烹饪水平有限，也不好乱开空头支票。

简思思本来还沉浸在想家的氛围中，看到宋逸淼这难得表现出来的笨拙样子，又忍不住调侃他："你还真会安慰人，给的 offer 除了吃，就是蛋？"

宋逸淼这才意识到自己开出的条件是多么单一，哄人的技巧实在乏善可陈。然而除了"满蛋全席"以外，其他中餐他做的真的是差强人意。

"好了，别难过了，六个月都过去一半了，马上就能回国了。"

"说的也是。"扳手指头算算都行程过半了，时间确实过得太快了。

简思思抹了抹眼泪，试着让自己打起精神来："最后三个月倒计时！要好好努力！不过……"情绪高昂了不过一秒钟，说着，她的语气又忽然低沉了下来。

宋逸淼以为她又想起了什么伤心事，紧张地转过头去："怎么了？"

一旁的简思思却忽然表现得有点儿不好意思，脑袋不由自主地埋了下去："刚刚的事情，就当没发生过行吗？"

宋逸淼眯着眼睛看她。

"就当没看见？"简思思比了一个 OK 的手势询问道，脸上难得露出小女孩儿般的狡黠。

宋逸淼强忍着笑意。自己果然没看错，简思思对别人的防备心很重，轻易不会交心，自尊心又比谁都强。大概也只有在异国他乡这样特殊的氛围中，自己才能亲眼目睹她敞开心扉、真情流露的模样。

宋逸淼学着她的样子比了一个 OK 手势，又在嘴边做了一个拉拉链的动作，以表示自己一定守口如瓶。

这下简思思满意了,脸上又重新露出笑容:"那……我们明天还是'满蛋全席'?"

"要不……明天咱们去吃中餐自助吧?"宋逸淼想了想,最后提议道。

美国的中餐自助和国内的没法比,品种单一多了,但是偶尔解解馋还算不错。关键是价格便宜,适合学生族。

简思思一听眼睛都亮了,整天汉堡配薯条,她早就吃腻了:"好啊!咱们去吃中餐!"

终于雨过天晴,看着简思思重新振作的样子,一旁的宋逸淼也暗暗松了口气。耳边风吹树叶发出沙沙的响声,有阵阵凉意袭来,他却一点儿也没觉得冷。

第二天傍晚,下了课的宋逸淼准时到学校食堂找简思思。她不久前在这里找到了一份厨房切配的兼职工作,一小时8美金,一周不能超过20小时。她就读的法律专业平时需要做大量的课外阅读,她的业余时间并不多,所以赚到的钱也只够补贴伙食费。

市中心开了好几家中餐自助餐厅。华人的圈子不大,因此哪家性价比最高、哪家食材不够新鲜,在留学生的圈子里早就有了评判。宋逸淼和简思思没有车,只好坐公交车去市中心。车次间隔时间很久,他们在车站干等了半个多小时,等来到了市中心,天已经渐渐黑了。

幸好餐厅还给他们保留了位置,饥肠辘辘的两人一进餐厅就迫不及待地大快朵颐起来。

"我再去拿点儿。"

"好的,你去!才三盘呢,加油!"简思思顾不得一嘴的食物,催着宋逸淼再去拿点儿吃的。也不知道最早是谁设定的标准,留学生圈子里有这么个说法,吃中餐自助平均的标准是吃五盘食物。如果能吃到七盘,那属于有望回本。如果五盘以下，则是没有到达及格线。

简思思还在往及格的道路上努力，这时候宋逸淼像托塔天王似的托着食物和饮料走过来了。眼看自己也快光盘了，简思思正准备和他接力取餐，两人之间却忽然多出了一个金发碧眼的外国女生。

女孩子长得很漂亮，五官特别立体，简思思哪怕只是侧面瞥了一眼都能想象有多标致，更不用说她那凹凸有致的火爆曲线了。这是欧美女生的先天优势，这种身材在国内大学里挑不出几个，但是在美国却比比皆是。

白人女孩儿和宋逸淼不知道说了什么，两人忽然爽朗地笑了起来。笑声惊动了餐桌前的简思思，看两个人聊得开心，她突然有点儿好奇，很想知道他们说了些什么。两个人是原本就认识，还是那女孩子主动献殷勤？外国女孩儿比国内的开放太多了，做什么都不会让简思思觉得意外。无奈餐厅里人来人往实在太嘈杂，何况他们说的是英语，但凡有些干扰，对于她的听力来说又是个考验。

宋逸淼和那个女孩儿的对话大概持续了几分钟，简思思居然也就这么趴在桌子上静静地听了几分钟——尽管她什么都没听到。明明之前还饿得发慌，这一刻她居然投入到把什么都忘了。

就在简思思暗自着急时，不远处的宋逸淼忽然投了个眼神过来。简思思还没搞明白他是什么意思，下一秒，一直背对她站着的外国女孩儿也跟着转过身来了——果然，一张天使般的脸孔，青春逼人，让人忍不住代入巅峰时期的小甜甜布莱尼。一头金发看似随意地落在肩头，却又有一种难以言喻的韵味，连同样是女人的简思思都想多看两眼。

这时候外国女孩儿的眼神也落到了简思思身上。她的笑容越发灿烂，还大方地伸手向她挥了挥，嘴里说了句什么，看口型应该是：Hello。

简思思有点儿没搞清楚状况，但是既然对方这么友好，她便也挤出来一个笑容挥手向她致意。招呼打完,那个女孩子转身回去又和宋逸森说了几句,便端着盘子走开了。

目送美女离去的简思思立刻忍不住和走近的宋逸森打听:"谁啊?"

宋逸森耸耸肩:"不认识。"

"啊?"简思思露出怀疑的表情,不认识的都能说这么久?

宋逸森送了一筷子炒面到嘴里:"说是昨天来参加悼念活动,看到我了,问我学什么专业的。"

"我就知道……"简思思一副早就料到的表情,声音低了下去,"干吗?她要约你啊?"

"大概吧。"宋逸森还在吃。

"什么叫大概?是就是,不是就不是啊。"简思思忽然有点儿激动。

宋逸森抬起头来,拿纸巾擦了擦嘴角,眼神有些怪异:"你这么关心干吗?"

简思思被他一说,这才意识到自己的反应好像太大了,但嘴上还是不肯承认:"我……我就是觉得好奇嘛!而且人家都说外国女孩儿比较开放,我就想知道她们到底有多开放。"她说着随手抄起杯子喝了口饮料,喝完才发现那个杯子是宋逸森的,"对对……不起,拿错了!"

宋逸森觉得她的反应很有趣,似笑非笑地看着她:"没事。哦,不过我确实不知道那个女孩儿要干吗,因为我和她说我有女朋友了。不好意思啊,拿你当了挡箭牌。这顿饭我请客,就当谢谢你。"

简思思手里的叉子滑落了,敲在盘子上发出"咣当"的响声。

"什么?你拿我当幌子啊?!"

"不然呢,这里就你和我,说你是女朋友不是很合情合理吗?"

虽然是被利用了,但是宋逸森这么直截了当地说了出来,简思思又觉得发火有点儿矫情。毕竟只是做个幌子,她也没任何损失,只是……

"那个女生不会对我怀恨在心吧,刚刚我还和她打招呼,她不会以为我是在挑衅吧?"

她秒怂的样子,宋逸淼看了居然觉得很好笑:"行了吧,是不是电视剧看多了?我都不知道你这么看得起我,还觉得会有女孩子为我争风吃醋啊?不过呢,以前这种事情还真发生过,你自求多福吧。"

"自恋宋"又出现了!简思思听完忍不住翻了一个白眼:"行了行了,多说几句你就上天了。赶紧吃你的自助餐吧!"

"对了。"简思思正要去拿食物,刚刚站起身来似乎又想起来什么,"我一会儿还要去图书馆,你吃完回不回寝室?"

"不回,我也要去图书馆查点儿资料。"

"那好,一起去吧。"

宋逸淼坐在对面点点头,笑着说道:"好。"

从图书馆查完资料出来,已将近十二点。这里学校的图书馆24小时开放,简思思离开的时候还有零星的几个学生在自习。

到了一楼,她给宋逸淼发了个微信。不出一分钟,宋逸淼就出来了。

简思思有点儿奇怪:"怎么这么快?"就算收拾下东西都要几分钟吧。

宋逸淼神情坦然:"我就在一楼啊,走出来要多久?"

"……"虽然这个理由简思思看来不算很充分,但时间也不早了,她就没有多问。

两个人走出图书馆,抄小路走向了寝室区。

这条便道是几个当地学生告诉宋逸淼的,自己实践下来,因为不绕路,因此比常规路线走回留学生公寓节省十多分钟的路程。就是便道的位置有点儿隐蔽,靠着一个足球场。白天都没什么行人,到了晚上更是显得有些冷清。

午夜时分,整个校园一片宁静,耳畔只有鞋子和地面摩擦的声音,以及不知名的生物偶尔发出的一些声响。两个人大概都有些困乏了,一路上没说什么话。

便道很窄,只够一个人通行。简思思跟着宋逸淼一路穿过足球场,半步也不敢拉下。今天也就是因为有宋逸淼在,否则这大晚上的,她就算胆子再大也不敢一个人走这样的羊肠小道。

前方,便道的尽头,通向一条大路。再穿过两个十字路口,就能安全抵达留学生公寓。可是就在他们即将要走出小道的时候,一边的矮树丛里忽然发出了一阵窸窸窣窣的声音。动静很大,不像是小猫小狗制造出来的。

宋逸淼停下脚步,回头示意简思思别动。谁知道两个人才刚刚站定,矮树丛那儿就忽然出现了两个人影。借着昏暗的月光,宋逸淼看见前头两个男人,穿着皮夹克和垮裤,正摇摇晃晃地朝他们走来。

宋逸淼警惕地退后了几步,本能地挡在了简思思的身前。

这时候其中一个男人操着浓重的口音,用英语说道:"把值钱的东西都拿出来!"

30

"兄弟,别乱来。"宋逸淼心里明白,他们这是遇上抢劫了。原本以为在大学的地界安全性会高一点儿,没想到还是碰上了这种事,"不要激动,有事好商量。"

宋逸淼尝试用友好的语气和两个男人沟通,谁知道冲在前面的那个男人一脸凶神恶煞，见他没有流露出惧意，竟忽然从上衣的口袋里掏出一把匕首！

简思思在后面倒抽了一口冷气，双手抓着宋逸淼的外套下摆，心简直要跳到嗓子眼儿。

刀子在眼前明晃晃的，没几个人会不害怕。不过宋逸淼还是努力控制着情绪，双手向下摊开，示意对方冷静："钱？要钱对吗？给你们。"他试着和对方谈判，慢慢伸手到牛仔裤的口袋里准备掏钱。

对面的男人死死盯着他的双手，好像生怕他从里面掏出什么武器，忽然制止道："停！你别动！我们来拿！"

宋逸淼知现在这种情况下不能硬来，只能智取，于是乖乖听话。等他的手刚刚抽出口袋，对面的男人便快速转头向后面的人示意了一下，随后后排的那个就慌忙地跑了上来。

这人个子小小的，看上去年纪很小，虽然前面的那个也不大，但是他似乎更小，估计都没有成年。一头黑色的头发自然卷曲，脸颊凹陷，瘦得皮包骨头。等他来到了跟前，宋逸淼才看清楚，这个年纪小的显然没对面的那个老练，眼神里充满了不安和恐惧。

小个子的按要求把宋逸淼身上的现金都搜了出来，纸币加硬币，才几十美金。年长的那个很不满意，一把拉开小个子同伙，怒气冲冲地来到宋逸淼跟前，用英文说道："别耍我们，就这么点儿钱？！"

两个人之间此刻的距离很近，再说要完全藏住一个大活人也不容易。宋逸淼还没来得及作答，靠近过来的男人就发现了他身后的简思思。

"这里还有一个！"他提高了音量，伸手欲拉简思思出来。

"别碰她！"这时候宋逸淼忽然一个转身，把他挡在了另一边。宋逸淼的动作很利落，成功用自己的身体隔开了两人。但是歹徒手里的刀子却不长眼，移动的瞬间，冰冷的刀锋意外划过了宋逸淼的手臂，虽然不重，但也足够划出一道触目惊心的血痕。

宋逸淼吃痛，却一点儿也没吭声。年长的那个见状，玩味地看了宋逸淼一眼，问："女朋友？"

宋逸淼没有回答，只是死死卡住位置，然而语气却并不如他身体表现的那般强硬："不就是为了钱嘛，给你们就是了。"

简思思躲在宋逸淼身后，虽然什么都没看到，但是身体已经开始不受控制地颤抖起来。意识到自己已经暴露，她知道这回是逃无可逃了，便隔着宋逸淼对两个抢劫者说："我有钱，我拿给你们。不过你们要保证，拿了钱，必须放我们走。"

"你有多少钱？"年长的那个问。

"我在大学食堂打工，今天刚发了工资。"简思思看不到对方的脸，却可以想象此刻宋逸淼面对的是怎样的威胁，她不能让他一个人面对，更不能坐以待毙，"几百美金，不多，但这是我所有的钱。我们和你们一样，不是本土居民，在这里都靠自己打工赚钱。"

那个小个子男孩儿听完简思思的话，走过去对那个年长的说了些什么。因为他们说的不是英语，宋逸淼和简思思听不懂。

宋逸淼趁机也用中文和简思思沟通："我看他们也是新手，你靠我紧一点儿，千万别松手。"

"知道。我……"

只是简思思才说了几个字，又被年长的那人打断了："别说话！想挨刀子吗？！"

"我们挨了刀子，你也不好过。警察全城通缉，你们以为跑得掉？"宋逸淼临危不乱，趁机顺着他们的话接了下去，"如果我是你，就拿了钱赶紧走。几百美金不是大数目，警察也不会为了这点儿小钱到处抓你们。你们达到了目的，又很安全，这样不是很好吗？"

小个子男孩儿表现得越来越急躁，显然已经动摇了，抓着年长的同伙又语速很快地说了几句。年长的那人似乎很不耐烦，一把将他的手甩开了。

宋逸淼趁机用手势给简思思发了个信号，简思思心领神会，从书包里抽出了一个薄薄的信封交到他手里。

"这是我们现在身上所有的钱。拿去，放我们走！"宋逸淼一手捏着信封，一手护着背后的简思思，和两个匪徒对峙起来。

年长的匪徒看到了钱，似乎也心动了："好，把钱拿来。"说着就伸手去够。

宋逸淼敏捷地又把信封收了回去："退后，你们都退后，让我们到路边去！"他心里明白这是他们最后的筹码。

两个歹徒这次居然没提出反对，算是默许了宋逸淼的行为，或许是不想把事情闹大，又或许是觉得他刚刚说的话还算有点儿道理。

简思思跟在宋逸淼身后慢慢挪动，两个匪徒亦步亦趋。眼看离车来车往的大路仅一步之遥了，年长的匪徒却又忽然变卦："慢着！她给了钱，那你呢？就那几十美金把我们打发了？"

"你还想怎么样？"

"还有什么值钱的？拿出来！"那把刀子再次亮在了眼前。

宋逸淼对出尔反尔的人深恶痛绝，却又不能表现出来："我真的没有带钱！"

"电脑呢？你是学生，总有笔记本电脑吧？"年长的匪徒说完，还不等宋逸淼回答，就突然靠上来，用匕首由下往上在他的书包肩带上划了一下。带子被割断，书包应声落在地上。

因为这个动作幅度很大，以至于简思思也和宋逸淼暂时分开了。那个年长的匪徒顺势朝宋逸淼狠狠踢了一脚，抢走了他手上的信封，随后又立马去翻他书包里面的值钱货。

眼前只有一个小个子匪徒，宋逸淼觉得机会来了，他顾不上身上的痛，站起来直接拉上简思思：“快走！”

小个子匪徒果然没有追过来。

然而简思思还在惦记他的笔记本电脑：“你的书包！”

"不要管了，快跑！"宋逸淼用尽最后的力气把她拽起来。

两人一路朝前方的大马路飞奔而去！又跑过了两个十字路口，留学生公寓终于出现在眼前，可是谁也没有慢下脚步，似乎不抵达寝室，就没有完全安全。等到他们最终刷卡进了楼，大门关上的那一刻，一口气才终于松了下来。

"那时候谁说的来着，从小到大连个安慰奖都没得过，运气不会那么'好'的？看看，我这个免费保镖这次起作用了吧！"宋逸淼靠在一楼过道的窗口边上，好不容易缓过气来，第一句说的居然是这个。

简思思尚未从刚刚的惊吓中恢复过来，面对他的调侃一点儿也笑不出来："都什么时候了，你还有工夫开玩笑？"

宋逸淼只是想缓和一下紧张的气氛，被她这么一说也只好低头笑笑。

这时候，简思思的目光也落到了他的身上。刚刚路上太昏暗了，现在借着室内的灯光一看，宋逸淼整个人简直不能更狼狈——梳理整齐的头发被吹得东倒西歪不说，衣服和鞋子都沾满了泥土，脏兮兮的；裤子因为颜色深，倒是看不出什么；手臂上那一道明显的伤痕还浸染着鲜红的血迹，简直让人触目惊心。

简思思立刻站起来靠了过去。

"你受伤了！"她皱着眉头说道。宋逸淼穿了一件白色的外套，里面是短袖的，因此胳臂只有一层保护。刀子划穿了他的外衣，伤口上的血直接渗了出来。幸好这件外套还算厚，否则伤口一定更深。

"没事，小伤而已。"他不以为意。

"流了这么多血！"

"已经止住了。"

"不行，去医务室看看！"

宋逸淼拦住简思思："现在已经一点多了，医务室也没有人了。我没事，放心。"

"可是……"

"我们现在需要好好睡一觉，明天有精神了，再一起想想怎么处理这件事。该调监控的调监控，该报警的报警。一步一步来。"

难得宋逸淼在遇到这种事情后还能如此淡定，简思思觉得和他比起来，自己的心理素质简直太差了。

"也好，那……你早点儿休息吧，那个伤——"

简思思还没说完，宋逸淼就接了下去："不能沾水？"

"对，你怎么知道我要说这个？"

"言情剧都是这么演的嘛。"

简思思听他这么说，忍不住也笑了："你还看言情啊？"

"没人规定不能看吧？"

简单的对话却让气氛一下轻松了起来。两个人说着，一前一后地上了楼，只是到了寝室门口，宋逸淼才发现了一个问题——

"我的钥匙在书包里……"

"啊？你室友不在吗？"

宋逸淼皱皱眉头："他去纽约旅行了，下周才回来。"

简思思几乎没想："那来楼上睡吧，我隔壁房间没人。"她住的是两室一厅的套间，每人有独立的房间，共用厨房、客厅和卫生间。她隔壁一直没安排学生入住，所以整个套间暂时只有她一个人居住。

宋逸淼听了，似乎有点儿顾虑："会不会不方便？"

"不会啊。"简思思不假思索道，说完了才想起来矜持是何物，脸上有点儿发热，"这不是特殊情况嘛。我是不介意的，看你吧。"

宋逸淼咧嘴笑起来："只要你不觉得不方便，我简直觉得太方便啦！"

"喂——"

"我是说楼上楼下，走过去太方便了！"宋逸淼大踏步地上了阶梯，完了又回过头来看简思思，表情无辜地说，"你在想什么啊？哎……思思真是太不单纯了！"

简思思正要说他，抬头瞥见他胳臂上面的伤，立刻又忍住了。

算了，让他一回吧。

她的免费保镖，今天多亏你了，谢谢。

31

第二天一早，宋逸淼和简思思一起去警察局报了案，还向所在学院报告了此事。学校很重视学生的人身安全问题，询问了两人很多细节，还在全校范围内发出了安全警示。不过因为他们走的便道并没有安装监控设备，因此能抓获犯罪嫌疑人的机会很渺茫，警方让他们有个心理准备。

为了不让家人担心，两人商量后决定不将此事通知国内的朋友和辅导员，以防传到父母耳朵里，引起不必要的忧虑和恐慌。事已至此，只要没有受到人身伤害，也算是不幸中的万幸了。

不过抢劫事件产生的影响也不能说完全没有。丢失的钥匙和学生证容易补办，但是宋逸淼没有了手提电脑，连学习都成了问题。太多的资料和课件都保存在了电脑里面，即便导师可以网开一面重新拷贝给他，他也没了可以在寝室随时查看这些资料的工具——电脑！

连简思思都觉得这样不行："期末还要写论文，到时候你怎么办？"

"图书馆不是还有公用的吗？"

"你总不能24小时泡在图书馆吧，而且公用的就那几个，万一都被人占了呢？"简思思给他出主意，"要不和家里说电脑坏了，需要重新买一个？"买电脑也算是件大事，得找个合理的借口才行。

哪知道这个提议当即被宋逸淼否决："我这趟出来已经用了不少钱，不想再问我妈要钱了。这件事我会解决的，你就别管了。"

宋逸淼这么一说，简思思不禁有些侧目。这话也许从别人嘴里说出来很平常，但他家里不是很有钱吗，怎么也会有这样的烦恼？

不知道是从什么时候开始，在简思思心里，宋逸淼被贴上了一个标签。不论是国内的高昂学费，还是他全自费到美国念书，抑或是他平时穿的用的无一例外都是牌子货……似乎种种迹象都表明——他家里很有钱。然而他今天说的话，却又让她把他和其他纨绔子弟区别开来了。

"也对。"工薪家庭出身的简思思，完全能理解这种心情，"父母供我们读书不容易，能不麻烦家里就不麻烦了吧。"她说着转头看向宋逸淼，也不知道他想起了什么，此刻呆呆望向窗外，似乎有点儿心事重重。

简思思以为他在为电脑的事情发愁，便努力帮他想法子："要不……我们去二手店看看？你还有钱吗？我这里还有一点儿，我们凑一下，买个便宜的，能用就行了！哎……要是那天工资没被抢掉就好了……"

宋逸森的思绪被她的话拉回来,看着她有些好奇:"那天工资被抢了?"

"不是都给你了吗?"

"那个信封里真有钱?"

简思思一脸问号:"是啊!一个月的工资呢!"

听到简思思这肯定的回复,宋逸森忽然一口气泄了下来,一脸"I服了you"的表情:"我说你啊,是老实呢还是傻啊?我让你给信封,没让你给钱啊!"

"啊……可是万一让他们知道里面没钱,岂不是更糟糕?"

"等他们有时间翻信封,我们早就跑掉了。哎……"宋逸森说一句话叹一口气,搞得本来简思思没觉得怎么样——破财消灾嘛,给了就给了——现在却对自己当时的举动产生了怀疑,显得无辜又委屈。

"当时那种情况,你一个人对他们两个人,怎么都是吃亏!"

"哦。"宋逸森在对面抓重点了,"你是觉得我打不过他们啊?"

简思思本来心里就有些乱,再被他这一闹,更是觉得自己的好意被曲解了,情急之下脱口而出:"我还不是担心你嘛!你一个人冲在前面,万一出什么事情怎么办?"

宋逸森等的就是这句。听到简思思这么说,他隔着桌子望着她,嘴角竟然忽地流露出一丝笑意:"原来你是担心我啊。早说嘛!"

宋逸森终于又换回了嬉皮笑脸,简思思看到这个熟悉的表情,这才意识到自己被这厮玩弄了:"你!你给我等着!"

见简思思要发火,宋逸森立刻下意识地伸出双手,摆出 × 造型防守。然而动作在空中保持了好几秒,都不见对方有任何动静。宋逸森忍不住从两手的缝隙中观察敌情,却发现简思思并没有准备"武力还击",只是坐在那儿拼命吸着饮料生闷气。

她的拳头没有多少力气,倒是这种冷暴力最让人吃不消。宋逸淼只好主动投降:"开个玩笑嘛,别当真。"

"不好笑。"

"呵呵……"宋逸淼尴尬地放下双手,又一脸讨好地说,"那……请你吃中餐啊?"

此言一出,简思思的眼神总算朝他看过来了,她挑着眉头问:"还吃?你又有钱了?"

宋逸淼挠挠头:"买电脑是不够,吃顿饭还是可以的。"

"就知道吃!都快 fail 了还有心情吃啊?"简思思怒其不争,起身直接拉上宋逸淼朝店外走,"别吃了,省点儿钱看怎么搞一台二手电脑吧!"

日子在忙碌的生活中一天天过去。

4月16日上午,载有400多人的"世越"号客轮在韩国全罗南道珍岛以北海域意外进水并沉没,仅有172人获救。

5月2日,乌克兰南部城市敖德萨发生亲政府与反政府两派民众的冲突,造成46人死亡。随后,乌克兰分离势力组织了地方独立公投,宣布在当地建立"主权国家"。

5月7日,在经历了数万名示威者发起的"封锁曼谷"行动后,泰国宪法法院判决看守总理英拉违宪罪名成立,并解除其总理职务。

……

世界政局动荡不安,却未打破校园里的平静。宋逸淼一直没有买到合适的二手电脑,只能靠简思思的手提电脑救急。两人制定了错时共用一台笔记本的使用规则,最终竟也顺利完成了各自的作业和论文。

六月初,宋逸淼和简思思进入了俄亥俄州立最后的考试周。两个星期之后,他们顺利度过了半年的交换期,回到国内。

半年美国的留学生活可以说是既充满了挑战又收获颇丰。唯一让简思思感觉有些遗憾的是自己没有提早一年申请成为交换生。倒不是因为她想在美国多待一年，而是因为2013年的毕业典礼邀请到了美国总统奥巴马出席，并为当年的毕业生作了演讲。

不过，在这半年里她经历的一切都足以抵消最后那小小的遗憾。且不说她获得了丰富的专业知识，在这样的语境中，她的英语也有了长足的进步。相比国内细水长流式的学习，在美国，她的语言水平简直可以说是突飞猛进。更重要的是，独立生活培养了她的自理能力，没有了父母师长的庇佑，一切难题都要自己解决和克服，真的有一夜长大的感觉。

当然，对于简思思来说，这一年里有一个人的名字不得不提——那就是宋逸淼。在经历了国外相依为命的生活之后，她收获了一份沉甸甸的友情，甚至比友情更甚。在她心里，有一个位置似乎已经被宋逸淼牢牢占据，不可动摇。

而宋逸淼也是同样如此，特别的情愫早已在心中萌芽，美国的土壤给了它茁壮成长的机会。只是这一次他学会了隐忍，把所有的感情都默默藏在了心里。

十多个小时的长途飞行后，宋逸淼和简思思回到了各自的城市，想家的心也被接踵而来的关怀和美食渐渐填补了。

两个月的暑假休整之后，转眼新一年的大学生活又扬帆起航。而这一年，也将是最让人期待，又最让人感怀的一年——大四。

重返校园，简思思又见到了熟悉的老师和同学，当然还有三个可爱的室友。在经历了短暂的分离后，之前的那些不快似乎都被遗忘了。大家还像过去那样一起上课、一起吃饭，偶尔聊起美国的生活，她们也听得津津有味，有时会好奇地发问，但更多的还是感叹在外求学的不易。

时间果然是最好的良药。

不过有些事情，时间也是无法解决的。它并不是一把万能钥匙，能解开所有烦恼——回到学校的简思思很快发现，王曼和于小菲似乎一直在隐瞒陆宜嘉一件事情。也许不算是隐瞒，但至少也是一直在有意弱化宋逸淼出国留学的事情。

"出国这种事怎么瞒得了？她随便找个社团的人问问就知道了。街舞社、辩论赛，哪个人不知道他出国了？"宋逸淼在学校里向来活跃，半年没在任何公开场合露面显然有些不符合常理。

虽然只有自己和简思思两个人在寝室，但王曼还是警惕地看了一眼门口，做出一个"嘘"的手势："别说这么大声，你想让陆宜嘉听见啊？出国的事情是瞒不住的，但是去哪个国家她不一定打听得到啊。他们专业本来就是和澳大利亚学校合作，所以陆宜嘉一直以为他去的是澳大利亚。"

简思思这下听明白了，原来陆宜嘉对自己的友好是有前提的。陆宜嘉认为她和宋逸淼去了两个不同的国家念书，这才消除了对她的敌意。可是……万一哪天被陆宜嘉知道宋逸淼不仅也去了美国，和她念了同一所大学，还一起同甘苦共患难……到那个时候，陆宜嘉会不会又把她放到对立面呢？

此刻，简思思才深切意识到，自己和宋逸淼只有在留学的环境中才能自由自在地来往，当一切回到起点，之前的问题又都重新摆到了眼前。错综复杂的关系，剪不断理还乱。

一边是同窗两年的闺中密友，一边是暗生情愫的蓝颜知己……就在简思思为这座天平该如何倾斜而烦恼的时候，宋逸淼的一通电话又让一切变得更加复杂起来。

算起来，两人回国后的联系并不多，但是接通电话的瞬间，那种亲切的感觉还是一点没变。

"你室友来找过我了。"多日不见，宋逸淼的语气还是那么波澜不惊，好像就算天塌下来都是这样的淡定。

"谁？"

"陆宜嘉。"

心头掠过一丝阴影，简思思似乎猜到了什么，然而不待她再问，宋逸淼已经自顾自说了出来："她又来向我……表白了。"

"……"自从开学起，陆宜嘉心情一直很不错，对谁都是笑脸相迎。简思思之前不知道为什么，现在总算明白过来——因为她喜欢的人回来了。哪怕并不能常常见面，只要知道他离得不远，也心满意足。

"这件事……"电话那头的宋逸淼顿了顿，似乎在思考措辞，停了好几拍才道，"你有什么意见？"

什么意见？她该有什么意见？她又能有什么意见呢？他刚刚回到国内，陆宜嘉就选择了再次表白。纵然已经被伤过一次，还是这样义无反顾。陆宜嘉对他，是真的真的很喜欢吧。

简思思紧紧握着手机，手心不知不觉沁出了汗。她张了张嘴巴，却发现自己什么都说不出来。

32

宋逸淼的一通电话，再次让简思思陷入两难。原以为半年的留学生活能消除当初的那些纷扰，转了一圈回来，她却发现问题只要没有从根本上解决，就永远都会存在。哪怕你一时看不到它们了，那也全部都是假象。一旦矛盾爆发，所有问题立刻又会浮现到眼前。

然而现在的情况和当初似乎又有些不一样：那时候的简思思是完全无辜的；而现在，她和宋逸森成了朋友以上恋人未满的关系。两人之间隔着薄薄的窗户纸，只是谁都没有勇气捅破。

时至今日，简思思终于承认，半年前的逃避没有解决任何问题，现在的局面反而让她觉得更加棘手。三个人之间的纠葛，迟早需要有一个了断。也许，是时候找陆宜嘉聊一聊了。

其实也不是什么正式的谈判，话题是由一部电视剧引出的。那天吃完晚饭，于小菲照例坐地铁回家，而王曼正好晚上有课，只有简思思和陆宜嘉两个人在寝室。最近 TVB 电视剧《使徒行者》口碑爆棚，陆宜嘉追得津津有味，忍不住给简思思也安利起了爆 seed 和钉姐。

卧底警员和市井赌徒之间的爱情危机四伏、险象环生，却又让人牵肠挂肚，让人不得不感叹，这世间的感情真是有千百种样子的。

"思思，你在美国这半年里，难道没遇到什么帅哥追你吗？"聊着聊着，话题便不由自主地延伸了出去。

"哪来时间啊，再说我也不是他们的'菜'。"

"他们喜欢什么'菜'？"

简思思想了想，脑海中忽然就冒出了那个在餐厅搭讪宋逸森的外国女孩儿："就是那种，金发碧眼，大长腿，关键是要前凸后翘身材好的。"

陆宜嘉忍不住坏笑："前凸后翘啊，是不是像卡戴珊那样？"

"没那么夸张，不过她那个类型比我受欢迎就是了！"

陆宜嘉看了一眼简思思有些瘦弱的身体，立刻明白了"她那个类型"指的是哪个，转而又好奇地问："那男生呢？中国男生受欢迎吗？"

"受欢迎，就像宋……"宋逸森的名字几乎就要脱口而出，简思思瞬间踩了刹车。对面的陆宜嘉神色未变，睁着一双好看的大眼睛望着她。

简思思内心有些小小的斗争，但是很快又恢复了平静："你是不是还不知道，宋逸森和我去了同一所大学做交换生？"这句话问出来，她感到室内的空气有一瞬的凝结，不知道是不是自己的心理作用。

然而陆宜嘉的情绪似乎未受影响，她站起来换了双拖鞋，低头答："那个啊……我知道了。"

她知道了——这个回答出乎简思思的意料。

"你应该也知道，我又向他表白了吧？"陆宜嘉直起身子，把目光投向简思思。

她问得这么直接，反而是简思思有些迟疑了："嗯……听说了一点儿。"

"他告诉你的？"

没有说是谁，但是彼此心里都明白。

"嗯……"简思思的声音很低。不知道为什么，在这件事情上，她觉得有些愧对陆宜嘉。

陆宜嘉换好了鞋子，重新坐回书桌前，语气似乎并没有什么不快："我就知道。不过呢我现在也都想明白了，当时我知道他飞走的时候，感觉自己的魂都没了，在学校里越待越没意思……呵呵。"伴随着几声苦笑，她坦诚道，"每天都过得浑浑噩噩的，没什么盼头。比他拒绝我，还要难过。我虽然嘴上一直怪他狠心，但是心里其实从来没有恨过他。"

"我知道，你一直对他很好。"

"嗯，所以我就明白了，其实我还是喜欢他的。而且因为刘晨的关系，我更加确信了这一点。当我看到刘晨的时候，心里的感觉和面对他的时候完全不一样。虽然刘晨对我很好，但是我真的没办法接受他。"这半年多时间以来，刘晨对陆宜嘉展开了猛烈的追求，但是她一直不为所动，心心念念等着宋逸森回来。

简思思点点头,表示理解;"我明白,这种事情是强求不来的。"

不知道为什么,面对简思思,藏在心里的话很自然地就说出来了。即便之前她们的友谊出现了裂痕,但陆宜嘉打心底里最信任的人还是她。

"思思啊,其实……我还想和你说一声抱歉。你走了之后我也反思过了,其实我知道那时候都是他主动来找你的。我当时不相信你,其实是我不愿意接受他不喜欢我,而喜欢其他女生的现实……"

陆宜嘉的一番话让简思思有些吃惊,旧事重提,两个人的心境都变了很多。看来这些日子以来,成长的不仅只有简思思,还有陆宜嘉。对待感情,现在的她更加从容理智了。

不过面对这突如其来的道歉,简思思还是显得有些手足无措,原本还随意地靠在写字桌前,现在突然都不知道手该往哪儿摆了。如果搁在当时,她一定会欣然接受,可是时至今日,一趟美国之行改变了很多事情,她觉得受之有愧:"其实……我也早就想找个机会和你谈谈了。"

陆宜嘉笑了起来:"那不是正好,我们现在不就在谈吗?"

"是啊,真好。感觉又回到了以前。"简思思也笑了,有些感慨。

"那个……你刚刚说……他在美国很受欢迎吗?"陆宜嘉突然又将话题引了回去,她的关注点永远都在宋逸淼身上。

"啊……还可以吧,有些女生还是挺殷勤的。"想了想简思思又补充,"不过他对她们没什么。"

"哈哈,果然,他走到哪里都是焦点呢。"

陆宜嘉的反应再次出乎简思思意料之外,那种发自内心的赞赏溢于言表。得知他受到外国女孩子的欢迎,她表现出来的不是吃醋妒忌,反而是由衷的自豪。不得不说,这大半年以来陆宜嘉不仅仅成熟了许多,就连对宋逸淼的感情似乎也跟着升华到了另一个境界,一个简思思觉得自己无法企及的境界。

也许是自己不够无私,又也许是她对宋逸森的感情并没有陆宜嘉那样深刻。

"你一点儿都不气我吗?跑去了那么远,还和他在一所学校。"简思思问。

"是他的选择,怪你干吗?"

"你怎么知道的?"

"他这样的风云人物,有什么事情打听不到?"

"那你……"

"所以我要加油啊!"陆宜嘉大刺刺地说道,完全没了女生的矜持。然而那股子初生牛犊的勇敢和坦诚令简思思打心眼儿里佩服,她称赞道:"是你的作风。"

"哈哈,我很勇敢吧!"

"很勇敢。"如果是她的话,一定做不到。

"勇敢是勇敢……"陆宜嘉说着,声音忽然低了下来,眼神里也飘过一丝阴郁,没了刚刚天不怕地不怕的气势,"他还是拒绝我啦。不过没关系,我会继续努力。至少这次有进步了,他有正眼看我,还知道我是谁。"

不晓得陆宜嘉是真的像她表现得那么乐观,还是在人前故意逞强。不过无论怎样,这样的坚持不懈让人听来都有些心酸。简思思心里很明白,宋逸森为什么拒绝陆宜嘉的告白。她忽然不敢再和陆宜嘉聊下去了,随口编了个理由,逃也似的离开了寝室。

内心的不安和愧疚渐渐升腾起来,萦绕在心间,怎么也挥之不去。

那一晚,简思思失眠了。她有了心事,在狭窄的上铺辗转反侧难以入眠,长这么大这还是头一次。

过往的画面像电影胶片一样在脑海中播放着,他们的相遇相识都还历历在目。然而记忆中的画面里,总还有另外一个人的存在,由头至尾,那么打眼,让人无法忽视。

是陆宜嘉先认识宋逸淼的,也是她先喜欢上他的。如果没有陆宜嘉,自己根本不会和宋逸淼产生任何交集。更何况这其中的重重误解也都是由陆宜嘉而起,如果没有她,自己和宋逸淼之间发生的一切,还会存在吗?

简思思开始探究自己是如何一步一步走到这里的,她开始质疑当初的决定,她渐渐觉得自己和宋逸淼之间发生了很多不该发生的事情。而那一段短暂的快乐时光,也只不过是借来的……又或者,他们的相识本身就是一个错误。

夜已深,寂静到只能听到自己的呼吸和心跳。

初次经历爱情的简思思,那时候并不知道感情没有先来后到,只有两情相悦。她只是很单纯地觉得从道义上说不过去。自己是后来者,又没有陆宜嘉那般情根深种,她实在找不到任何一个理由坚持下去。三个人的感情世界,也许只有她退出,才能成全他们。

33

"思思啊,明天下午有没有空?来辩论社给学弟学妹做个辅导行不行?下个月他们要打比赛了,想讨教点儿经验。"

简思思接到沈毅的电话时,正在徐家汇一家KTV里参加同学聚会。一帮老同学多日未见,聊得正热烈。内室的隔音一般,音乐声响穿屋顶,即便是她到了走廊上接听,都还有点儿听不清:"沈老师啊,不好意思,我周围有点儿吵,听不清,一会儿再打给你。"

简思思掐了电话,没有回包房,直接一路来到了店外。现在已经九点多了,夜幕早已降临,但是市中心的街道上依旧灯光璀璨,热闹非凡。

　　简思思从口袋里拿出手机,重新回拨过去。电话通了,她礼貌地说:"沈老师,现在行了,您说。"

　　沈毅又把刚刚的事情说了一遍。然而不凑巧,第二天是周一,她要去社区法律援助中心做志愿者。她和沈毅商量改期,两个人合计了一下,决定把活动推迟到周四。年后就是研二下学期了,她最近都在市区应聘实习的岗位,只有周四周五会在学校。

　　"那行,就这么说定了,到时候联系你,可不能再改了啊!"要和简思思这个大忙人约时间不容易,沈毅最后又和她确认了一遍,生怕她临时变卦。

　　电话这头的简思思忍不住笑,反问道:"沈老师,我和你说定的事情,哪次没办到啊?放心吧。"

　　挂了电话,简思思搓了搓手臂。国庆节刚过,天慢慢转凉。刚刚她出来得着急,也没披外套。一件薄薄的衬衣,似乎抵不住室外的凉意。她赶紧又走回了室内。坐上电梯,重新又找到了这间KTV内最大的包房。推门进去,十几个同学分了三四拨坐在那儿,聊天的聊天,玩骰子的玩骰子,只有王曼一个人孤零零地坐在前面的高脚凳上,深情演绎《告白气球》。

　　看着那一张张熟悉的面孔,简思思心里忍不住感叹时光飞逝。

　　转眼毕业已经一年多了,曾经朝夕相处的同学也都散落到了全国各地。有的人应聘进了律所,有的考上了公务员,但更多的还是转行了,选择了一份与法律不相干的工作。当年的班上只有简思思和刘晨选择了继续深造,自己被学校保送上了研究生,而刘晨则申请到了一所英国的大学,远赴重洋。

"思思啊,都没人唱!你来点几首吧!"不远处,王曼挥着手招呼简思思过去点歌。其实同学聚会的意义就在于"聚",真正要唱歌的人实在没几个。

简思思见王曼实在孤单,于是积极响应了她的号召:"好,我来唱!"

聚会散场的时候已经是晚上十点半了,下楼时大家都在讨论回家的路线,看哪个开车的能顺道送几个回家。

"思思,你现在还住校吗?我顺路送你啊。"说话的是陆康时,他毕业后在父母安排的一家金融公司里做客户经理。今天一身西装笔挺,开了一辆宝马 SUV,一副成功人士模样。

"我这学期已经搬出来了,现在自己租在外面,离这里不远,不用送了,谢谢啊。"简思思婉言谢绝。

陆康时甩了甩手里的车钥匙,也没再说什么,笑笑走开了。他人一走,王曼就忽然凑了上来,鬼鬼祟祟地在简思思耳边问道:"他要干吗?和你说了什么?"

简思思偏头看了她一眼:"你怎么还是这么八卦啊!"果然是江山易改本性难移。

"关心你嘛!"王曼一脸委屈,"谁知道他又在动什么脑筋?"

简思思一脸"你想多了"的表情,抬手推动玻璃旋转门,顺着旋转的方向来到了室外。

这时候于小菲和另外几个同学打完招呼也过来了,一问王曼出了什么事情,转头便对简思思露出了意味深长的表情:"我也关心!快点儿快点儿,坦白从宽,抗拒从严!"

简思思简直受不了她们:"没什么!就说顺路可以送我回家。"

"你答应了?"

"没啊，我有公交直达。要人送干吗？"

王曼似乎对这个答案很满意，拍着她的肩膀点了点头："这还差不多。我就是看他一副嘚瑟的样子不爽，满脸写着'我很有钱'。谁知道那个什么P2P金融公司是不是骗人的。他有没有给你们推销理财产品，我有经验，千万别买！"

谁能想到当初那个文弱的陆康时竟成了他们班里炫富的第一人。过去常听说同学聚会是"炫富大赛"，这次见识过了，三个人总算都有点儿体会了。

于小菲看了眼手机时间，觉得简思思一个人走有点儿不妥："都这么晚了，你还坐公交车？"

"没事的，我经常坐。三站路而已。"

王曼和于小菲家在同一个方向，两个人打算拼车回去。这时候手机有了新提示，刚刚于小菲在"滴滴"上面下的单子，有人接了。

同学们都陆陆续续走了，简思思坚持要留下陪两个室友等车。她们寝室除了陆宜嘉去杭州发展之外，剩下三个人都在上海，倒是经常能约出来吃饭。

不一会儿，快车司机到了。临走的时候，王曼见天色已晚，提议简思思也叫个快车："新用户还有各种优惠券减免，很划算的。"作为一起相处了三年半的室友，她太了解简思思了，所以特意挑这个出来说。

简思思果然听进去了。送走了两个室友后，她便拿了手机出来鼓捣。APP其实她已经装了一段日子了，但平时都习惯了坐公交车，居然一次也没用过。

打开手机软件，系统里立刻跳出来几条通知，提示她有三张新人优惠券即将失效。简思思有些窃喜，立刻输入了家里的地址。下方出现一个预估车费，减去优惠金额，最后的价格果然很便宜。

简思思不再犹豫，立刻点击了"呼叫快车"，不出几秒钟就有人接单了：武师傅，3026单，车牌号沪FY50××，黑色荣威550。最左边还有一张很小的司机照片，不过简思思还没来得及仔细看，手机就发出提示：车已到达目的地附近。紧接着，她的手机就响了，一个陌生的电话号码显示在屏幕上。

"喂。"

"你好，车到了，你在哪里？"

简思思第一次用这个软件叫车，显得有些生疏。这地方她也不熟悉，慌慌忙忙地回头看路标："我在……在汇联商厦门口。"

"我就在你对面，这里不好掉头，你走过来行吗？"

"可以，我过来。"简思思挂了电话，朝马路对面看了一眼，果真有一辆黑色的荣威汽车靠边停着。

这时候路口的行人标志正好转到绿色，简思思急急忙忙过了马路。一路小跑到了车子旁边，她开了右后方的车门，等坐到了车上才发现自己没有核对车牌。

"您是滴滴师傅吧？"她一边关门整理衣服，一边问道。

那司机从前方的反光镜看了她一眼，过了一会儿才道："是的。"

刚刚通电话的时候没发现，现在近距离听到了他的声音，虽然只有两个字，却让简思思有一种似曾相识的感觉。她忍不住抬头看了那司机一眼，没想到恰好和反光镜里面的那双眼睛撞在了一起。那男人立刻伸手调整了一下后视镜的位置，不知道是不是故意的。她再想看清楚一点，却发现那个角度下她什么也看不到了。

怎么会……不会的……怎么可能呢？汽车车厢里面并不冷，但是简思思却不由自主地打了个寒战。

这时候车子发动了，简思思坐在后排正考虑该怎么求证，那男人居然先开口了："怎么，好久不见，认不出来了？"

吃惊、意外……再多的形容词恐怕都不能形容出简思思此时的感受。

"我……我听着你的声音很熟悉。"简思思听到自己的声音在耳畔响起，却不知道自己说了什么，对话完全在无意识之中进行，"真的是好久不见了。你还好吗？"

车厢里没有开灯，只有路边的街灯照得里面一明一暗。简思思从后排有限的角度看过去，他穿了件皱巴巴的格子衬衣，下面是破洞牛仔裤。她看不到他的正脸，只能看到他右侧腮帮子残留着密集的胡楂，给人感觉沧桑了许多。全身上下只有发型似乎没有变，和读书时差不多，但是也随意多了，好像睡醒了随便抓两把就出门的样子。

"挺好啊。"宋逸淼边打着方向盘边回答，"开开快车，混混日子。我要求也不高，赚的钱够花就行了。"

"做这个，收入还可以吧？"

"和你们白领肯定不能比。不过像我这样的，不喜欢受老板管束，也只有做这个最自在。想工作就接单子，想休息就结束接单，随时随地。"

声音还是那个声音，但是他说话的口气却让简思思感觉像个陌生人。

"我还没上班。现在还在读研。"

"读研？厉害，读研好啊，国家栋梁啊。"

不知道为什么，他虽然说的是表扬的话，但简思思听起来却感觉像在讽刺："什么栋梁啊……都长这么大了还在靠爸妈养活。不像你，已经能自力更生了。"

宋逸淼没再接话。沉默了一会儿后，他打开了车载收音机，似乎暗示了对话到此为止。简思思一路上都觉得有些不太真实,直到车子开出了好久才从这巨大的意外中清醒过来。然而当她正打算进一步询问宋逸淼的近况时,车子已经行驶到了目的地。

"停这里可以吧?"

简思思看了眼窗外,不知不觉竟然已经到了小区门口了:"可以,不过我……"

"可以的话麻烦你抓紧下车,这里划着黄线,不准停的。"宋逸淼转了四十五度过来和她商量。

简思思当然不能让他违反交规,立刻收拾东西下车。然而车门刚开,她又听到前面的宋逸淼对她说:"车费不着急支付,等你有空了再付好了。对了,评价的时候麻烦给我打个五星好评,多谢!"他说得专业又流利,简思思可以想象他对所有乘客都会说这样一段话。

她愣了愣,虽然是第一次用这个软件打车,还不熟悉什么打分系统,不过还是点头答应了:"好的。"

下车,关门。简思思正准备走到前排去道个别,不料这时候宋逸淼忽然一脚油门踩了下去,连人带车一起迅速消失在了深夜的上海街头。

34

宋逸淼的意外出现,也把简思思重新带回了那一年的大四。

当尘封的记忆被打开,简思思惊讶地发现,一切画面居然都还这么鲜活地保留在脑海深处的某个角落。时间带走了很多东西,却从来没有带走那段青春的回忆——

那时,为了成全好友陆宜嘉的爱情,简思思选择了退出。对于宋逸淼,她决定将两人的关系止于朋友,并开始慢慢疏远他。

然而彼时的宋逸淼对于简思思的决定一无所知,只好通过各种途径创造和她见面的机会,了解实情。简思思担心他一旦知道事实的真相,会由此迁怒陆宜嘉,愈加抗拒与陆宜嘉接触,于是一直也没有对他坦白,只是不断用冷漠的态度来回应他的热情。

简思思有意回避,宋逸淼连她人都找不到,更别说单独相处了。于是,每周的辩论社活动成了两人唯一交流的机会。可是就连这仅存的机会,最后也被简思思扼杀了——随着新鲜血液的加入,辩论社在沈毅的带领下渐渐走上了正轨,而简思思当时又在准备两场重要的考试:考研和法律职业资格证。结果,她以学业为重为由,向沈毅提出了退出。

由此,宋逸淼失去了一切可能见到简思思的机会。

不过宋逸淼还是不甘心,他坚信即便简思思过去对自己是真的无感,但是在美国的那半年,他有感觉,他们之间的感情不是假的,更不是他的一厢情愿。于是他又通过侯子江和王曼的关系,不断给简思思传递信息。短信、微信、电话、邮件,什么方式都用上了,却始终没有收到回信。即便有,也是只言片语,希望他早日放弃之类的,让人看了光火又丧气的话。

到现在简思思还清楚地记得,宋逸淼是什么时候从她的生活中消失的,大约就是在2015年年底的时候。正在准备考研的她,忽然从沈毅那里获得一个好消息:因为她大学四年的优异成绩,已经被学校保送研究生。虽然能不能最终录取,还要取决于稍后的面试结果,但这对于当时的她来说无疑是一个最大的肯定。

得知这个好消息的简思思,当时脑海里第一个跳出来的人不是父母,不是室友。本能反应无法控制,不能作假——是宋逸淼。

也就是在那个时候,简思思发现他不见了。在经过了一开始的穷追猛打以后,宋逸淼慢慢在她的生活中销声匿迹。说不失落是假的,但她又安慰自己这也许也是一件好事:宋逸淼对她只不过是一时的迷恋罢了,等热情过了,感情也就淡了。

这件事情给了简思思一个信号,也成了一个转折。她自此彻底阻断了一切可以和宋逸淼联络的渠道。而他,居然也就再也没联系过她。

直到临近毕业时,一次偶然与侯子江相遇,简思思才得知,宋逸淼在几个月前就离开了学校,连侯子江都一直没联系上他。当时她对此并没有太在意,一方面是侯子江的态度,没有表现出多么焦虑,好像就是宋逸淼一时任性玩失联似的;而另外一方面,也是因为她自己,好不容易抽离了出来,再不敢轻易牵扯进他的生活。

而陆宜嘉和宋逸淼之间又怎么样了呢?

据简思思所知,他们到最后毕业也没有开始。即便陆宜嘉的追求和宋逸淼一样的疯狂,即便陆宜嘉喜欢他喜欢到无法自拔。不会发生的事情永远也不会发生,该结束的也终归会结束。

就这样,漫长又短暂的四年过去,大学毕业了。当初的懵懂和稚嫩似乎还在眼前,转眼便到了踏出校园、走向社会的时候。

简思思通过了直研的面试,顺利保送上了研究生。紧接着,她又报名参加了九月份的法律职业资格证考试,开始向攻克下一个难关做最后冲刺。拿到了学士学位,简思思的学生生涯却还在继续,学习和考试瞬间填满了她的生活,让她无暇分心。

那以后一年多的时光里,她又有了新的同学和导师。学校的男神换人了,渐渐地,再无人提起宋逸淼这个名字。

直到现在,他以快车司机的身份重新出现在她眼前。她这才开始好奇,当年他的突然消失和今天的宋逸淼之间有没有直接的联系?当年在他身上,又究竟发生了些什么?相信认识他的人都清楚他的能力,即便是褪去了学生时代的光环,他能做的应该也远远不止一个快车司机。

宋逸森接完最后一个单子回到家,已经凌晨两点。他现在租住在一个八十年代的老小区里,车位十分紧缺。好不容易擦着小区的花坛将车停好,他已感到筋疲力尽。今天早上他七点多就出车,连续工作十多个小时。这样高强度的接单原本不被平台允许,然而上有政策下有对策,他借了朋友一个身份,注册了两个号。拿两部手机轮流接单,像今天这样,最后还能接到一个浦东机场接机的夜间单子,已经算是很不错了。

开了门,他连灯都没开,直接进房间躺倒在了大床上。一连十几个小时坐在驾驶座里,对于他的身心都是不小的挑战。还好他还年轻,能拿体力拼一拼,不过这些日子以来,他越来越觉得力不从心。何况平台的补贴也逐渐少了,同样的接单量,如今的收入比较之前大幅缩水,还得随时警惕交通执法队的盘查。

不过就连这么一份辛苦的工作,再过一阵子,他也没机会拼命了。借他身份的朋友,据说孩子快出生了,也想做快车生意,赚点儿奶粉钱。到时候就算他想这么早出晚归的,大概也没机会了。

仰天在床上躺了几分钟,宋逸森又睁开眼来,起身到床头的柜子里拿了换洗的衣服。他家很小,只有一室,出了卧室就是厨房,旁边带了一间只能容纳一个人的卫生间。他个子比较高,刚刚来的时候觉得转个身都困难,一年住下来以后,却什么都习惯了。所以说有的时候,习惯真是一件可怕的事情。

第二天,宋逸森依旧设了六点半的闹钟。起来洗漱完毕,他从厨房的柜子里拿了袋面包。只剩半袋了,他抽了两片,又把口夹好放了回去。面包直接叼在嘴上,他又在桌上拿了保温杯和一袋苏打饼干,匆匆下了楼。

到了车里,放好东西,打开手机软件,准备开始他一天的工作,每天都是如此。不过今天在他接到单子之前,却出现了一个插曲,他收到了一条短信。

自从微信流行起来以后,就很少有人会发短信给他了。何况这个手机号是新的,完全是为了接单用的,根本没有熟人知道。

宋逸淼以为又是垃圾广告,进了收件箱正预备直接删掉,但是那一行短短的预览,却最终让他停下了手指的动作。预感到这并不是一条广告,他鬼使神差地点了进去。短信里面简短地写着:看到短信,请给我回个电话。下面署名:简思思。时间是昨晚12点05分。

宋逸淼愣了愣,目光停在最后那个名字上。脑海里不由自主地回忆起昨天那场意外的重逢,也许是真的太累了,他居然到现在才有精力再去回想。

虽然只是匆匆一瞥,但他感觉简思思的模样一点儿也没变,还和以前一样。白净、消瘦,一头长发过去总是扎着高高的马尾,如今却像瀑布一样散在肩头,平添了一分知性和妩媚。她看上去过得不错,这么晚出现在徐家汇商圈,一定是有饭局或者约会。并且她还透露了自己在念研究生,前途肯定一片光明。

这么优秀的她,不该在这个时候再来找自己。宋逸淼犹豫了一下,没有回复,默默按了退出,手机界面回到了之前的程序。这时候系统提示附近有人开始用软件叫车了,他振作了一下精神,立刻投入到了这日复一日的接单抢单之中。

……

同一天的上午,简思思去了一家律所面试,位置在浦东的陆家嘴,距离她家有一定距离。早高峰的地铁很挤，到陆家嘴那站更是人满为患。她前一天没怎么睡好，顶着两个浓重的黑眼圈参加了面试。

面试结束后，照例不会当场宣布结果，要她回家等消息。

简思思自己感觉整个人都有些浑浑噩噩，发挥不算很好，也就没抱太大希望，权当是一次仿真模拟。

走出律所所在的办公楼，阳光直直地向她射来。陆家嘴这片因为是新区，规划得更加科学，建筑密度低。与充满了市井味道的市中心相比，这里更摩登现代，更有大城市的都市感。

宽阔的人行道上，她一边感受着陆家嘴金融区的快节奏，一边又忍不住掏出手机来看。已经数不清这是她今天第几次查看手机了。刚才面试的时候原本被要求关机，但是她生怕错过了电话，只是调到了静音模式。

然而手机上面的结果还是令人失望。除了一条银行的广告短信以外，既没有其他短信，也没有电话。她看着短信列表边走边发愣，犹豫着要不要再打一个电话过去。可是万一他在开车怎么办？或者他在接单子，还没顾得上回复？

她还是决定再等等。

-Chapter three-
当你老了
♥

当你老了，头发白了
睡意沉沉
当你老了，走不动了
炉火旁打盹儿，回忆青春
/ 莫文蔚·2015年春晚

35

一连过了几天，宋逸淼都没有联系简思思。她等得焦虑，索性给自己设了最后期限：两个星期，如果两个星期之内宋逸淼不打来，她就再打电话过去问。

结果简思思没等到两个星期，刚刚过了一个星期，她就忍不住了。

那天周一，下午简思思照例去社区的法律援助中心做志愿者。研一的时候她考取了法律职业资格证，恰逢学院里招聘志愿者，想着能学以致用，又可以帮助别人，她就报了名。每周来这里半天，主要工作是接待来访群众、解答法律问题，并帮助有经济困难的弱势群体代拟法律文书。

这天下午援助中心有点儿冷清，只有一位中年妇女前来咨询。她在咨询室门口徘徊了很久，简思思邀请她进来，可她进了门，考虑再三，最后还是道了句谢谢就离开了。

简思思百无聊赖地坐在咨询台前，想着些不着边际的事情，思绪不由自主又飘回了那天和宋逸森相遇时的场景。已经整整一个星期了，还是一点儿音讯都没有。

"思思啊，怎么整个下午都在发呆啊？"说话的是街道办公室的刘主任，她的办公室就在隔壁。简思思看她手里拿了个水杯，猜她应该是出来泡茶的。

"主任。"简思思打了声招呼，赶紧把思绪拽回来，"今天不是没人来咨询嘛，我闲得要发霉了。"

刘主任向窗外看了一眼，外面的雨滴滴答答地下了一天了，还没有要停的意思："天气不好，都不高兴出门。再说了，没有人来咨询不是好事吗？上你这儿的，不是矛盾，就是纠纷。现在我们倡导和谐社会，邻里之间和和睦睦的才好呢。"

"您说得对，没人也是好事。"简思思说着起身松了松筋骨，顺便给自己也倒了一杯水。然而回到座位上，她一口水没喝，又一手托腮陷入了沉思。

刘主任看她这反常的样子觉得有趣，忍不住问："思思啊，你今天不大对劲。怎么了？和男朋友吵架了？"

"没有。"简思思的脸唰地红了，"我还没男朋友呢……"

刘主任似乎有点儿吃惊："不会吧，你条件这么好，怎么可能没男朋友啊？是不是要求太高了？"

"我……"这个问题老生常谈了，简思思不知道已经回答过多少次，"就是缘分还没到吧。"

"别总缘分没到没到的,自己也得主动争取啊!我看你这样子就是整天宅在家里,不太出去玩的,接触面能广吗?"群众工作做多了,刘主任职业病又犯了,想了想索性提议道,"这样吧,我帮你留意留意,有好的男孩子我介绍给你!"

简思思的笑容尴尬地停留在脸上。

刘主任是好意,自己也不能拒绝得太直接。她磕巴着说:"谢谢……谢谢主任。我还在念书,也不着急。"

"什么不着急啊?你都读研究生了。行了,我心里有数了啊。"刘主任揽下新任务,走的时候情绪显得特别高涨,估计一回办公室就要物色人选去了。

她这一走,咨询室又变得空荡起来。简思思忍不住拿出手机翻了翻短信列表。刚刚主任说话的时候,她脑海中浮现出来的竟然还是宋逸森……没救了,她的审美,真是改不了了。

不过,他过得好吗?离开了学校,在他身上都发生了些什么呢?

幸好还有一个手机号码,否则茫茫人海,下一次相遇,不知道又要到什么时候。简思思实在觉得万幸。

这么想着,这些日子的顾虑也去了大半。看着那个十一位的电话号码,简思思点了下去。系统当即弹出一个显示:呼叫号码?她又按下了确定。

电话拨了出去,简思思有点儿紧张地将手机举到了耳边。隔了一会儿,贴着耳朵的电话里传出一个女声:对不起,您拨打的电话已停机。

简思思没有多想,马上又重拨了一遍,还是停机。她机敏地把电话号码复制了出来,试着到微信里添加。然而用户的搜索结果让她再次失望——该用户不存在。

至此,她惊恐地发现,自己再次和宋逸森失联了。

……

"阿亮，你那儿最近忙吗？"

"忙啊。不是刚过了双十一吗，快递都堆成山了。怎么？你有空？"

"有啊，明天过去？"

"没事的话下午就过来吧，正缺人呢！"

宋逸淼答应下来，刚想挂电话，又听见阿亮问："你不是去开滴滴了吗？还有空来送快递？"

"别提了，号被封了。"

"嗨，我就说那玩意儿不牢靠！行了行了，下午早点儿来吧。"

宋逸淼的回答言简意赅："知道。"

中午吃完午饭，宋逸淼出去了一趟。地铁下来之后，他在路边找了一辆摩拜单车，一路骑到了一个居民区。到了37栋5号楼，他缓缓停下了车。

今天天气不错，家家户户都晾着被子和洗过的衣物，只有楼上301这间外面空空如也。从他站的这个角度看过去，301室不仅阳台窗户紧闭，大白天竟然还拉着厚厚的窗帘。看不到有人居住的痕迹，让人感觉是空置的房间。

宋逸淼没有逗留太久，也就看了几眼，随后又骑着共享单车离开了。他对这个小区似乎很熟悉，自行车拐了几个弯，又停了下来。一幢不高的办公楼出现在眼前，装修现代简洁，门口竖着好几个牌子，其中一个是：华阳街道社区服务中心。

在手机上结束了行程，锁好了车子。宋逸淼进门直接踏上了通往二楼的楼梯。这时候楼道上正好有人下来，他下意识地往右边让了让，谁知道那人的脚步却在眼前停下了。

"宋逸淼？"

声音很熟悉，他抬起头来，发现正前方站着一个女人。她穿着白色的衬衣和黑色西装裤，看起来很职业，很符合她的气质。

宋逸淼迟疑了一下："真巧。"

"是啊！"简思思惊讶极了。自从两个星期之前她发现宋逸淼的手机已停机后，她想尽了各种办法找他，都没成功，没想到最后却在这个地方撞见了。

确认了对方是如假包换的宋逸淼，简思思立刻向下走了几级台阶，高跟鞋快速敲击着地面，发出空旷的嘚嘚声。

她问："你怎么在这里啊？对了，你手机怎么停机？没有接到我的短信吗……"

一串连珠炮似的发问，换来的却是宋逸淼的沉默。简思思这才发现自己似乎操之过急，尴尬地想要挽救："呃……不好意思，一下问太多了。"

这时候宋逸淼开口了："那个号不用了。"

"为什么啊，换号码了吗？"

"上个礼拜被客人投诉了，平台限制我接单子。我看也没生意可做了，索性把那个号码停了。"

上个礼拜……简思思一想，糟糕！上个礼拜为了打听宋逸淼的联系方式，她曾打电话去了滴滴公司。谁知道任她软磨硬泡，人家公司也不肯透露司机信息，说这是个人隐私。情急之下她谎称自己在车上丢失了贵重物品……该不会就是因为这个，害得宋逸淼被限制接单了吧？照理说不应该啊……

"那个事情……可能和我有关系……"她支支吾吾地说。

"哪个事情？"

"被投诉的事情。"

宋逸淼奇怪地看向她:"你投诉我了?"

"不不!"简思思赶紧摆手,"没有,我只是……只是想打听一下你的联系方式。你的电话停机了。不过,最后也没问到什么……"

"你打去滴滴公司了?"

"嗯……"简思思应得有些尴尬。

"那难怪了。"宋逸淼忽然一脸"原来如此"的表情。之前他一直不知道是怎么回事,现在终于明白了,"你问的是我的名字吧?"

"是啊,怎么啦?"难道他连名字都改了?

事情串到一起,宋逸淼总算知道怎么回事了:"登记人不是我。所以,你这么一问,估计就穿帮了。"

简思思大感意外:"啊?对不起,我没想到会弄成这样!"她想起来当时自己在手机上看过司机信息,姓氏和照片确实都不是宋逸淼的,但是她并不知道这会对他产生这么大的影响。

虽然是无心,但最终却导致了不好的结果,简思思感到万分歉疚:"真的对不起,那……那……你是不能开快车了吗?需不需要我和他们解释一下,也许……"

话说到一半,被宋逸淼打断了:"不用,本来也就是封几天。"他原本可以用另外一个账号继续做生意的,但是那个借给他身份的朋友也打算自己拉活儿,这下信用受到了影响,他觉得亏欠了朋友,索性把自己的号给朋友了。当然,这些事情他是不会说的,只是简单地对简思思解释,"快车生意最近也不好做,干脆不做了。找找别的出路。"

简思思一时不知道该说什么好,表情内疚得像是做了件伤天害理的事情。

"那……那工作你找到了吗?"

宋逸淼抬头看了她一眼，耸耸肩："先打打零工呗，我都不着急，你着急什么？"

简思思不知道他口中的"零工"具体指的是什么，但肯定不是坐在写字楼里穿西装打领带的工作。而且宋逸淼越是表现得无所谓，她越觉得他这样是故意而为。

"我知道了，我会帮你留意的。"简思思说着，从手提包里抽了手机出来，"你的电话号码告诉我一下。"

宋逸淼没说话。

简思思抬头看他："怎么了？电话都不能留一个了，好歹也是……"

"1359786××××。"

简思思迅速在手机上摁下了数字拨了过去。宋逸淼感到裤腿一阵泛麻，可是刚把手机从口袋里面拿出来，手机又不振了。

宋逸淼望向简思思："还怕我骗你啊？"

"不是。"简思思收了手机，义正词严地回答，"这是我的号码，你知道一下。"

36

简思思对之前参加的面试感觉不太好，不过大概是受到了幸运女神的眷顾，最后还是被律所录取了。

电话打来的时候，她正在学校举办的招聘会上闲逛。当然，这一趟去不是为了她自己。周遭的环境有些嘈杂，她一开始并没听出是律所打来的电话。直到最后，对方告知她前往报到的时间，她才意识到自己是被录取了。

下午回到学校,简思思和邓倩说起这事的时候,似乎还觉得有点儿不可置信。

"其实之前我也有点儿犹豫,没想清楚以后是不是真的要做这行。不过自从去社区做了志愿者,我发现我们的存在可以帮到不少人,还是有意义的。"

"你啊,早就该想清楚了,考研之前干什么去了?"邓倩是简思思研究生的同学,和她师从同一个导师,性格豪爽,说话比较直接,"哦,对了,我忘了,你没考,是保送的。那你更应该想想清楚啦,否则岂不是占着茅坑不拉屎?!"

"你这什么破比喻啊?"简思思被她的说法雷到了,"再说三年之后出去转行的肯定不止一个两个,你没看到好些人都在准备考注册会计师吗?"

邓倩当年是一门心思想学法律,规规矩矩参加统考,面试上的研究生。她从小的梦想就是做律师,这么多年从未动摇过:"他们那些人啊,就是吃着碗里的看着锅里的。这样三心二意,到头来什么都做不好,你可别学他们。"

这句话简思思倒是同意:"你放心吧,我已经准备接受那个 offer 了。年后就要去实习了。"

邓倩点点头,一脸"这还差不多"的表情,顺势端起了桌上的摩卡喝了一口,又觉得哪里不对劲:"你这消息是今天早上刚知道的吧,怎么有的先见之明,前天就约了我?"

邓倩对自己有十分清晰的职业规划,从研二一开学起,就已经找到了实习的律所。所以现在两人要见一次也不容易。

"这个啊……"简思思被她一问,有点儿不好意思了,她约邓倩过来为的当然不是这事，"其实啊倩倩，我有个事情想问问你。"

简思思这人平时最怕麻烦别人，从不开口求人，邓倩就欣赏她这点。难得她大老远的跑来学校和她见面，恐怕是真遇到了什么棘手的事情。

"咱们都这么熟了，有事情你尽管开口就是了。"

简思思斟酌了一下，有些拘谨地说："倩倩，之前听你说过你爸爸是保安公司的，他们公司常常需要招人，是吧？"

"是啊，你有介绍吗？"

"我有一个朋友，人很聪明，就是……学历不高，能去吗？"外头的招聘会她去了两次，基本上所有的工作都要求本科学历。

邓倩问："不高是有多不高？"

"大学可能没毕业……"这是简思思根据宋逸淼现在的状况做出的推测。假如他当年顺利毕业，一个大学本科生，英语又不错，怎么样都不至于找不到一份像样的工作。

"高中学历总有吧？"

简思思急忙点头："高中毕业了。"

"那行啊。"邓倩很爽快，"我爸他们公司常年招人的，押运银行运钞车，每天跟车跑跑，也不累。如果会开车的话，工资还能高点儿。"

简思思一听，会开车这条宋逸淼正好符合，眼睛都跟着亮起来："我朋友开车开得不错。他们的招聘信息一般都挂哪里？我让朋友试试去。"

"别麻烦了。"简思思难得求她办个事，这朋友的关系一定非比寻常，她直接给了简思思一条捷径，"回头你让朋友发个简历给我，我帮他搞定。男的对吧？"

简思思不好意思地点了点头，转而又高兴得差点儿从沙发上跳起来："太谢谢你了，倩倩，你可帮了大忙了！"

下午和邓倩道别后，简思思在路上就忍不住拨通了宋逸淼的电话。电话响了很久，才被接起来："喂？"

简思思正想告诉他这个好消息，这时候电话里却传出来一阵敲门声，特别响，把她的话都给堵了回去。

"你……现在方便说话吗？"一阵开门关门的声音过后，电话那头终于安静下来，简思思这时候才意识到自己的冒失。

"你说。"

"我朋友这里有个工作机会，我觉得挺适合你的，你看是不是方便给我一份简历？我发过去试试。"虽然有邓倩这层关系，应聘上的把握极大，但简思思也不敢把话说得太满。

那头的宋逸淼一听是这事，似乎有点儿惊讶："简历？"

"哦，就是个很简单的履历表就行了。"简思思解释，"是银行押运司机的工作，工资每个月 6000 左右，也不会太辛苦……"

简思思还没说完，就听到宋逸淼干脆地回道："我没有简历。"

"……"虽然感到很意外，但是意识到他可能之前都没有找过什么正经工作，简思思又觉得有些心酸，"这样啊，好的，那我知道了。"

"嗯。没事我挂了。"

"哎哎哎！"简思思赶忙叫住他，"刚刚听到有快递的声音，是不是双十一太放飞自我了？"

明知道男人的购物欲没女人那么强烈，简思思只是想开个玩笑，缓和一下气氛而已。谁知道那头的宋逸淼却说："哦，是啊，我在送快递。双十一之后货很多，先这样吧，我去忙了。"她还没反应过来，宋逸淼就"啪"的一声挂断了电话。

致 宋先生

简思思消化了很久才明白过来,告别了滴滴,他居然干起了送快递的工作。不是她看不起快递这个职业,只是她无论如何都无法将这个工作和曾经那个意气风发的宋逸淼联系在一起。这一切的一切,都实在让人感到太意外了。

宋逸淼没有提供简历,但是简思思不甘心放弃这么好的机会,索性自己动手帮他做了一份,并通过电子邮件发给了邓倩。

几天之后,保安公司给宋逸淼去了电话,通知他初审合格了。

宋逸淼有些意外,但同时心里也很清楚是谁在帮他。即便自己从没给过她好脸色看,但是依然这么执着、这么坚定帮助自己的人,这个世上也只有她一个了。

晚上送完了最后一车快递,回到快递站的宋逸淼发现自己是今天工作到最晚的一个。阿亮和他对完了单子,忍不住夸他:"到底是大学生,每次和你对单据都最省事。记得清清楚楚、明明白白,不像有些白痴,一天送完货回来,干了几票都搞不清楚。"

宋逸淼又清点了一遍手里的底单,确认无误后交给了阿亮:"别提什么大学了,我又没毕业。"

阿亮接过那一沓单子,和其他的别到一起:"念过和没念过也差很多啊!"

宋逸淼摇摇头:"那你呢,也没念过大学,现在还是我老板呢。"

"我这算什么老板,就赚点儿辛苦钱。"阿亮苦笑,"再说了,我当年也是误入歧途,要不是出了那档子事情,说不定我现在也是大学生了。"

说起当年,两个人似乎都回忆起了什么,情绪显得有些低落。宋逸淼也没再说什么,安慰似的拍了拍阿亮的肩膀,正准备收工回家,这时候阿亮忽然在身后问:"这个月完了,下个月还有双十二,要不要留下来帮我?"

宋逸淼的脚步停下来。

"快递这东西虽然没什么技术含量,但是好歹也能混口饭吃,总比你到处打零工强。"

宋逸淼总算转过身来,脑海里又想到了那份银行押运司机的工作,没有一口答应下来:"到时候再说吧。"

新的一个星期来到了,简思思照例到社区报到。自从那次和宋逸淼在此偶遇后,她每次到这里做志愿者就多了一分期待。只可惜,直到现在都没有如愿以偿。不过今天,她倒是又碰见了之前那个在门口徘徊、犹豫不决的中年妇人。

考虑到她可能有什么难言之隐,简思思把她请到咨询室里,再三保证她们之间的对话一定会严格保密,那个妇人这才终于坐了下来:"简小姐……"

"不用这么客气阿姨,您叫我思思就行了。我是法律系研二在读的学生,有什么情况你都可以告诉我,我会尽最大努力提供建议和帮助。"

见这位阿姨还是显得有些拘谨,简思思给她倒了杯热茶,又故意岔开话题,与她闲聊了一会儿家常。

这一招果然奏效,阿姨说着说着,话匣子就打开了,心理防线也慢慢放了下来:"思思啊,阿姨问你,如果老公打老婆的话,算不算犯法?"

这个问题很关键,一下让简思思找到了她之前犹豫和退缩的原因。

"阿姨,我们国家的《反家庭暴力法》已经从2016年3月1日起正式施行了。在第五章第三十三条中明确规定:加害人实施家庭暴力,构成违反治安管理行为的,依法给予治安管理处罚。构成犯罪的,要依法追究刑事责任。"

"好好好……"妇人听着听着,眼眶忽然有点儿湿润了,拉着简思思的手求助道,"思思啊,你要帮帮我,帮帮我啊!"

"好的,阿姨,你慢慢说。"

简思思认真聆听着对方的倾诉,真真切切感受到了法务工作者的重要性和自己将要肩负的责任。

37

宋逸淼应聘押运司机的事情终于有了结果。按照保安公司招聘的内部流程:第一步是初审,审核应聘者的年龄和学历等等信息,宋逸淼通过了。而第二步,则是背景审核。

为了这第二步的审核,邓倩特意又打了个电话给简思思。

"思思啊,你的那个朋友,到底是什么人?"电话里面,邓倩的语气听起来有些焦急。

简思思有些不太好的预感:"以前也是咱们学校的……怎么了,有什么问题吗?"

"有什么问题?问题大了。你说他是我们学校的,是你的同学?不可能啊……"邓倩似乎对她的回答很怀疑。

"到底出什么事情了?"

"他的背景审核没通过。"邓倩的语速很快,语气也不算太好,"招聘银行押运员的条件有一条是无劣迹,无违法犯罪前科。你那个朋友有案底,你知道吗?"

"什么?!"邓倩的话令简思思大为吃惊,"什么案底?"

"具体是什么我也不知道,总之犯过事。"别人的事情邓倩原本不想插手,但这次确实让她感觉有些蹊跷,再说简思思是她朋友,她不得不给她提个醒,"这个宋逸淼到底是谁啊?你是不是被他给骗了?"

"我……我也不知道怎么回事。他没骗我,他……我……"简思思一时间心乱如麻,话都说不成整句了。原以为宋逸淼只是没完成学业,没想到居然出了这么大的事情。这短短一年多的时间里,究竟发生了什么?

"对不起,倩倩,给你添麻烦了。"

"我倒是不麻烦,我就怕你遇人不淑!"

"我……我现在心里也很乱,等我问清楚再说吧。"

"行,不过你可小心点儿,那种人不好惹的。"邓倩过去也接触过不少服刑人员,一帮一结对子,有一部分真的是品行恶劣。

"他……他不是那种人。"到这时候了,简思思还忍不住帮宋逸淼说话,"总之你放心,我会调查清楚的。"

这口气邓倩听得出来,自己是劝不动她了,于是长长地叹了口气,准备挂电话,这时候简思思又叫住了她:"对了,倩倩,能不能最后再帮我个忙?"

第二天,北方一股强冷空气南下,上海气温骤降。

简思思早上走得急,根本没顾得上查看天气预报,里面是薄薄的针织衫,外面穿了一件黑色的呢外套,连围巾都没戴。然而她一心想着要见宋逸淼,走到室外居然也没觉得冷。

宋逸淼的地址是邓倩给的,她用手机地图查好了路线,地铁站下来又换了一辆公交车。今天是周末,天气又冷,大多数人都选择在家享受假期,早高峰的路上倒也顺畅。

从公交车下来,周围都是居民区。路边有不少商贩沿街叫卖,甚至还有摆地摊卖菜的,把人行道上搞得脏乱不堪,有点城乡接合部的味道。没走五分钟,一个小区门牌映入眼帘。字都有些褪色了,幸好还能认得出来。

这是一个建于20世纪90年代中期的新村，当年安置了大量从市中心拆迁的动迁户。不过现在这里本地人也不多了，不少业主后来又把房子给租了出去，所以人口结构有点儿复杂。

按照门牌号，简思思很快就找到了宋逸淼家那幢。上了五楼，一梯有四户，因为门上都没有门牌号，她不知道哪家是503，只好拿手机出来拨通了宋逸淼的电话。可是电话拨了出去，她却被告知已关机。没办法，她只好在中间两户人家随机选了一家，敲门碰碰运气。

"谁啊？"

听到声音的时候，简思思就知道这人不是宋逸淼，然而她也不确定他是不是还和其他人一起住在这里，只好耐着性子道："您好，请开一下门。"

脚步声走近了，门从里面打开，只见一个穿着棉质睡衣的男人站在防盗门后面。

"找谁啊？"他问。

开门的刹那所有一股很浓的烟味从里面涌出，简思思被呛得咳了几声："咳咳咳……不好意思，请问这里有没有一个叫宋逸淼的人？"

睡衣男人上上下下打量了简思思一番："宋逸淼？"

简思思被他看得有点儿不舒服，正准备告辞，却听那男人忽然朝房间里面喊："喂，这里有没有一个叫宋逸淼的？"

他身后的房间里很吵闹，从简思思仅能看到的来推测，这里似乎是个私人开设的棋牌室。

"哦，小宋啊！"

"谁啊？你认识？"

"你不是姓宋吗？"

"你妈才姓宋！"

"和了！哈哈哈哈哈……"

……

突然，房间里一阵笑声一阵骂声此起彼伏，没人再关注刚刚的问题。

此时，睡衣男人又把注意力移回到简思思身上。她的拘束紧张，他全都看在眼里。

"里面人多，我也不知道有没有宋什么淼的。"他索性开了铁门走到外面，饶有兴致地看着她，"要不，你自己去找找？"

简思思已经感觉不太对劲了，立刻说不用了。谁知道她刚转身走了一步，那个睡衣男人就伸手抓住了她。

"小姑娘，你不是要找人吗？进来看看啊。"

"不，不！你放开我。"简思思奋力挣脱，可是这力道却完全不能和对方抗衡。她意识到了危险，不顾形象地大叫起来，"救命啊！来人啊！救命！救救我！"

对方的力气越来越大，眼看就要把手无缚鸡之力的简思思拖进房里。

千钧一发之际，忽然"咔哒"一声，隔壁房间的门锁发出了被人打开的声音。紧接着，一个熟悉的身影从里面走了出来。

看见宋逸淼的一瞬间，简思思赶紧求助："宋……宋逸淼，救我！"

她几乎还没有说完，就看见宋逸淼一个箭步冲了过来，一把从睡衣男人手中揽过了她。

"放开她！"宋逸淼几乎咆哮着说道。

简思思紧紧攥住了宋逸淼的衣服，整个人不受控制地颤抖。宋逸淼看她这样，怒意更浓，忍不住一把抓过睡衣男人的衣领，质问道："你TMD不想活了？！敢动她一下试试看？！"

睡衣男人也是欺软怕硬的主儿，一下就怂了，立刻扯开嗓子搬救兵：

"打人了,三哥,快出来啊,有人要打我!"

"谁啊?"

简思思知道房里还有睡衣男人的同伙,一看这架势,马上把宋逸淼拉开:"算了,算了,我也没什么事。咱们走吧。"

宋逸淼的气一时半会儿还没消,站着没动。然而眼看里屋的人吵吵嚷嚷的就要出来了,他们人多势众,简思思心里明白,就凭自己和宋逸淼两个绝对不是对手。

"好汉不吃眼前亏。"简思思低声劝了宋逸淼一句,随后又转向了睡衣男人,"是我有错在先。敲错门了,抱歉。行了,行了,大家都消消气。"

这时候里屋打牌的人也三三两两走出来了,人还真是不少,纷纷打听出了什么事。睡衣男人自己也没安什么好心,心里有鬼,又见简思思态度还算好,便摆了摆手:"没事儿,你们玩你们的吧。误会,就是误会而已。"

"是是是,误会了。"简思思赔笑着,一边说,一边赶紧把宋逸淼拉进了房间。

房门一关,她这才松了口气。

"你怎么会在这儿?"

过门都是客这一说在宋逸淼这儿显然不成立。简思思才刚刚喘了口气,连坐都没让坐,就立刻又迎来了宋逸淼的问话。

"我……我来找你。"

"什么事不能电话说?"

"你关机了。"

宋逸淼按开了手机屏幕看了一眼:"现在才八点半,不能等我开机再说?"

简思思不想再和他打哑谜了,直接走到了他跟前,双眼直勾勾地看着他:"因为我等不及了,我有话想问你。"

宋逸森不着痕迹地避开了她的目光:"如果是找工作的事情,结果我已经知道了。"

"你知道?"简思思继续看着他,"那你……"

"以后不用再费心帮我找工作了。我有案底,又只有高中学历,没几个公司会要我。"

事实这么直白地从宋逸森口中说出来,简思思觉得既心疼又无奈:"到底发生了什么事情?你知道吗,刚刚你救我的时候,我感觉像是回到了那次在美国……"

"以前的事情我不想提了。"宋逸森打断了她的话,转身进了房间。

简思思跟了过去:"好!你不想提以前,不提了!那以后呢?以后你有什么打算呢?"

宋逸森懒懒地躺在床上:"没打算。走一步看一步。"

简思思看他这副不思进取的样子,忽然有些光火。自己做了这么多是希望他能振作起来,而不是这样听天由命:"你不要这样,宋逸森!"

"工作是你要帮我找的,我没求你。"

"……"

"还有,我要怎么活是我的事,你干吗这么着急上火?管得是不是也太宽了一点儿?"

外面天渐渐亮了起来,室内没有开灯,房间里还拉着窗帘。宋逸森待在这样的环境里,说出这样的话,只能让简思思想起两个字——颓废。也许她是没有权利对他现在的生活说三道四,但是看着这样的宋逸森,她实在做不到撒手不管。

"这只是你现在的想法。"简思思强压着火气,她说服自己不管怎么样也要给宋逸淼一点儿时间,"过一段时间,也许你就不这么想了。我先走了,以后再联系。"

看到她要走,宋逸淼终于起来。然而走到了门边,他不是和她道别,而是有点儿冷漠地说:"以后你别来这里了。"

简思思疑惑地抬头看他:"为什么?"

"不为什么。"

"我……"

简思思正要说什么,这时候门却忽然被人叩响了——"咚咚咚"。

"三水哥,开门!"

一个女人的声音从门外传来。

简思思看了宋逸淼一眼,下意识地往旁边让了一下,宋逸淼伸出手臂,隔着她开了门。

"三水哥,你起来啦?"

"嗯。"

进来的女人年纪挺小的,可能才二十,大冬天的还穿了条很短的裙子,下面一双及膝长靴,打扮得很时髦。

女人熟门熟路地走了进来,因为室内很暗,她到里面才发现简思思的存在。

"哟,吓了我一跳!怎么还有人?"

宋逸淼顺势把门拉开,简思思知道他是在下逐客令。然而不知道为什么,看着这个突然出现的女人,她的腿好像灌了铅一样,怎么也迈不动了。

这一刻,感觉从未如此强烈。简思思再也无法否认——原来,自己还在意他。

"看到了吧?"然而宋逸淼居高临下地看着她,口气冷漠得让人心寒,

"还需要我说原因吗？"

简思思只觉得有东西在眼睛里打转，一句话也说不出来。

后来发生了什么，记忆都模糊了，她甚至都不知道自己是怎么回家的。只有一句话，直到现在她还记得——

"我和你是两个世界的人，就各自在自己的世界里好好活着吧，别再来这里了。"这是宋逸淼那天说的最后一句话。

38

"思思啊，你最近是不是有心事啊？"

"没有啊……吕阿姨。"

"别瞒阿姨了，我都活了这么大把年纪了，会看不出来吗？有什么事情和阿姨说说，你帮了阿姨那么多忙，阿姨也可以帮帮你啊。"

自从与简思思畅谈之后，那位遭受家庭暴力困扰的妇人就经常来找她。简思思向吕慧莲普及了不少法律知识，吕慧莲听了也表示会认真考虑采取进一步的法律手段，来保护自己的人身安全。

当然，除了正儿八经的咨询以外，她们也会聊别的。最近一段日子，只要简思思这里没有其他咨询者，她都会过来和她聊天。受到求助人如此信任，简思思觉得也算是对自己工作的肯定。而且这个吕阿姨和她的母亲年纪相仿，很有亲切感，她也很愿意和她聊天。

"我听说，刘主任给你介绍男朋友了，你们见面了吗？"

"啊……那个啊……"说起这事，简思思还觉得很内疚。刘主任特别热心地给她物色对象，本来去见见面也无妨的，可是后来出了宋逸淼的事情，她实在没有心思去见其他男人了，只好以实习太忙为借口，推辞了，"没呢，和刘主任打了招呼，最近可能都没空，事务所事情太多了，走不开。"

吕慧莲看着她笑："是不是已经有喜欢的男孩子啦？"

简思思紧张了一下，说话结巴了："没、没有啊……"

"还说没有。你这姑娘，根本不会说谎。你喜欢的男孩子，有福气了。"

喜欢的人……想到这个，简思思忍不住苦笑。她可能是这个世界上最最迟钝的人吧，隔了两年才真正搞清楚自己的心意。当初她以为深爱宋逸森的陆宜嘉，上个月已经和男友订婚了。她那时候脑筋是多么糊涂，才会放弃和宋逸森在一起的机会。如果当时她接受他的话，如今可能一切都会变得不一样了吧。

看着对面的简思思陷入了沉思，吕慧莲也不禁感叹："哎，其实我儿子也是很优秀的。可惜了……不然的话，我早就把儿子介绍给你了。"

简思思回过神来，对吕慧莲感谢地笑了笑："您儿子还没结婚吗？"

"没啊，也是因为我，吃了不少苦了……"

简思思看过太多有关于家庭暴力的案例，孩子在这样的环境下成长，势必会受到很大的影响。吕慧莲这么说，她一点儿都不觉得奇怪。

家家有本难念的经，面对情绪低落下去的吕慧莲，简思思没有再追问，只柔声安慰她道："都过去了阿姨，一切都会好起来的。"

下午的志愿者活动结束时，简思思接到了一个电话。

电话是沈毅打来的："思思啊，上次你托我找的人，找到了。"

"真的吗？"简思思正在收拾东西，一听是这事，激动得差点儿把一摞资料掉到了地上，"那个钱老师？他人在上海吗？"

"对，钱洛群。在上海，他现在在浦东一家教育机构做市场经理，我已经和他联系过了。"

"太好了！"得到对方肯定的答复，简思思内心又澎湃了起来，迫不及待地又问,"那他知道那件事吗?"

"我问了。他说电话里说不清,想约你见面谈,你有空吗?有空的话……"

"有空!"简思思一口答应下来,"你把他电话给我,我直接和他联系吧!"

"那也行,你记一下。"

……

心里一直有个疑惑没解开,简思思当天晚上就约了钱洛群见面。他是过去宋逸淼班上的辅导员,宋逸淼那个班是他第一批也是最后一批学生,因为辅导员的工作他只做了一届。之后他辞了职,离开了大学系统,应聘去了企业工作。

自从那次去了宋逸淼家之后,简思思便四处和人打听当年发生的事情。王曼为了帮她,甚至还去联系了分手已经大半年的侯子江。

侯子江现在自己开了一间舞蹈教室,教学营运一肩挑,忙得连轴转,好不容易才得空和她见了一面。可是一说到宋逸淼,他也是一肚子的问号。当年那么好的兄弟,说失联就失联了,毕了业以后居然连面都没见过一次。

简思思又从侯子江那里问到了辅导员的名字,可是那辅导员离开大学很久了,手机号码都换了,侯子江也没有其他联系方式。简思思这才想到了要沈毅帮忙,所幸最后终于联系上了他。

坐下一聊,简思思就知道找对人了。钱洛群知道她是为了宋逸淼而来,提到这个名字简直是一口一叹,痛心疾首。简思思到这时候,才终于知道当年发生了什么——

原来,宋逸淼来自于一个再婚家庭。亲生父亲多年前因病去世,后来母亲带着当时才十岁的他嫁给了现在的继父。继父也曾有过一段婚姻,没有子女，当时他下海经商，妻子耐不住寂寞跟人跑了。他果断离婚，又在生意上下了一番力气，后来越做越好，赚了不少钱。宋逸淼的妈妈进门后，也辞了工作，在家做全职主妇。

因为继父的关系，宋逸淼和母亲过上了一段比较富足的日子。这也是为什么，读大学的时候简思思总觉得宋逸淼家里条件不错。那时候，他家确实不错。他念中外合作的专业，去美国留学，这些钱也都是继父给的。

不过这个继父虽然在花钱方面没有给娘俩太多限制，脾气却一直不好，稍有不顺心，就在家里砸东西、骂人。宋逸淼虽然从小住校，不太回家，但是也见过几次。一开始，考虑到母亲这层关系，他选择了忍。没想到，一再的忍让却成了之后引发灾难的重大隐患。

再后来，继父做的服装生意渐渐走下坡路。新兴的网络购物风潮像龙卷风一样迅速席卷大江南北，不断挤压着实体服装店的份额。继父不懂得变通，对年轻人的潮流又不敏感，最终输得一败涂地。

继父最失意的时候，也是宋逸淼在美国念书的时候。当时宋母为了不影响他的学业，并没有告诉他继父生意失败的真相。得知宋逸淼要去留学，也还是全力支持，并东拼西凑地筹足了半年的费用。

不过，那时候的宋逸淼也不是完全没有感觉，过去常常没事就去度个假，对金钱几乎没概念的母亲，竟然也开始关注起他每月生活费需要多少这种"小事"来了。宋逸淼知道，家里的经济状况出现问题了。

而紧跟而来的，还有继父的抱怨。这个从云端落到地上的男人，没有去寻找自己生意失败的原因，反而还怪罪他们母子俩。怪他们平时花钱大手大脚，怪他们在最需要用钱的时候，拿钱去国外"逍遥"——在他看来，一切出国的目的都是吃喝玩乐。即便宋逸淼是正儿八经的念书，也不值得花这笔"冤枉钱"。

再后来,无休止的抱怨变成了争吵,争吵又变成了拳脚相加。瘦弱的女子,整天提心吊胆地生活着,最害怕见到的人居然是她至亲的人。丈夫最终变成了魔鬼,甚至抵押了房子去澳门放手一搏,落了个满盘皆输。

公司、房子全都没了,他终于消停了,但心里那股浓浓的怨气还需要发泄,于是,妻子成了他最后的发泄工具。

宋母默默承受着一切,她不敢向儿子求助,更不敢把家丑外扬。一方面是她不希望儿子卷入自己的不幸,而另外一方面却是她始终还对丈夫抱有感恩和希望。虽然是再婚,一起也生活了十多年,养条狗都有感情,何况是人。每次打完,他都保证没有下一次,可是到了下一次,之前的保证又都成了空。

这样日复一日地生活着,压抑、恐惧慢慢让原来颇有风韵的她变得苍老不堪。她以为自己牢牢保守着秘密,殊不知别人早已从她的脸上看出了端倪。终于,儿子回国了。

宋逸淼比外人更加敏锐地发现了自己家里发生的变化:老去的母亲,暴躁的继父,以及他们委身的小房子……似乎一切的一切都警示着他,自己小小的家庭正在经历重大的变故。

钱没了,可以再赚;房子没了,可以再买;公司没了,也可以东山再起,只有一件事情作为儿子的宋逸淼是不能忍受的——那就是母亲遭受的殴打。不是没有和继父坐下来谈过,只是每次谈完,母亲面对他的询问,却总是漫长的沉默。

最后一次,宋逸淼终于忍无可忍。如果说,之前的暴力场景他都没有亲眼所见,再加上母亲的一再恳请,他还能勉强忍受,那么这一次,继父在他眼皮子底下出言不逊和殴打母亲的行为,已经大大超过了他的底线。

要么不出手,一出手宋逸淼肯定是铆足了劲的。木质的靠背椅子结结实实地砸到继父身上,又是一顿胖揍,最终打断了继父两根肋骨,小腿粉碎性骨折,也把即将大四毕业、有着大好前程的他送进了监狱。

很快,一纸判决下来。因犯故意伤害罪,宋逸淼被判处一年有期徒刑。

自此,宋逸淼的人生轨迹从原来的方向,偏向了未知的远方。

39

"三水哥,考虑得怎么样了?"

又一天辛苦的工作完成,宋逸淼骑着电动三轮回到快递站,双手已经被冻得通红。一进门,阿亮就看到了他。每天已经成了习惯,宋逸淼总是最后进快递站的人,连阿亮这个老板也要等他到了才能回家。

"什么?"宋逸淼脱下手套,搓了搓有些失去知觉的手指。

阿亮皱了皱眉头,大概是怪他没把自己的话当回事:"就是留下和我一起干啊。之前你不是还没想好嘛,现在有决定了吗?"

"那事啊……"宋逸淼想起来了。

"怎么,不愿意啊?"

"不是,就是……"宋逸淼顿了顿,想到了之前发生的一些小插曲,似乎不晓得怎么说才好,"怕影响你生意。"

"影响什么啊?"阿亮没明白过来。

这时候坐在阿亮对面的女孩儿倒是想起了什么,她大声说道:"啊,我知道了!你怕那个女的再来找你是吧?"

阿亮向女孩子看过去,疑惑地问:"哪个女的?"

女孩子笑得有点儿神秘兮兮。她没理阿亮的问题,反而对着宋逸淼说:"你做了什么对不起人家的事了,躲得这么辛苦?上次在你家里,也是她吧?"

宋逸淼低着头不知道想了些什么,但是也没否认晓璐说的话。

阿亮看他们这样子,好奇心都快从嘴里溢出来了:"晓璐,到底是谁啊?哪个女人啊?你也见过?"

晓璐总算回过头来:"就上次啊,你不是让我去他家拿单子嘛,正好碰到了一个女人也在他家里。结果三水哥说了什么……"她故意学着宋逸淼当时的口吻说道,"你和我不是一个世界的人,别再来找我了……"

晓璐模仿得有模有样的,看得阿亮忍不住咯咯笑了起来:"什么玩意儿啊?这么酸溜溜的!"

宋逸淼被他们这一闹面上也有点儿挂不住了,黑着脸把单子往桌子上一搁:"差不多行了啊。我先走了,不打扰你俩约会了。"

阿亮觉得有意思了,立刻伸手拦住他:"我俩什么时候不能约会啊?现在说的是你的事。"

"我没事。"

"你有。"

"说了没有。"

晓璐又不知道从哪里跳了出来,仰着头看了他一会儿,贼兮兮地问:"那你脸红什么啊三水哥?"

宋逸淼决定不再和他们啰唆,转身就走:"明天还要干活,回去了。"

大概已经习惯了他用逃避掩饰尴尬的方式,身后的阿亮和晓璐对视了一眼,不约而同地露出了微笑。

元旦过后,简思思正式去律师事务所报到,开始了实习生涯。事务所规定了每周的工作时间,和志愿者活动的时间正好冲突了,她不得以暂时停止了志愿活动。

这天，她正忙着整理卷宗材料，突然收到了一个微信，是吕慧莲发来的——思思，工作辛苦了。阿姨已经决定起诉离婚，感谢你之前的帮助。

短短两句话，却有千斤重。

在之前的聊天过程中，对于"离婚"这两个字，简思思感觉得到阿姨还是有所顾忌的。这里面的原因可能很复杂，也许是对丈夫还有留恋，也许是因为害怕旁人说三道四……总而言之，从她的言语间还是流露出了很多并不想离婚的讯号。不过这样的婚姻其实是名存实亡罢了，对于两个当事人而言既然感情已经没了，在一起也不过是相互折磨、相互忍受。

简思思很高兴吕慧莲最终想明白了这个道理。她给她回复了一条信息，赞赏她的勇气，同时劝慰她离了婚，也许对于双方来说都是一种解脱。日子一定会一天比一天好的！

这天晚上，简思思准时下了班。在公司附近的麦当劳解决了晚饭后，她决定回街道办公室看看。当时她是临时才被事务所通知上班时间的，导致很多计划都被打乱了。急匆匆和新招募的志愿者做了交接后，就来到了事务所上班，算起来，她都没有正式向刘主任他们道过别。

一路上，简思思回想起这大半年以来的志愿者生涯，感慨万千。离开了这个岗位才发现自己做得太少太少了。虽然接触了不少咨询者，但是真正能帮助到他们的还是少数。

而这其中，吕阿姨这个案例，也是令简思思印象最深刻的案例。不仅因为在她身上发生的事情极具代表性，更因为通过自己的努力，阿姨终于迈出了起诉离婚这至关重要的一步，终于有了拿起法律武器来保护自己的意识。

买了蛋糕和饮料故地重游的简思思受到了刘主任他们的热情招待，颇有些出嫁女儿回娘家的感觉。几个街道工作人员都很喜欢简思思这个文静、懂事的姑娘，纷纷表示欢迎她随时回来看看。

简思思和他们闲聊了一会儿家常，刚准备跟刘主任聊聊吕阿姨家的事情。这时候刘主任忽然接到了一个电话，接通后刚说了几句，她便伸手示意让简思思继续坐。可能是因为大家聊天的声音有点儿吵，刘主任又拿着手机走到隔壁的会议室去了。

等她回来，简思思又迫不及待地打听起了吕阿姨的事情。刘主任的表情有些惊讶，好像碰到了什么稀奇事似的："巧了，刚刚就是她儿子打来的。我还正想和你说呢。"

"怎么了？"

"他儿子啊，一直在找我们做工作，现在知道他妈妈终于想通了，不知道多感谢。"刘主任把功劳都归到简思思身上，"我和他说了，要谢就来谢你。"

大家的努力，怎么能成了她一个人的功劳。简思思忙摆手："怎么能都谢我呀？我就和吕阿姨聊聊天而已，后面起诉的事情还不都是你们在帮忙。"

旁边有其他工作人员也表示同意刘主任说的："你这聊天作用可大了。你不知道啊，吕阿姨家以前很有钱的，现在落到这个田地，估计心里也不好受。以前我们上门找她，她连门都不开，别说聊天了。"

刘主任听了也不由得感叹："是啊，大概是她和你有缘，你的话，她很听得进去。她啊，犟脾气，连她儿子都劝不动。"

"她儿子现在怎么样了？"简思思还记得上次吕阿姨提起儿子时候的情形，眼神里既自豪又惋惜，似乎有着不为人知的故事。

"哎……可惜了。"刘主任叹了一句，"好好的一个小伙子，大学都快毕业了。为他妈妈出头打了他继父一顿，最后书都没的念，判了一年。"

刘主任简短的叙述，掀起了简思思内心的波澜。这个故事听起来实在太耳熟了！可是这个世界上真有这么巧合的事情吗？

"刘主任……"简思思小心翼翼又郑重其事地问出了下面这句话，"吕阿姨的儿子，是不是姓宋？"

刘主任很惊讶地看着她："你怎么知道啊？"

"他的名字是不是叫宋逸淼？"

"是啊。"刘主任不假思索道，转而又更加吃惊，"你认识他吗？思思，你没事吧，看起来怎么脸色这么差啊？"

简思思脚下一软，亏得用手撑住身边的桌子才不至于倒下。她嘴里说着没事，内心却已经泛起了惊涛骇浪。所有的人和事像一块块拼图一样在脑海中拼接起来，时至今日，她才发现自己一直掌握着完整的拼图，却没能把他们及时拼到一起。真相原来离她那么近，只要再多问一句，再多一句，她就能伸手触摸到一切。

也许是冥冥中注定，她和宋逸淼不管走向了何种人生轨迹，最终都会交汇到一起。

晚上回到了家，洗完澡，又做了所有的家务，简思思一身疲惫地躺倒在床上，却睡意全无。其实自从知道了宋逸淼为什么会坐牢以后，这些日子她一直想再找他谈一谈。可是宋逸淼有意躲着她——和自己当初用的方式一模一样，她就算天天堵在他家门口，他要是不想谈，那也是白费工夫。

时间久了，她的执念也就没那么深了。

也许是想起了宋逸淼的那番话。他们生活在不同的世界里，好好过自己的日子吧。

可要是各自为安也就罢了。宋逸淼是不是就心甘情愿一辈子做一个快递员了？而她自己，仅仅只是知道了他所经历的那些事情，都感觉无法好好过日子了。

矛盾、不安……

每当她刚刚说服自己放下,体内又会冒出躁动的因子。而今天的事情,恰好给内心挣扎的她指明了一个方向。

就算命运如何捉弄他们,如何将他们分离,最终都会有一双无形的手重新将两人牵到一起。如果这都不算是命中注定,她不知道什么才能算是缘分。

当初为了阻止自己去找他,简思思无数次问自己:找到了又怎么样呢?要说什么?是看看他过得好不好,是不是还在送快递?还是告诉他,自己能为他找另外一份工作?

现在这个答案在简思思心里无比清晰:她想找到他,不为别的,只是想告诉他,当年她选择放弃和退出是彻彻底底的错误!

从头到尾,她始终都放不下他。她最初和最终的爱都给了同一个男人——宋逸淼。

盖棺定论。

40

宋逸淼在阿亮的快递站里一干就干了近三个月。在双十一、双十二两波热潮后,又经历了跨年小高潮,以淘宝为首的网店陆续进入了年终休整期。有些店铺拼得很,一年到头,也只有到了春节才放个长假。快递站的主要客户就是几个淘宝皇冠卖家,他们一放假,阿亮的生意也随之进入了淡季。

快递这行流动性很大,站点里的快递员换了一拨又一拨,宋逸淼这样干了三个月的都能算老员工了。这天收件不多,阿亮提早收了工,想请宋逸淼出去吃顿饭。他的站点这一年业绩不错,他正盘算扩张的事。宋逸淼脑子好,为人他也信得过,本想跟宋逸淼请教请教,谁知道平时一下班就往家里跑的人,今天却破天荒地称自己有饭局。

"得了吧,有什么事比赚钱还重要?"阿亮早就想拉宋逸淼入伙,眼下正是最好的时机,"三水哥,快递这生意有得做。这次我是认真的,我们把摊子再铺大一点儿,我出钱,你来谈判。有钱一起赚,怎么样?"

宋逸淼没想到他还有点儿野心:"没看出来啊,你小子有点儿做生意的头脑。"

"那是,以前在里面做你小弟,你没把我当回事,现在看出我是人才了吧。"阿亮得意地说。

宋逸淼忍不住低头笑:"我可从来没当你是小弟,记住,你是我老板。"说着,他脱下工作手套,从衣架上拿了羽绒外套,"老板,不过今天我真的有事。改天行不行?"

阿亮从上到下打量他,发现他今天似乎把自己收拾得特别整齐,不像找借口推辞:"什么事啊?难不成是……佳人有约了?"

宋逸淼已经走到了门边,回头纠正了一句:"是恩人有约。"

从快递站到人民广场平时坐车只要四十分钟,赶上了晚高峰,生生花了一个半小时。幸好宋逸淼留了点儿余量,不过等他到了餐厅时,也只是将将准时而已。

坐电梯上了商场六楼,宋逸淼在新南华门口停下。这是一家连锁本帮餐厅,味道不错,价格也很实惠。他在入口的地方打了个电话,电话响了几声,很快被人接起:"喂?"

"妈,我到了。你在哪桌?"

"啊？你刚到啊？"吕莲惠似乎很不高兴，"都几点啦？"

"路上堵，现在不正好六点半吗。简小姐到了吗，你们在哪里？我进来找你们。"

"几……几桌啊……"吕莲惠支支吾吾，"我也不晓得，你和他们说一下，吕女士订位的，留的就是我的手机号。"

宋逸淼也没多想，挂了电话直接找到了门口的接待小姐，却被告知订的是两人位。他怀着疑惑的心情被领进了餐厅，等到了座位上，对面已经坐了人——不是别人，正是他想见又不能见的女人简思思。

"不好意思，是不是搞错了？订的是三人位。"宋逸淼没有坐下，也没有打招呼，转身和服务员确认起来。

不待服务员开口，对面的简思思回答道："没错，就是这里。"

宋逸淼感觉很不可思议，这时才将目光投向了简思思。她今天穿了件灰色的毛线背心，里面依旧是件白衬衣，看起来越来越有职业女性的样子。

宋逸淼又想了想，很不确定地问："你就是那个……简小姐？"

餐厅的服务员还拿着菜单站在边上，似乎以前从来没遇到过这种事，不知道该如何处理。简思思觉得尴尬，抬手示意她放下菜单，又对站着的宋逸淼说："坐吧，慢慢说。"

宋逸淼拉开座位，脱下羽绒服，总算坐了下来。

服务员这才找到了熟悉的节奏，熟练地端茶倒水、又用衣罩把两人的外套罩好，随后拿了个小本听候点菜。

简思思也没客气，一个人从冷盘、热菜到主食全部自己做主。等菜端上来了，宋逸淼才发现，都是他喜欢吃的。

简思思把他的一举一动都看在眼里，还不等宋逸淼问，她就主动坦白："吕阿姨告诉我的，还对胃口吧？"

宋逸淼"嗯"了一声，手里的筷子动了起来，却没抬头看她："我妈的案子什么时候开庭？"

"快了，还在排期。一有消息，我会通知你的。"

"好。"

"来之前我去律师那儿了解了一下，现在报警回执、照片及病历、手机短信截屏等等这些关键证据都有了，还有吕阿姨提交的《房屋产权证》也能证明现在住的房子是她的婚前财产，赢面很大。"简思思知道宋逸淼最关心的是什么，不等他问就把自己了解的情况都说了。

宋逸淼听着，慢慢放下手里的筷子，嘴里吐出两个字："谢谢。"

简思思笑笑："这些都是律师的功劳，我没帮上什么。"

"我妈之前一直不肯起诉离婚，听说是你劝她的……"

"说实在的……我也没觉得自己怎么劝，就是常常和吕阿姨聊天而已。最后做决定的人只能是她自己，我们这些局外人最多也就是助推剂。要不是她自己想通了，现在也不会这么积极配合律师取证。"

宋逸淼听了点点头，对此没做什么评价，却抬头忽然问："她知道我们认识？"

他的转折有些突然，简思思愣了愣，但还是如实答道："知道了……其实今天的事情，也是我拜托她的……"谁让你总是躲着我呢？这后半句她没敢说，可是脸上还是渐渐红了。

简思思赶紧低头夹了一筷子海蜇皮压压惊，然而才咬了一口又突然想起什么似的，立刻把筷子放下了："不过你别误会。我认识阿姨的时候，完全不知道她是你妈妈。其实我刚知道的时候比你现在还要意外一百倍……我帮阿姨也绝对不是因为她是你妈妈的关系，要换作任何一个不相干的人向我咨询，我都会帮忙的。"这一段解释简思思觉得自己说得有点乱,也许是太心急了,反而表达逻辑混乱,"总之……总而言之,我虽然是很想和你见面,但是还没有那么处心积虑。"

宋逸淼没马上接话,简思思好像还生怕他不信的,刚想补充什么,这时候却听见他认真地说:"我知道,我没那么想。"

"真的?"现在反倒是简思思有点儿怀疑了。

"真的。"宋逸淼用肯定的语气说,"你很专业,又很善良,当然会帮助每一个需要帮助的人。处心积虑?我从来没那么想过。"

简思思一颗心终于放了下来,可又因为宋逸淼对她的评价而不知不觉红了脸。

"我家里的那些破事,大概你都知道了。当年我为什么没能毕业,你应该也知道了。现在我妈终于肯离婚,我觉得很欣慰。不只是因为那个浑蛋毁了我的人生,还因为我不希望我妈下半辈子都活在恐惧中。我做的一切不是要报复谁,只要我妈能认清楚那个浑蛋的本来面目,过得幸福,我那一年也就值了。"

这段话是宋逸淼入座后说得最长的一段话,哦不,应该说是简思思与他重逢以来他说得最长也最掏心的一段话。然而这么沉重的内容,他竟能用这么平静的语气说出来。她简直不敢想象这两年他经历了些什么。曾经年少轻狂的宋逸淼,如今面对人生已能如此云淡风轻。

"会的,她会的。"简思思忽然觉得心好痛,她从未如此后悔当初没有站在宋逸淼的身边。即便事实无法改变,她也希望自己是能够给他力量和支持的人。她眼里闪着泪,但是她并未察觉,"还有,不仅仅是吕阿姨,你也一样,一切都会好起来的。接下来你有什么打算吗?"

就算是铁石心肠,此刻也不会对简思思的眼泪无动于衷,何况宋逸淼并不是。

"学校那边……还有什么办法吗?当年,就差几个月就毕业了。"

见他终于松口,简思思欣慰地笑了出来,内心有一种历经千辛万苦,终于达成愿望的满足感:"学生受到了刑事处罚,学校肯定是取消学籍了。不过没关系,现在外面读书、拿文凭的机会很多,你要是想继续读,我可以帮你找找。"

"其实该学的大学四年都学了,现在主要是没文凭,工作也不好找。"

"我明白,文凭是敲门砖。"宋逸淼给简思思发出了想拿文凭、找工作的积极信号,她好像打了一针强心剂一样,浑身的细胞都被调动了起来,"实在不行的话,就去读个成人大学。周期是长了一点儿,但是入学门槛不高。何况以你的能力,那些东西学起来肯定不难。退一万步而言,还有我,两个脑子加起来,还怕文凭到不了手?"

简思思这副打鸡血的样子实在有点儿滑稽,宋逸淼忍不住笑了:"你这家教我可请不起,太贵了。"

简思思立刻抓住了重点:"这么说你同意了?成人大学可以吗?"

宋逸淼点点头:"行啊。我这条件也不能挑三拣四了不是?"

"好好好。"有了他这句话,简思思也就放心了。她立刻开始制订第二天的计划,下了班之后得早点儿回家才行,网上应该有很多这方面的信息。另外周末如果有空的话,能回学校继教院当面咨询一下,那就更好了。

这顿饭,简思思得偿所愿,吃得心满意足。

41

冬去春来,转眼又是一季。日子还在按部就班地过着,可每个人的生活多多少少都有了些变化——

吕莲惠的起诉有了结果。法院在判决离婚的同时还出具了一份人身保护民事裁定书，禁止前夫在她居住区域两百米范围内活动。她婚前就拥有的房子也保住了；宋逸淼报名参加了成人大学，现在每周晚上要上三次课。宋逸淼目前还在阿亮的快递站工作，不过已经不负责送快递了。阿亮在虹口又加盟了一个快递站，宋逸淼现在是新站的负责人；简思思还在原来的律师事务所实习；最近她的导师准备编纂一本案例分析集，她和邓倩都被分配了任务，因此也变得更加忙碌起来。

至于宋逸淼和简思思的关系，自从那次吃饭以后，虽说是恢复了联系，但也仅限于联系而已。偶尔通个话也只是三言两语说说近况，见面的机会就更屈指可数了。

事情最终发展成这样，实在和简思思当初的期望相去甚远。究其原因，也是一言难尽。一方面，她如今的时间和精力都有限，已经无法再从这忙碌的生活中分出心来研究这之中的复杂原因；而另一方面嘛，她也有自己的矜持。如果宋逸淼到现在还是只肯待在原地，不愿意往前踏出一步的话，她的热情总有一天也会消磨殆尽。

三月的桃花开得正盛，到了四月便渐渐凋零。时间飞逝，一转眼的工夫，又到了五月份。

5月18日是晓璐二十岁的生日，她出生的日子很吉利，阿亮因此常说她是自己的福星。晓璐家是单亲，她爸爸从来不管她，也是苦命的人。她和阿亮是一个弄堂长大的邻居，很小就跟着他玩，算是青梅竹马。

二十岁算是个大生日，阿亮一周之前就在小南国订好了位。他朋友不多，出狱后和以前的圈子断了联系，现在也就宋逸淼还能说得上话了。生日前一天，阿亮特意打了个电话给宋逸淼，让他别忘了明天吃饭的事。

"晓璐喜欢热闹，要不带你朋友一起来吧？"

"哪个朋友？"

"三水哥，你有几个朋友啊？"阿亮调侃他，"除了那个美女律师，还有谁？"

"她啊……还是算了吧，她很忙的，估计没空。"

"你问都没问人家，怎么知道她没空？不行啊，不管怎么说你明天得带个人过来，四个人一桌，吃起来才热闹嘛！"阿亮有意这么说。他知道的，宋逸淼这人有时候自觉性太差，需要有人在背后推一把。

宋逸淼没答应也没拒绝，就这么支支吾吾地挂了电话。

算起来，之前一次和简思思见面好像还是两个月以前的事了。当时她不知道从哪里搜集来了一大堆上海高校的成人大学资料，课程介绍、招生简章，什么都有。从时间、费用、上课位置，逐条帮他分析。最后他才拿定了主意，选择了现在就读的这一所。

其实，他早该谢谢她了，可心里又总是有个疙瘩，总觉得现在的自己无论从哪方面来说都和她有很大的差距。他已经没有了当年的自信，更没了那时候的资本。进了社会才知道，喜欢一个人也是要有基础的，除了感情，还有物质。

从快递站下班，宋逸淼在路边解锁了一辆共享单车。本想骑回家的，谁知道脑子里想着这些事，居然不知不觉骑到了简思思家小区附近。有些事情大概是天注定，缘分来了挡都挡不住。他摇头笑自己傻，正调转车头准备往回骑，正前方不到五米的地方，简思思居然出现了。

"宋逸淼？"简思思显然比他更意外，"你……来附近办事吗？"

"我……我来买东西。"宋逸淼胡诌道。

"到这里？"简思思租住的是个老式小区，附近只有个超市，没什么可买的。

"我……我是路过这里,我要去徐家汇买东西。"自己撒的谎哭着也要圆。

简思思好像是信了:"哦,你……吃过饭了吗?"

"没呢,你呢?"

简思思提着一个手提电脑,穿着职业套装,明显是刚刚下班:"家都没回呢。"

也许是这意外的相遇让宋逸淼这个大男人相信了缘分二字。他竟然顺着自己的心意,毫不犹豫地提议:"一起吃晚饭吧,附近有什么好吃的?"

简思思尚未从这意外的相逢中回过神来,但还是本能地点头同意道:"好啊,跟我来。"

简思思推荐的是一家小店,吃的都是传统的上海点心。小笼、生煎、排骨年糕,价格不贵,生意奇好。还好他们到得早,才避免了高峰时候的排队。简思思来上海生活了多年,口味也逐渐向本地人靠拢了,不过她选择这里的最大原因当然还是照顾宋逸淼的口味。

因为都是小吃,这顿晚饭吃得很快。出了店,简思思随口问了句宋逸淼要去徐家汇买什么。宋逸淼想了想,决定向简思思发出邀请:"明天阿亮的女朋友生日,我想给她买个礼物。另外,他还问你有没有空,要不要一起去?要是你忙的话就算了。"

"哦,就是那个晓璐吧?"简思思也没直接回答他去不去。晓璐这个女孩子她印象还是很深刻的,当时宋逸淼拿人家做挡箭牌故意气她,她后来去了快递站才发现人家早就名花有主了,"她多大了?"

"二十。"

"果然青春无敌啊。"简思思忍不住感叹了一句,又问,"那你准备买什么送她?"

宋逸淼对现在的小女生喜欢什么完全没概念:"买……买个工艺品摆件什么的吧,或者买个相框也行。"

简思思露出一个"Excuse me"的表情,心想果然是直男的审美。

"现在哪还有人送这些啊?二十岁的女孩儿,买点儿彩妆、香水什么的就行了。"

"彩妆、香水?"这又给宋逸淼出了道难题。

简思思就猜到他不懂这些,狡黠地笑了笑:"好吧,这件事情就交给我。告诉我明天哪里碰头就行了。"

宋逸淼的表情有些意外:"啊?你明天有空?"

"有啊。"简思思反问他,"我什么时候说没空了?"

"哦。那是我理解错了,一会儿我把吃饭的地址发你。礼物的钱,你告诉我多少,我微信转你吧。"

简思思比了个 OK 的手势,继续和他并肩前行。不知道为什么,宋逸淼的表情明明没什么变化,她却感觉他挺高兴似的。

第二天中午,简思思利用午休的时间在国金里逛了一圈,最后挑了瓶香水。晚上吃饭的时候,晓璐收到这份礼物果然很高兴,一个劲儿夸简思思有品位。阿亮在旁边起哄:"三水哥眼光这么好,思思姐眼光能差吗?"

晓璐心领神会,也跟着附和:"是是是,三水哥你以后可要多带思思姐出来啊。老把人家藏起来干什么?我们又不会抢走她的。"

这话说得暧昧,再加上晓璐一番声情并茂的表述,让人听了简直脸红。宋逸淼一口水呛在喉咙里,惊天动地地咳了起来。

旁边简思思见状,赶忙递上纸巾,又是拍背,又是询问有没有事,完全是一副贤内助的模样。阿亮和晓璐在对面抱手看着这另类的秀恩爱场面,默默感叹——如果不是已经有了彼此,恐怕他俩今晚虽然是主角,也只有被喂狗粮的份了。

这顿晚饭吃得很愉快,虽然人不多,但也算是一场温馨简洁的生日宴。出了餐厅,宋逸淼送简思思去地铁站。一路上两个人聊着刚刚未完的话题,气氛难得轻松融洽,直到到了地铁站,还有些意犹未尽。

想起来下次见面又不知道要到几时,简思思刚刚还高涨的情绪有些低落下去了:"那……我就先回去了。"

"这么晚了,一个人走,没事吧?"

"干吗?不放心我啊?"简思思故意逗他,"那你送我回家好了。"

宋逸淼没说话,直接迈开腿朝楼下走,算是用行动回答了她。

简思思赶紧拉住他:"开玩笑的。有什么事啊?又不是第一次了。有时候我们律所加班,都不知道要多晚了。"

"确定不需要我送你?"

"确定一定以及肯定。"

见宋逸淼好像还有点儿犹豫,简思思立刻把他朝外面推了:"好了,好了,快点儿走吧。拜拜。"

宋逸淼反身和她道了别,目送她下了楼,这才准备回家。谁知道才走出去几步,简思思又从楼下跑了上来:"等等——"

"怎么了?别急。"

简思思气喘吁吁地来到他跟前:"下个星期……下个星期的校庆,你收到通知了吗?"

宋逸淼没想到她这么着急地跑上来,居然为了这个:"没啊,怎么了?何况我还是没毕业的,估计也不会通知到我了吧。"

"对不起……"他这么一说,简思思才意识到自己嘴太快了,"我没想到……"

"你有什么可对不起的,又不是你不让我毕业的。"还好宋逸淼的豁达态度似乎不像是受到了打击,"校庆怎么了?"

"哦,我就是想问,你想不想回去看看?"

"回去?"自从离开大学以后,他就一次都没回去过。那里有很多美好的回忆,却也是他再也回不去的从前。

也许是害怕触景生情,宋逸淼内心并不想回去。

"我听说很多同学都会回去,猴子也很想见见你。"

"猴子……"对宋逸淼来说这是一个熟悉又陌生的名字,"他还好吗?"

"挺好的,他开了间舞蹈教室。之前还上过真人秀了。"

"上电视了?这家伙,大学的时候就一直在做明星梦了。"

"你也想见见他吧?"简思思小心翼翼地说,"要不要一起回去看看?"

宋逸淼似乎是认真考虑了一下她的建议,然而回答还是让简思思有点儿失望:"还是……算了吧。不能算是校友了,也没什么脸回去了。"

简思思的心被他最后这句话揪了一下,她忽然不知道哪来的勇气:"那……那如果用另外一个身份回去,可以考虑吗?"

"另外一个身份?"宋逸淼疑惑地看她。

简思思深吸一口气:"如果是……校友的家属呢?"

42

大学九十五周年华诞这天,天公作美。上海一扫连日来的阴雨天气,微风轻拂,阳光普照,格外舒爽宜人。

为显隆重,简思思今天特意翻出了压箱底的衣服——淡蓝色的欧根纱连衣裙,配裸色高跟鞋。这衣服她只有去参加陆宜嘉的订婚宴时穿过一次,平时上班习惯了素颜，又常常穿黑白灰色系。今天稍一打扮，整个人都明艳了起来。从楼下走到小区门口，短短一百米的路，就惹来不少人回头瞩目。

到了小区外面，宋逸淼已经在等了。男人打扮就容易多了，无论多重要的场合，衬衫西裤的组合总归不会出错。不过简思思还是从这简单的搭配中看到了宋逸淼的心思——衣服和裤子没有一丝皱褶，明显是熨烫过了；之前稍显杂乱的头发也剪短了，现在看起来十分利落；最明显的变化是他脸上的胡楂没了，干净的脸庞，让他看起来一下年轻了好几岁。

整个人清清爽爽、精神焕发的宋逸淼，在简思思看来不知道比时下的小鲜肉明星帅气多少倍。

轮到宋逸淼上下打量她了："这件从来没看你穿过。"

"怎么了，不好看啊？"简思思看他的眼神，心里还有些忐忑。谁知道宋逸淼却一本正经地回道："以后应该多买点儿这样的。"

"……"

回学校两人还是选择了坐地铁，地铁站就在北门出口，比公交车方便。

一到站，简思思就感受到了熟悉的气味。熟悉的站台和人行通道，当年她在这里不知道给于小菲送过多少次东西。还有那熟悉的通往地面的楼梯，宋逸淼和她也曾在此有过相遇。当然还有站台外面的黑暗料理，那个烧烤摊。甚至连马路对面的快捷酒店都留下过她的足迹……太多太多的回忆，一股脑儿涌上来了……

读研之后，简思思去了市区的校区上课，主校区这里也有段时间没回来了。一眼望去感觉什么都没变，又觉得好像什么都变了。也许这就是人们常说的物是人非吧。

宋逸淼的情绪看上去倒没什么变化，出了地铁站，直接左拐进了校区。

这地方太熟悉了，两个人甚至都没商量就默契地一口气走到了中心图书馆。

远远地，就看到纪念九十五周年校庆的横幅拉满了外墙。简思思签了到，领了纪念册和宋逸淼一起来到了会堂。刚进门就有人叫她的名字，简思思抬头一看，于小菲、王曼和陆宜嘉三个都已经到了。

简思思兴奋地跑了过去，宋逸淼在后面也跟上了。三个女生远远看见他就觉得面熟，现在近距离看简直都惊呆了。

"宋……宋逸淼？！"谁都没想到，兜兜转转，最后简思思还是和他在一起了，"你们这是……好大的惊喜啊！"

于小菲的表情完美演绎了"目瞪口呆"四个字："你这简直是惊吓……思思啊，你怎么一点风都没露过啊？是不是就等着今天看我们怎么震惊啊？"

简思思根本还没说什么，她们好像就默认了她和宋逸淼是恋爱关系似的。她刚想解释几句，这时候陆宜嘉却忽然紧张兮兮地嘟哝了一句："等会儿在乾一面前，你们俩千万别提以前的事儿啊！"

于小菲和王曼心领神会地点了点头，简思思和宋逸淼却是一头雾水。等陆宜嘉走了，王曼好心提点道："估计她是怕孙乾一知道宋逸淼的存在吧。"说罢又补充了一句，"她对孙乾一简直了，捧在手里怕摔了，含在嘴里又怕化了。"

王曼口中的孙乾一是陆宜嘉的未婚夫，当年她们寝室三个还一起去杭州参加了她的订婚仪式。孙乾一家在当地算是有头有脸的大户人家，有自己的家族企业。不过他没继承家业，反而独自进了金融圈闯荡，现在也算是行业里的青年才俊了。

"陆宜嘉对他现在是格外上心，生怕煮熟的鸭子飞了。"

于小菲捶了王曼一记:"你别说得那么刻薄行不行?"

"我刻薄了吗?刻薄了吗?明眼人都看得出来的事情好不好?"王曼一脸无辜,还是一如既往的口无遮拦,"要我说啊,靠男人,不如靠自己。你看我,现在一个人不是也过得很滋润嘛?"

于小菲趁机调侃她:"你当然好啦,做销售真是太适合你了!否则你的三寸不烂之舌都没有用武之地了!"

"哎,不过话说回来,宋校草真的好久不见啊,现在在哪里发财啊?"王曼和于小菲现在都在各自的工作中混得不错,而简思思还在读研,于是目标便自然而然地转移到了宋逸森身上。

"我啊……"

简思思显得比宋逸森更紧张:"他……他在做物流。"把快递改成了物流,档次一下子提高了不少。

"物流行业挺好啊,现在很景气吧。"

宋逸森也没纠正简思思的说法,只淡淡回道:"我做的是小生意,打工的,也就混口饭吃。"

王曼和于小菲只当他谦虚,所幸她们对这个行当也不了解,也就没怎么多问。几个人正聊着,宋逸森表示要去洗手间失陪一下。

离开了人声鼎沸的主会场,宋逸森特意拐到了隔壁的教学楼。今天校庆,全校放假,教学楼里显得格外安静。坐在半开放式的走廊上,晒着暖暖的阳光,他感觉自己又回到了学生时代。抛开一切世俗的眼光和现实的烦恼,哪怕只有短短的几分钟,对他来说也是弥足珍贵。

"宋逸森?"

忽然听到有人叫自己的名字,宋逸森忍不住回过头来——只见一个梳着黑人辫子头,穿着夸张嘻哈服装的男人不知道什么时候出现在了自己的左后方。

那男人看着宋逸淼的脸,愣了几秒钟,然后笑了:"果然是你。"

这时候宋逸淼也认出了他:"猴子?"

侯子江走上来重重推了他一下:"你这家伙人间蒸发了那么久,想着回来了?"

宋逸淼站起来,和他抱了一下:"好久不见。"

"你上哪儿去啦?"侯子江至今对他的突然消失耿耿于怀,"当时怎么回事啊?你后来毕业论文交了吗?突然走了,怎么招呼也不打一声啊?"

一连串的问题向自己抛来,宋逸淼只能用一句"说来话长"回答。这两年多的时间里,他经历了可能别人十年都不会经历到的起伏和坎坷。如今要他再一一回想,就像自己揭自己的伤疤。

太痛了,他情愿不去回忆。

"我现在不是好好回来了嘛!"

侯子江叹了口气:"当年我们多好啊,裤子都能穿一条的兄弟。你就这么突然走了,招呼都不打一声,你知道那时候我多难过吗?"

"那时候,我也是身不由己。"

侯子江见宋逸淼还是不愿多说,便也没再问下去了。也许他在意的从来不是宋逸淼离开的原因,而是到底宋逸淼当没当他是朋友。时过境迁,当时的那些兄弟情谊也随时间慢慢变淡了。如今只要知道宋逸淼还活得好好的,对他来说也算是一种慰藉了。

"今天这校庆我还真来对了,改天你有空了,咱们聚聚吧。"

"行。"

两人重新交换了手机号码,宋逸淼发现侯子江的电话一直没变。

"一会儿我还要和学院的人谈个项目,跳舞方面的,就不和你多说了。

咱们改天再见。"

"你忙你的。"

"嗯,那我先走了。"

看着侯子江离开的背影,宋逸淼忽然有些感慨。他发现过去和自己有交集的人,现在似乎都过得不错。有的靠自己,有的靠婚姻。但不管怎么说,都有了不错的物质条件。他由衷为他们感到高兴,同时也忍不住掂量掂量自己:高中文凭,一贫如洗,一无所有,还背负着一年牢狱生活的污点。

要是就他一个人也就算了,一人吃饱全家不饿,可是现在生活里又多了一个简思思。如果,只是说如果……她没有和自己在一起的话,以她的条件和魅力,也许——哦不,一定可以找到更好的男人。

校庆活动大概持续了两三个小时,简思思和宋逸淼走的时候已经是中午了。回到市区,两个人找了家小饭店,一起吃了午饭。大概是因为今天遇到了不少老同学的缘故,简思思整个人都显得很亢奋,热情高涨地给宋逸淼转述了不少奇闻轶事。虽然他只是静静地听着,没做什么评论,却也不妨碍简思思兴致勃勃地发言。

下午没什么事,简思思本来说好要带宋逸淼去书店买成人大学的参考资料。可是半路上宋逸淼接到快递站一个电话,说是有车快递在运送途中被盗了,让他赶紧回去处理善后。

两个人平时都很忙,没什么约会的时间,偶尔有一次这样的机会,简思思盼了好久。不过虽然她心里有点儿失望,脸上却还是笑着:"没事,工作要紧,你赶紧回去忙吧。"

"那你下午干什么?"

"我还是按原计划进行呗,买完书,下次见面给你。"说起下次见面,简思思忍不住盘算起来,"应该就是这个周末。你没忘吧?礼拜天我请了律所同事来家里玩桌游、吃晚饭。"

"啊……那个啊……"宋逸淼故意表现出忘记的样子。

"我就知道你忘了。"简思思倒是没生气,还开玩笑道,"礼拜五我再提醒你一下吧。你是不是要吃点儿脑白金补补脑子啦?最近忘性越来越大了。"

他们正好站在一个十字路口,各自要去相反的方向。这时候绿灯亮了,简思思正打算过马路,宋逸淼却在后面忽然伸手拉住了她。

"怎么了?"简思思回过头来。

"思思啊……"宋逸淼的声音很低沉,"这个礼拜天,我看我去不了了。"

"公司有事吗?"

"不是。是我不想去了。"

简思思很疑惑,不知道发生了什么事:"为什么啊?"

"我觉得不太合适。"

"哪里不合适了?"简思思有种不好的预感。

"哪里都不合适。"

简思思靠过来,直觉告诉她今天在学校一定发生了什么:"怎么了?有人说什么了?"

宋逸淼退后一步:"没有。"

简思思有些着急,不自觉地提高了声音:"肯定有!你去听那些人胡说八道干什么?"

"我不用听,我自己看得到。"宋逸淼看着她,心里万马奔腾,能说出来的却只有几个字,"我们不合适。"

简思思似乎已经猜到了一二："他们是他们，我是我！我不在乎什么钱还是房子，那些东西在我看来毫无价值。"

"你只是现在这么觉得，以后就会发现，那些东西是生活的必需和保障，而我给不了你。"宋逸淼终于把憋在心里的话说了出来，这是他一直以来的心结。这些日子以来，他始终无法真正敞开心扉。

"所以呢……"简思思强忍着眼泪，"你是要和我分手吗？因为这个可笑的理由？"

"这是很现实的问题，我们都不能逃避的。"

简思思好像什么都听不进去了，她已经懊悔死了为什么要让他来参加见鬼的校庆！他们两个人就好像在一条弹簧的两端，费尽力气才好不容易拉进了一点距离，稍微放松一下，立刻就打回原形。人来人往的十字街头，她已经没有丝毫精力再去顾忌别人的眼光。

简思思直愣愣地看着宋逸淼："我是在问你，你是想和我分手吗？"

"我们冷静一下吧。"说着，宋逸淼没有等简思思的回话，转身便没入了如织的人流。

43

见识过宋逸淼的决绝，那次争吵以后，原本以为会是一场旷日持久的冷战。然而令简思思没料到的是，这场战争竟然还没开始就结束了。

冷战的终结者是宋逸淼的妈妈吕莲惠，周六那天简思思在家里准备第二天招待同事的食材。自从前天和宋逸淼不欢而散，她的心情就 down 到了谷底，做什么都提不起精神来。但是这次聚会的事情是早就说好的，不管怎么样，她都会尽力准备好。

上午整理了一下房间,因为地方不大,她东西也不多,其实根本没花多少时间。午饭她自己煎了个鸡蛋,下了碗面,现在她吃什么都没滋味,纯粹就是对付。

面还没吃完,吕慧莲的电话就打来了。简思思看着手机上闪动的来电显示,一时有些恍惚,隔了一会儿才接通:"喂,吕阿姨啊……"

"思思啊,你和阿淼出什么事啦?他要哪里做得不对你告诉阿姨,我帮你骂他!他最近是不是脑筋又不清楚啦?!"吕慧莲一上来就劈头盖脸地把自己儿子数落了一通。

简思思还不清楚发生了什么事,也不敢贸然发表评论:"出……出什么事情了吗?"

"我让他晚上带你回来吃饭,他支支吾吾说不行。我再问几句,他就跟我发脾气了。思思,我知道你最懂事了,不会和他闹脾气的。怎么了?阿淼哪里惹你不开心了,你连饭都不肯来吃了?"

简思思心里冤枉得不行,哪里是她不想去啊。

"阿姨……我没说不愿意去啊,大概是他不想看到我吧……"

"什么?!"吕慧莲气得差点儿摔电话。自从认识简思思以来,她一直觉得和简思思投缘,当初知道简思思没男朋友,第一个就想到了自家儿子,只是担心这么复杂的家庭关系会吓跑简思思。后来当她得知两个人本来就是校友,还越走越近的时候,她心里不知道多开心。要不是宋逸淼拦着,她早就想把家里祖传的几件金首饰送给简思思了。

"他又发什么神经病啊?他不想见你,想见谁?!思思啊,你不要理他,阿姨帮你骂他!对了,下午你没什么事情吧?晚上来吃饭,有空的话就早点儿过来吧。"

简思思这两天心里积聚的委屈似乎终于找到了一个宣泄的出口:"阿

姨,我真的不在乎钱不钱的事情,只想和他好好过日子。他那天忽然说要分开冷静一下,我心里觉得很难过,也很委屈。我又没要求他什么,他自己干吗给自己这么大压力。"

吕慧莲一听这个,知道是儿子的自尊心又在作祟了:"思思啊,好孩子,阿姨知道你肯跟阿淼就不是看重物质的人。阿淼他呢,哎……都是我害了他!要不是因为我,他现在也是个大学毕业生,肯定能找个好工作的……"

"阿姨,那你晚上帮我劝劝他吧?"

吕慧莲一口答应下来:"好好,我一定劝他。思思啊,你再给他个机会,别生他气。"

"嗯。"简思思本来就没想过和宋逸淼分手,有了吕阿姨帮忙,她觉得说动宋逸淼的希望很大,心情这才稍微平复了一点儿,"对了,阿姨,我下午也没什么事,我先过去帮你一起弄吧。"

吕慧莲见她态度缓和了些,意识到自家儿子还是有戏的,心里别提多高兴:"好的呀,你早点儿来陪陪我,我也好久没见你了!"

下午,等简思思到了吕慧莲位于华阳的房子时,宋逸淼已经在了。简思思没想到他也来得这么早,进门见了他还有些不知所措。

宋逸淼看她:"来啦。"

简思思支支吾吾:"你、你好……"

两个人像不太熟的朋友一样打了招呼,连吕慧莲看了都觉得别扭,直接拍了一下坐在沙发上的儿子:"什么来啦?快去拿点儿饮料给思思喝。"

"我不渴阿姨,不用麻烦。"

虽然简思思这么说,但宋逸淼还是默默从桌子上拿了一瓶王老吉给她。她接了饮料说了句谢谢,宋逸淼却拿着没放手。她心里对他还是有点儿余怒未消,用了点儿力气把饮料从他手里抽了过来。

"明天的东西都准备好了?"

简思思一愣,想想他说的应该是招待同事的事情吧。刚想说你又不来,关你什么事,然而碍于吕慧莲在场,她还是把这话憋了回去:"差不多了。"

"你们先聊着,我去超市买点儿东西,马上回来。"吕慧莲也是明白人,杵在这里做电灯泡不好,赶紧找了借口出去。

简思思立刻跟过来:"阿姨,我和你一起去。"

吕慧莲想帮儿子制造机会,一口拒绝了简思思,谁知道简思思坚持要去,最后吕慧莲实在拗不过她,只好两个人一起出了门。

其实简思思心里也有点儿矛盾。她是真心不想分手的,然而今天看到宋逸淼,心里又忍不住感觉委屈。自己对于宋逸淼来说算什么呢?真的这样可有可无吗?如果不是吕阿姨撮合,他是不是就打算永远不和自己见面了。好像每次一出了什么事情,都是她委曲求全,做出让步。这一次,简思思暗暗下定决心,绝不能就这么轻易和他和好了。至少也要让他知道,她简思思不是那种招之即来挥之即去的女人。

去超市的路上会经过社区服务中心,简思思过去就是在这里当志愿者的。这天很凑巧,刘主任正好从外面办事回来,在路上和两个人碰见了。

"吕阿姨,你现在气色好多了,看上去年轻了好几岁。"

"还不都要谢谢你啊刘主任,帮我打赢了官司,还给我找了这么好一个儿媳妇!"

刘主任听着大惊:"儿媳妇?"眼光自然转向了旁边的简思思,"思思啊?这么大的事情,你都不和我说啊?"

简思思小脸涨得通红:"没有……还不是呢……"

吕慧莲笑哈哈:"现在还不是,将来就是了。"

刘主任这下听明白了:"哟,没想到我介绍的没成功,倒是和你儿子谈上啦？"刘主任大笑，"好好好，肥水不流外人田，将来结婚一定要通知我啊。"

简思思害羞得不知道说什么好，简直想挖个洞钻进去，吕慧莲却极为爽快地答应了下来："一句话啊，到时候一定叫你！"

三个人正聊得热络，这时候旁边忽然有个男人用奇怪的语调叫了一声："吕慧莲！"

大家下意识地回头看去，只见一个肤色很白的光头男子站在不远处的树荫底下看着她们。简思思并不认识这个男人，然而身边的吕慧莲和刘主任却突然紧张了起来。

"老谢啊，你怎么来啦？"刘主任毕竟群众工作做得多了，经验丰富，知道这种时候最不能露怯。

那个被称为老谢的男人和她点头示意了一下，朝她们走了过来，脚下还有点儿一瘸一拐："我来看看你们啊，房子到手了，生活滋润了，怎么就不想看到我啦？"

他说话的语气并不友好，简思思注意到吕慧莲的脸色变得十分苍白，"都离婚了，还到这里来干吗？我不想看到你，快点儿走！"

"哟，以前我有钱的时候你可是整天围着我转啊，现在我没钱了，就急着和我撇清关系了？"

"你爱怎么想都行，反正我们现在已经没关系了。"

从两人的对话中简思思猜出了一二，眼前的这个男人应该就是宋逸淼的继父谢德丰，只是他在这个节骨眼儿上找上门来，恐怕没有什么好事。

然而还不待简思思多想，谢德丰的注意力就集中到了她身上："她是谁啊？是不是就是那个帮你打官司的律师？"

"不是，别胡说八道了。"吕慧莲显然很不想再和他多啰唆，拉起简思思打算要走，"思思，我们走。"

然而谢德丰虽然腿脚不利索，但还是用身体把两个人挡住了："你反应这么大干吗？我都听到了，阿森的女朋友嘛。怎么不介绍一下啊？"

吕慧莲瞪了他一眼："我们很忙，没空在这儿陪你聊天。"

不知是不是吕慧莲脸上极度厌恶的表情刺激到了谢德丰，他突然有些激动："你的好儿子啊，把我搞成这样！你还雇律师来和我抢财产！你说你这个女人是不是蛇蝎心肠啊？我当年真是瞎了狗眼，才会和你这种婊子结婚。"

"谢先生，"这时简思思站了出来，"语言威胁也是恐吓的一种，你要是再继续这样，我们可以报警。根据《治安管理处罚法》规定，情节较重者，处五日以上十日以下拘留。你考虑清楚。"

"吓我啊？我告诉你，我谢德丰从小被吓大的！"简思思口中的法律术语太过专业，一下子暴露了她法律工作者的身份，谢德丰似乎认定她就是帮助吕慧莲抢走房子的人，"还说不是律师。你们串通起来搞我啊？！我告诉你吕慧莲，我现在是一穷二白了，什么都没了，我就是拿命和你拼了，也不会让你和小兔崽子过得舒心！"

"你到底想干什么？"吕慧莲大叫。

谢德丰的肢体动作越来越大："你说我想干什么？"说着，他突然从上衣内侧袋中掏出了一把螺丝刀。

简思思见状，立刻拉着吕慧莲朝马路上跑。谢德丰本来就是冲着她们来寻仇的，根本不顾刘主任的阻拦，骂骂咧咧地追了上去。两个女人原本已经拉开了和他的距离，谁知道吕慧莲在半道上一个趔趄，摔了一跤。简思思赶紧返身回来扶她，然而就是这一会儿的工夫，谢德丰便追了上来。他杀红了眼，似乎已经准备好了两败俱伤。

危急关头，眼看他手里的螺丝刀就要捅上来了，简思思在瞬间闪过一个念头——不能让吕阿姨受伤。

这样的场面，似曾相识。当年在哥伦布深夜的街头，也曾有个人拼了命要保护她。如今，要冲在前面的人换成了她。

一下、两下……螺丝刀捅入了简思思的身体，剧痛难忍，鲜血刹那染红了衣服。她只听见吕慧莲声嘶力竭地喊着她的名字，周围忽然变得很嘈杂。她逐渐感觉无法控制自己的身体，任由自己慢慢倒下。

冷冰冰的水泥地上，简思思躺在上面，呼吸沉重。

接着，人声、救护车的声音与警车的鸣笛渐渐交织在了一起。她的意识逐渐远去，最后的瞬间，不知道是不是幻觉，她似乎看到了宋逸森——他一脸的痛苦、懊恼，嘴巴开开合合的一直说着什么话，然后眼泪从他的脸上大颗大颗地滚落。

她好想让他别哭，可是此刻已经没有了力气。

下一秒，世界突然安静。

简思思睁开眼睛，满眼望去都是纯净的白色，她感觉自己仿佛来到了另一个世界……

尾声

住进重症监护室的第三天,简思思醒了。

整整两个昼夜,她躺在病床上,与死神进行着无声的较量。螺丝刀刺入锁骨上方,导致简思思颈横动脉破裂,失血1000毫升,当场休克。所幸抢救及时,她才捡回了一条命。

据医生所言,简思思受伤的部位与锁骨下动脉和颈总动脉几乎在一起,如果偏离一点儿,就可能性命不保。

重症监护室里不允许家属陪护,只有护工照料。简思思晕乎乎地睡到了下午三点,才总算等到了每天半小时的探视时间。每次还只允许一位家属进入探视,简思思先看到了妈妈,然后是爸爸。两个年逾半百的老人千里迢迢赶到上海,这些天忙前忙后地照顾女儿,再加上内心的焦虑,似乎一下子老了许多。

简思思想说两句安慰他们的话,然而任凭她怎么努力,说出来的也只有嗯嗯啊啊的声音。

"不要急,思思,不要急。"简妈妈安慰她,"医生说这个是受伤的后遗症,很正常,慢慢会恢复的。你只要好好养病,别的都不用想,知道了吗?"

简思思点点头,其实她已经接受现实了,不像刚刚醒来时发现自己不能说话那么惊恐了。

虽然捡回了一条命,但是倒地时后脑着地导致了二次伤害。外伤损伤到了简思思颅内的脑细胞,医生判断是语言中枢部分脑细胞受损。"后期调理得好的话,说话功能可能会得到比较好的恢复。"简思思记得医生是这么说的。

送走了爸爸妈妈,简思思感觉有些无趣。想着又要一个人在这病房里待二十四小时才能再看到他们,实在是够寂寞的。

然而这时监护室的大门又再次被人推开了,一个身形挺拔的男人从外面走了进来。他没有看旁边的人一眼,径直走到了简思思身边。

正在闭目养神的简思思听到床边的响动,慢慢睁开眼睛。她先是一愣,转而便露出了一个笑容。

你怎么来了?这是她想问的。

似乎有了心灵感应,宋逸淼笑着说道:"请假出来的。每天就这么半小时,你还不让我来啊?"自从简思思入院那天起,他就一直陪伴左右。征得了对方父母同意后,他为自己争取到了每天十分钟的时间。

站在病床边上,宋逸淼特别专注地看着她,好像怎么也看不够一样。

简思思不一会儿便败下阵来,她慢慢把脸转到了一边,仿佛是想说:别看了,我现在的样子又不好看。

"你怎么样在我心里都是最好看的。"宋逸淼说着,伸手理了理她额前的碎发,又问,"今天感觉好些了吗?"

简思思这才把脸转了过来,点点头,试着发出了一个"嗯"的声音。

宋逸淼笑着夸奖她:"今天护工说你午饭吃得很好,每天都要这样好好吃饭,知道了吗?"

他说话的语气像是在哄小孩儿,简思思听着觉得有趣,又继续笑着点点头。

这时候照料简思思的护工阿姨正好经过,听到宋逸森这话又忍不住补充:"你老婆啊,不喜欢喝鱼汤。鱼汤长伤口的,你快和她说说。"

"老婆"两个字让简思思心里惊了一下,可是她望向宋逸森,却发现他眼角弯弯的一点儿也不像要去纠正的样子,反而顺着护工的话说:"听到没?老婆大人,想要快点儿好起来,就要多喝鱼汤!"

简思思吃了亏,还不能说话,只好伸手轻轻拍了他一下。宋逸森顺势握住了她的手,温柔地说道:"我知道你要说什么。快点儿好起来,回家跟我慢慢说吧。我保证做到打不还手,骂不还口。"

回家——这两个字仿佛有种魔力,光是想想都充满了期待。

"回家……"说话的欲望从未如此强烈。简思思努力尝试了几遍,终于艰难地发出了两个模糊的音节。

宋逸森眼中充满了惊喜:"回家是吗?你能说话了,思思,我听到了!我们一定很快就能回家了!"

感受着对方手掌的温度,简思思忍不住将目光投向了身边的窗户,这一方小小的玻璃是她现在唯一可以看到外界的渠道。而她一直没有注意到的是——窗台不起眼的角落里,早已长出了一株翠绿的嫩芽。

在这个每天都经历生离死别的地方,一个崭新的生命正在悄然绽放着生机。